陌上情思

Emotion and Meditation by the Life Path

刘在平◎著

陌上，有了情与思录制的乐曲的播放

相信一定会有知遇的回音、心灵的和弦。

人生如行，当然不只是劳顿，经常会举目四望。尽管大段的路程都需要脚步匆匆，但上山和下山不同，宽阔的大陆和田间小路不同，崎岖坎坷和通畅平顺不同……细细想来，发现一直都在陪伴自己的，只有时间。

九州出版社
JIUZHOUPRESS

图书在版编目（CIP）数据

陌上情思 / 刘在平著．--北京：九州出版社，2018.3

ISBN 978-7-5108-6816-0

Ⅰ.①陌… Ⅱ.①刘… Ⅲ.①杂文集—中国—当代 Ⅳ.①I267.1

中国版本图书馆 CIP 数据核字（2018）第 060209 号

陌上情思

作　　者	刘在平　著
出版发行	九州出版社
地　　址	北京市西城区阜外大街甲 35 号（100037）
发行电话	（010）68992190/3/5/6
网　　址	www.jiuzhoupress.com
电子信箱	jiuzhou@jiuzhoupress.com
印　　刷	三河市华东印刷有限公司
开　　本	710 毫米×1000 毫米　16 开
印　　张	18
字　　数	267 千字
版　　次	2018 年 5 月第 1 版
印　　次	2018 年 5 月第 1 次印刷
书　　号	ISBN 978-7-5108-6816-0
定　　价	68.00 元

时间的整合

——代序言

作为一名“50后”，与同龄人一样，经历过一些年轻人所未经历、很难再经历的“特殊历史”；当然也有与年轻人共同经历的历史。记述或反思这些经历的文章，有什么价值呢？这个问题，从不同角度会有不同回答，但基本可以一言以蔽之曰：出于真诚、坦诚而书写出来的东西，就一定有价值。或许，这种想法，也是我就散文而结集的一种自信之源。

人生如行，当然不只是劳顿，经常会举目四望。尽管大段的路程都需要脚步匆匆，但上山和下山不同，宽阔的大陆和田间小路不同，崎岖坎坷和通畅平顺不同……细细想来，发现一直都在陪伴自己的，只有时间。哪怕远离亲人、更换同路人，哪怕山重水复与柳暗花明交错转换，哪怕踽踽独行，哪怕在连梦都意识不到的夜阑，时间都在陪伴着，而且深深嵌入生命结构，潜移默化地发挥着巨大的作用。

回首自己的经历，按照最为粗略的划分可以分为两个阶段：第一阶段是别人指出方向、别人设置路标、别人输入动力；第二阶段逐渐改变，但越是追求“我的前行我做主”，越是感悟到我在时间中，时间在我的生命中。

将以往经历的“陌上”大致分为两个阶段，显得过于粗略，但思前想后，还是觉得这样的划分最为“精确”，不能再细了，无论命运轨迹、社会变迁、时代精神发生了多大变化，无论有多少视角或理由可以细分，都不如这样的划分更为准确。或许，对于人的眼光与思维来说，有时候宏观真的比微观更准确吧？以后的人生，会不会进入“第三阶段”，不敢说，但至少，当两个阶段越来越清晰的时候，不仅是自己对行走中最大变化从“整体感受”上的把握，而且简直就是本质的时间和属于我的时间，在一番商讨之后而做出的标注。

第一阶段，总是在一种庞大的队伍中，就连“我是谁”这种偶然响起的问话也即刻被淹没在阵容感之中。然而，无论怎样地被挟裹也好、推动也好、导向也好，路毕竟是自己走的。如果说当时留下的文字像脚印一样，离当下的脚步渐行渐远，而神秘的时间则是温情的。我一直在思考的一个问题：究竟是我的记忆抓住了时间，还是时间本身的巡回让我有了记忆？至少目前，我的思考选择了后者。然而，时间的神秘，决不会让以往的经历简单重现，而是表现在不断的整合之中、筛选式的沉淀之中。于是，就有了对以前留下文字的审视——高度尊重时间作用而进行的审视。这种审视，既不是自我的“厚古薄今”，也不是“厚今薄古”，而是价值观作用下最宽容的接纳和最严厉的考量的统一。

由衷地敬畏和感激时间，促使我在整理以往的文字时，首先是尊重经历的真实和素材的内核。军旅生活的原貌，大学生活的原味，改革开放以来种种遭遇的原境，现实中点点滴滴所感所悟所由以萌生的原味，读书写作中所思所想所借助的原构或“缘构”（海德格尔）……许多经历必须体现“当年色彩”，一切时间“巡回逆转”而给予我的馈赠，都应当无比珍惜。然而这并非对于时间的最文明的礼貌，因为还必须尊重时间那多元而立体的整合，所以我在重读中认真回忆，回忆中认真筛选，而且必须改写、重写部分内容，也因为心情的激越和思绪的活跃而新写了许多内容。而更为重要的是，时间跨度与时代变革带来的任何时间的“切割”、任何折冲樽俎，都应当纳入时间整合而造就的属于我的生命之河，无论缓缓潺潺，还是浪花翻卷，无论涛声激荡，还是旋涡徘徊。因为，现在的我已经坚信，“时间之矢”无论怎样朝向“玄而又玄”的神秘未来，都一定在给我以“唯道是从”的价值引导与昭示。

时间从本质上是一位哲学老人，或许西方的“上帝”是他的形象代言人，或许中国老子“强字而曰”的“道”是他的抽象表述。在我生命的第二阶段，逐渐地领受着他的垂顾与启迪。在教学、学术生涯中，日益强烈地追求独立思考，被社会所切割的时间以各种冲击波的方式震颤自己的心灵，被自己所掇取的时间以各种思绪的方式搅扰着精神世界。然而，时间，决不仅仅是哲学老人，更是诗人，是文学家，让自己所有的冷峻与理性都伴随着激情和浪漫的记忆。时间，将自己巡回穿越的步伐注满温存和慈祥，从不减弱美的贴慰和笼罩，哪怕是挫折与跌宕，也给我的记载与回忆赋予某种悲壮之美的观照。这一阶段的诗作很多，包括“自我放逐”的近似哀伤的叹喟：

放逐之门　挤不过身子
只要身子中还有灵魂
只要　骨骼的嬗变
没有弯曲
就会成为风雨中的树干
而一切绿色的颤动
都铿锵成
飞向寰宇的诗句

如果说这期间的论文和著述，是理性追逐精神自由的脚印，而散文和诗作，本身就是过程中的自由，是时间在“参构生命”中绽放的一路旖旎。于是，《陌上情思》在时间的酝酿中略具雏形，带着许许多多的缺陷、生猛和稚嫩，带着跌宕起伏、曲折蜿蜒的旋律上路了。陌上，有了情与思录制的乐曲的播放，相信一定会有知遇的回音、心灵的和弦。

是为序。

目录

01

军旅跫音

我的“军旅大学”

我从小就“上大学”——由于父母工作于高校，河南大学成了我的“故乡”。我于20世纪70年代末全国恢复高考的第一年考入吉林大学，从本科到硕士连读七年。毕业后曾长期从教于中国人民公安大学，如今依然站在吉林大学珠海学院的讲台上。可以说，这辈子与大学算是有缘。

中间也有“断档”，主要就是当兵。说来也巧，1968年3月15日入新兵连，1978年3月15日告别战友到吉林大学报到，整整十年，一天不多，一天不少。

我要说的是，这十年，也是大学！沈阳军区炮兵33师、404团，是我获益良多的“军旅大学”。在部队，我学到了许多应当在大学学到的东西和在大学里学不到的东西。这里，有给了我深刻教育的良师；有给了我多方面帮助的“学兄”与“同窗”；有给了我丰富启迪的教材；有一幕又一幕终生难忘的生动课堂……

感谢2010年盛夏在北京举行的战友聚会，我虽然未能分享这次难得的情感盛宴，却有机会写点儿文章，参与回顾军队生活的精神旅游。

一

我当兵时十六岁多点，被分配到404团一连。连长王光华、指导员刘兴才看我身体单薄，又是“城市兵”，叫我当通讯员。我炮弹箱都扛不动，抬石头龇牙咧嘴，肩膀肿得夜里睡不着觉，上山背土豆受了伤还得住院做手术……丢人现眼的事儿多了。可是身边战友个个吃苦耐劳，连排干部人人身先士卒，深深地感染着我。我暗自咬牙，痛下决心锻炼自己，坚决要求到班里当战士。一年不到，由于表现比较顽强，当上了六班班长。

上级有意将“城市兵”集中安排到我们班，为的是考验我们。推炮占领阵地，人家四班像一群小老虎，我们班像一群绵羊，有点斜坡就上不去，全连都在笑我们。咋办？练！全班提前起床苦练推炮，终于超过了四班。有一次砍镐把，我们班净挑直溜的椴木砍，根本不能用，晚点名连长当着全连批评我，让我们重新完成任务。第二天一大早，我就找连长要求任务，连长说还什么任务？继续砍镐把。我说报告连长，这个任务我们已经完成了！气得连长带领全连参观我们的镐把。全连一看，吃惊了，连长也转怒为喜，原来当天夜里我们请炊事班老班长当“顾问”，全班跑到深山，砍回了合格的镐把，还超额完成了任务。由于我们这些城市兵都能自觉地锻炼自己的吃苦精神，那年我们班被评为“标兵班”，还有个绰号“小熔炉”。

在全军的历史上，1968 年入伍的战士构成了一种“六八年兵”现象。一方面，头一年没有征兵，这一年新兵量特别大；另一方面，这批新兵当中城市兵、学生兵的比重大大提高。既给部队带来新生力量，也为部队建设提出新的课题。部队那种艰苦奋斗、吃苦耐劳、坚忍顽强的传统，在使“六八年兵”迅速转变为军人的过程中发挥了重要作用。我师著名的全国战斗英雄范来宝，在抗日战争中孤胆杀敌，在坚守阵地的最后时刻凭肉搏一口气杀死 7 名日寇。副师长娄伯修身材矮小却勇擒大批俘虏。我还亲耳听过师政委王昌和讲他当年当游击队长时，靠艰苦奋斗赢得人民群众的支持；听副团长朱正德讲通过敌人封锁线为了战马不出声而自己强忍饥渴……一种无形的力量，默默地注入我们的精神人格。

部队经过千里拉练从延边迁移到左家，行程中我患了重感冒，浑身发软，眼冒金星，头痛欲裂。就在翻越新开岭最艰难的时刻，我的病奇迹般地被师长给“治”好了！当时路面上被压过的雪溜光，拖着火炮的嘎斯六三（火炮牵引车）全都打滑，戴上防滑链也没用，战士们奋力推车推炮，推一点赶紧用三角木顶上，队伍行进得极为缓慢。突然，我们看到路边一位威风凛凛的首长，他站在那儿不说话，目光炯炯有神。连长薛庆奎告诉我们：“这就是师长王万发，当年董存瑞的连长！”不知咋回事，我一下就想到董存瑞，又想到红军翻越雪山，一股英雄豪情油然而生。越过新开岭之后，我的病就好了。

“八三工程”是铺设大庆到大连的地下石油管道。施工中许多地段塌方严重，为保证工期，我团奉命开赴这条“千里战线”。这是与塌方抢时间的奋战！战士们轮番掘进，夜以继日。有一次大雨瓢泼，我刚刚被替换下来几分钟，竟然坐在大雨里睡着了。“泉眼河突击战”中，工程总指挥部派来战地宣传队，可他们还没宣传，已经被现场的氛围感动了。泉水突突直冒，锹镐全用不上，靠草袋麻袋装烂泥。下面的又推又扛，在齐胸的冰泥中双腿冻得发麻；上面的又拉又拽，胳膊被勒出道道血印。突然，两岸松动，这预示着大面积塌方，几十名突击队员用肩背顶住，足足顶了半个小时。终于一声令下，全体撤出，大吊车将粗大的管道放入开阔的沟槽。——胜利了，全场欢声雷动！

70年代初，一连连续两个冬天都到深山老林执行任务。头一年是到桦甸的三道木淇河伐木，第二年是到敦化的秋梨沟抬木。抬大木头这活儿，我用四句话概括：操练般整齐，冲锋般威武，杂技般惊险，舞蹈般优美。我和张生、吕连成都是“号头”，用嘹亮的号子调整步伐、鼓舞斗志。战士们个个肩头红肿，每天从晨星满天到篝火通明。副连长徐斌一边抓后勤，一边天天跟着抬大木头。指挥排长彭绍良是个大学生，高度近视，拣起一大块牛粪高呼“谁的手闷子？”可他照样带头抬着大木冲向又窄又陡的跳板。战士张红阳是干部子弟，只有十五岁，从不叫苦、从不退缩。完成任务时，看着原木堆积如山的楞场被我们“夷为平地”，我深深懂得了什么叫作顽强拼搏！后来，我以这段素材在一连编导了文艺节目“林海战歌”，载歌载舞，威武雄壮，获全团文艺汇演第一名。

培养坚忍顽强的意志品质，这在大学里没有专门的课程，而军旅中却是常年的“专业课”。部队艰苦繁重的任务一个接着一个，从实弹射击、千里拉练、雪地露营、钻猫耳洞等等军事训练，到矿井挖煤、上山采石、农场种地、林海伐木、营房自建等等军工军农，以及抢险救灾、帮助地方抢种抢收……每一次都是“劳其筋骨”的磨炼；每一次都是“苦其心志”的考验。我们团有一些干部子弟，如徐斌、高新源、李波、张红旗、张红阳、张晓丘……个个吃苦耐劳，意志坚定。

在艰苦紧张而又充满昂扬斗志的部队生活氛围中，我不仅锻炼了自己的意志品质，而且各种能力也有了很大提高。到吉林大学之后，担任了校学生会主席、研究生会主席、全国学联常委，并作为吉林大学学生代表参加了全国十九届学联大会。直到今天我都深深地感悟到：是部队培养了我的组织能力、表达能力、激励能力、沟通能力……所有这些都让我受益终生。

现在常有学生问我：老师，为什么你一直都那么精神饱满，从不消沉？我真想告诉他们：因为在我的学历中，有十年的“军旅大学”！

二

就在我当兵不满一年时，父母被批斗。父亲被打成“反革命”并被隔离审查，我也被列入复员战士名单。但是，部队领导出于高度负责，决定派一名干部专门进行外调。连队领导还找我谈话，让我好好干，别影响情绪。去外调的是我们一营副教导员黄龙辉。他经过认真调查，认为我父亲是一位正直的老革命，整他的那些“材料”毫无根据。黄龙辉副教导员明确地向上级汇报了这一结论，所以我才得以继续服役，并被提干。这件事一直让我感动、让我难忘。后来我到政治处工作，曾就此事向当时担任宣传股长的黄龙辉表示感谢，他只是回答：“对人要负责嘛。”

对人要负责！——朴实的话，却闪烁着人性的光熠！

年头已久，部队生活留下的记忆没有淡化，却越来越清晰。仔细想想，是人与人之间那种毫无功利色彩的真诚，让情感的浪花在记忆的河流奔腾不息。

在一连时，指导员刘兴才家属来队，一针一线地为我缝被子。我在206医院住院做手术，师副政委王建平的爱人拎着水果来看我，还说：“33师的小战士，你要坚强！”出院以后，连队干部战士处处关心我。这些都让我这个新兵很快感受到部队的温暖。挖猫耳洞时，司机班老兵李马娃看我太疲劳，非要拿起镐吭哧吭哧替我干了大半天。我在政治处时，机关干部都知道我爱吃面条，许多领导总是家里一做面条就叫我去“过年”，副团长朱正德、政治处副主任揭光远、组织股长韩耀文、一营副营长张先江……太多了。这样的故事，在部队每天都会发生，官兵、战友亲如兄弟。想起来，当兵虽苦，却活得像个“情感贵族”。

1973年我母亲来部队。战争年代参加革命的母亲对部队很有感情，但她还是没想到，我的战友对她竟然那么热情。几乎每天都有战友或家属送来蔬菜、水果、鸡蛋，每天都有战友来看望她，夏志光、陈显凯、武好学、赵铁等战友和她唠起来就像亲人一样，宣传干事马战还将自己写的文章拿给母亲看。这些都是多么感人的情景啊。母亲离开部队那天，一大早政治处主任刘兴才和二十多位战友到车站相送。母亲感动地说：你们部队真好！战友真好！母亲现已八十三岁高龄，提起许多我的战友的名字还如数家珍。

我在政治处的时候，和师团领导接触比较多，从他们身上学到许多优秀品质：坦荡无私，肝胆相照，朴实真诚，勤勉严谨，联系群众，清正廉洁……他们是我人生中垂范的师表。几十年过去了，人格魅力穿越时空，历久弥珍。

我庆幸自己在33师当过兵，在这样的“学府”里上过学！在我的印象中，我所在的这支部队始终充满着团结和谐、艰苦奋斗、意志高昂的精神风貌。记得前几年也有一次33师战友大型聚会，我在会上发言说：“33师的建制虽然撤销了，但是传统在发扬，感情在凝聚。因为，改革开放考验每一个人，遍布全国的33师战友有许多走上各级领导岗位。有孬种吗？有被‘双规’的吗？有腐败的吗？没有！反而个个是好样的！这就是我们的骄傲，这就是我们战友情深的基础。历史证明：33师军旗飘扬，军魂不散，精神永存！”

三

33师里，从战争年代走过来的领导干部普遍都很爱学习。他们当中，有许多人知识丰富，功底深厚，堪称“儒将”。比如，师里的副师长娄伯修、副政委穆可夫、政治部主任于占元、副主任张俊虎；宣传科长翟辉祖、副科长刘绍礼；404团团长付芳春、政委邹文治、张兴全、副团长朱正德、政治处主任张凤歧、副主任揭光远、股长黄龙辉、韩耀文……都给我留下了深刻印象。其实还有许多，因我接触比较少，现在想不起来了。但总的印象是，我们的部队有这样一种精神力量，那就是尊重知识、关心人才、崇尚理论、热爱学习。

和我同年入伍的战友中，一些品学兼优的老高中生，成了对我影响很大、帮助很大的良师益友，比如于天文、崔阵、武好学、张同星、马战、周挺、马文荣、周国申……和我年龄相仿的战友中，也有许多酷爱学习、才华横溢的兄弟，比如夏志光、蔡凯、聂宇峰、张红旗……我经常参与写材料或通讯报道，经常和很有水平的领导或战友在一起“通路子”。所谓“通路子”，就是反复研究文章的思路、框架结构。在这样的研究探讨中，我每次都觉得收获巨大，主要不是指内容，而是角度、概念、逻辑，包括分析、综合、分类、抽象，总之，那是一种非常有益的思维训练。后来我读哲学，发现当年“通路子”的思维方法中，竟有某些与哲学家所说的“正、反、合”三段式相似相通的地方。而且，关于辩证思维、系统思维、层次结构、发散联想等等，当年都有一定的训练。我读大学、读研以及后来进入学术界，写论文或搞著述，包括 90 年代初作为总卷副主编和两部分卷主编参与了《中国小百科全书》这一浩大的典籍工程，都能感受到当年那种思维训练的收益。

我多次和大家公认的才子于天文在一起交流，每次都觉得很有收获。记得有一次他大讲特讲辩证法，我不断提问，他侃侃而谈地解答，使我深受启发。可惜于天文很早就调到师部去了，他的调走让我遗憾了很长时间。只比我大一岁的夏志光，不仅爱读书，而且文笔精湛优美，堪称才华横溢。我们俩经常是哲学、历史、文学……无话不谈，而且吟诗作词，真有点“对酒当歌”“挥斥方遒”的味道。有一次我俩不约而同都刚刚读完伏尼契的文学名著《牛虻》，见面以后竟然谈论了大半夜。与夏志光的友情，让我获益良多。我的同乡武好学是个老高三，不仅博学多才，而且真的很“好学”。我俩同在组织股当干事时，长期住一个宿舍，他每天晚上手捧司马迁的《史记》摇头晃脑地咬文嚼字，颇有学究风范。他讲《史记》，我是唯一的听众，讲得头头是道，历史知识和古文功底很是令我佩服。后来我在复习考大学时，仅用短短的十几天时间，武好学给我做了许多辅导，真是一位亦师亦友的兄长。还有许多战友，包括后来入伍的年轻战士，都很爱学习。当兵十年，我不但没有荒废学业，而且大有长进。否则的话，初二都没念完的我，是很难考入吉林大学的。

在政治处，我开辟了一个堆放杂物的小仓库，几只木箱当桌椅，拉一个灯泡，业余时间在那里读书。有一次被政治处副主任应法士发现了，他一脚踢开门，气呼呼地问我："偷偷摸摸干什么？像个军人吗?"我狼狈不堪地等着挨训。可是，当他发现我的书和笔记，竟然和颜悦色了，还拍拍我的肩："嗯，年轻人，爱学习还是好的嘛!"我自学英语，不知怎么让副团长朱正德知道了。没想到他每次见到我，都笑着用英语和我对两句话。政治处主任刘兴才、干部股长韩耀文更是经常地、热情地支持鼓励我读书学习。邓小平决定恢复高考，我团只有一个名额，我提出申请后，团里领导经过慎重研究同意我报考。当时我正担任指挥连指导员，连长洪吉童等干部战士都对我表示支持，炊事班还给我开过小灶，政治处的几位战友帮我搜集复习资料。离开部队之前，团长付芳春还与我推心置腹地长谈，鼓励我好好学习……这些事，都让我感铭肺腑，终生难忘。

"莫道戎马倚干戈，文武之道壮山河。"

"军旅大学"——我青春的沃土，精神的家园，成长的摇篮。

雪融心　心融雪

来到南国已经五年了。南国风情，让我沉醉于温馨之中，品味着海风椰风交织的惬爽、绵绵细雨铺撒的柔情。当然，也有雷雨、台风的强悍。但是，总觉得少了点什么。

是什么呢？当然是雪。

想到雪，这岭南湿漉漉的空气开始显得燥热。雪！那冰清玉洁的晶莹，沁人肺腑的激越，会化作内心一种渴望，接着就是壮怀记忆的苏醒。

久违了，北国的雪！

第一次感受东北的雪，还是在新兵连。我当兵在沈阳军区炮兵33师404团，当时部队驻守在吉林省和龙县山高林密的黄芪沟。虽说已早春三月，可还是赶上了大雪。

夜间被带班的班长叫醒站岗，睁开眼时觉得奇怪，窗外怎么亮如白昼？出门，惊呆了！整个世界突然换装，地面升高一尺多，天公用巨大的斗篷铺盖了一切。大头鞋踩在雪地上，一种从未听过的声音，清脆地悠扬着，心脏感触到一种酥松的弹性。双脚竟像弹奏键盘，我成了美妙音乐的演奏家。

来到哨位，举目四望，近处的树木、营房，远处的层峦，再远处的天涯，统统被洁白涂抹着、连接着。天地成为一页洁白的稿纸，任你书写浪漫的诗句。见过中原的雪景，听说过东北的大雪，想象过塞外的风光，吟诵过“山舞银蛇，原驰蜡象”，“望琼田不尽，银涛天际，浮皓色，来天地”。但是，真正置身于这长白山麓的琼楼玉宇，怀疑自己脱离了熟悉的人间，来到陌生的仙境。

身处南国，遥想北国，心中升起的，竟是温暖。

那是在隆冬的野营拉练中。不到零下20摄氏度以下，军人的雪地露营就似乎没有意义。“冬练三九，夏练三伏。”绿色军装所包裹的热血奔涌的生命体，钻进雪窝，这种似乎有点严酷的训练方式，却以入睡快、睡得熟、睡得香甜为“过得硬”的标准。用厚厚的积雪堆成矮矮的围墙，当进行这项工作时，我们不由自主地成了雕塑家，在规定时间内尽量追求雪墙的精美。炮弹装到炮车上，既是突然占领阵地的需要，也是为了节省一张篷布作“房顶”。为了伪装，上面又是一层雪。“营房”建好，两人结对儿，共用军被和棉大衣，开始就寝。在雪的怀抱里，温度是一种过程，梦境是一种升温，温暖被心和雪共同珍惜。站哨的时候，身后就是一片夜空下的雪莲花。再回去入睡，心脏就是被雪所滋润的花蕊。梦是洁白的。而我们的苏醒，是朝霞和雪域拥抱时绽放的激情。

东北大地，为皑皑白雪施展豪放提供了舞台，然而，一旦走进林海，就会领略她的含蓄与幽静。——我们的部队，自建营房是一种传统。部队从延边换防到九台营城附近安营扎寨，新的驻地有一个凄凉的名字——荒山。我们的任务是要用自己的汗水，将“荒山”变成绿色军营。当时，我是一连一排排长，随连队进入敦化秋梨沟，执行伐木任务。

大雪飘过，红松、白松、美女松、白桦、柞树、榆树、刺秋、核桃秋、黄波罗、水曲柳、椴树、色树、拧劲子（槭树）……千姿百态的森林植物披上雪白的装束，挺拔的更加傲然，古朴的更加深沉，苍翠的更加幽郁，婀娜的更加妖娆。阳光插进来，金线缭乱，白雪欢跃起磷光片片，再向我们灌注满腹清芬。当时伐木用手锯，单腿跪在雪中，或干脆坐在雪里，两三个小时，白雪不化，用温柔为我们减轻疲劳。渴了，抓一把雪贪婪地咀嚼，清香和冰凉沁入身体，再甩一把汗还给雪地。“迎山倒喽——”，喊声过后，大树轰然倾倒，枝杈哗啦啦喧腾。这时，雪花纷纷弹飘起来，舞姿轻盈，载着我们的心情飞传捷报。

“给我们讲一讲大雪吧!”对没见过雪的南国娃来说，白雪是遥远的神秘，是壮美的诱惑。可是，该如何讲呢？也许，婉转的比喻更能让他们领会雪的神韵。于是就说，乘飞机看到白云翻飞，是雪山的起伏跌宕；临海看到白浪奔腾，是暴风中雪阵的呼啸滚动；迎春时看到大片梨花，是白雪漫天的飘洒……要不，就说说雪中行军吧。

我们虽是炮兵，但少不了徒步行军的千里拉练。由远而近的雪路，是冰雪女郎飘逸隽永的长发，一再牵引着、召唤着我们。然而，她很高傲，用闪光的肌肤晃得我们睁不开眼睛；只好眯着眼瞄向远处那洁白的肩胛。冰雪女郎，诚心考验军营男子汉，开始疯狂地发飙，表演着东北老百姓所说的“大烟泡”。这时的雪花早已成为“砂粒”，迅猛地抽打过来。幸而，我们不是顶风，而是侧风。于是侧过身来，躬着腰、低着头，否则，不仅脸部迎刀，连呼吸都困难。汗湿的棉军装冻成了坚硬的盔甲，寒冷向骨缝儿里透入。彻骨的寒气告诉我们：这时唯一的选择就是前行。我们必须手拉着手，防止掉入路边的深沟。手掌，透过手闷子（皮手套）传递着鼓励。夜幕降临，风停了。冰雪女郎一定是受了感动，收起暴躁，回归温柔。从夜空抖出亿万白点，洋洋洒洒，落在帽顶、双肩、背包、钢枪、子弹袋……人说不经历“大烟泡”就不了解东北的脾气，不了解大雪的秉性。经过洗礼的我们，张开嘴，大喘气，白白的生命的呐喊便喷射而出，那是心和雪的互融。

最近回到东北，当年一起爬冰卧雪的战友，个个白发染头，鬓角挂霜，但精神矍铄，目光炯炯。我们曾经共同走进白雪，拥抱白雪。大自然对塞北大地的偏爱，我们一起用青春享领。

是啊，我们都已经有了白发。白发好美，那是琼天玉地的凝结，是皓鹤银鹦的歌唱，是祥云瑞帏对年轮的呵护与慰藉。

哦！雪融心，心融雪。

我的驹娃哥

一

十六岁半，我当兵了。母亲在列车窗口相送，车开了她还追着列车跑，一边跑一边招手，眼里含着泪花。同一个闷罐子车厢的新兵都在笑，可他们心里都有一份感动，有好几个也都纷纷地向母亲招手。

好长好长的行程，列车终于停在一个叫龙水坪的车站。延边，一个遥远的、边缘的名字，如今我们踏在这陌生的土地上。夜晚，远处山影朦朦胧胧，却好像展开了迎接我们的怀抱。列队以后，我们上了一排解放牌军车，车轮滚动的时候，我意识到，我已经成为一名军人。

果然，车队向大山驶去。

两边的山越来越高，前面的路越来越窄。车上的新兵们，由兴奋地叽叽喳喳，变成了无言。我们都是城市兵，突然来到这地处边陲的山谷里，心中越来越塞满了莫名的紧张。车队的马达声，盖不住两边野兽的嚎叫声，是狼？是虎？还是……一条小溪离我们越来越近，在车轮旁边哗哗流淌，好像在挑战我们这些来几里外的不速之客：怎么？后悔了？想家了？

终于，排排灯光告诉我们：军营到了。

二

新兵连的食堂里，已经备好了我们的第一顿“军餐”。在河南家乡吃过高粱面，可从没吃过高粱米。碗里的高粱米籽儿硬邦邦的，吃两口挺香，再吃就咽不下去。这时，来了一位个子高高、虎背熊腰的老兵，笑呵呵地向大家问好："听说都是河南老乡，老乡们你们好啊！俺家离开封不远！吃不惯高粱米，就尝尝这，管保你们吃不够！"说着，把大盘的菜放到每个餐桌的中间。"知道这是啥？这是朝鲜族辣白菜，比肉都好吃！"憨憨厚厚的热情，加上地道的家乡话，气氛一下热烈起来。"俺尝尝。""俺也尝尝！"果然，辣白菜吃到口里，拿今天的话来说，那叫一个"爽"！只见老兵咧着嘴笑，眼睛眯成了一条线："管够管够啊！嘿嘿，到这儿当兵别嫌远，光这辣白菜，都叫你不想家！"看来，这老兵还挺会做思想工作，句句话都贴到心窝上。

军营第一顿饭，让少小离家的我立刻觉得暖融融的。老兵真好，部队真好。那朝鲜族辣白菜，成了我几十年来每每碰到都大快朵颐的美味佳肴。几十年后去韩国旅游，同行的旅友许多人吃不惯辣白菜，而我却过足了口瘾。

三

后来知道，那老兵只比我们早两年当兵，年龄比我大上四五岁，有个乡土味浓浓的名字——赵驹娃。巧得很，从新兵连分到一连，赵驹娃就是一连的汽车兵。

一见面，就紧紧握住我的手："嘿嘿，好，好咧很！你这娃娃兵，小姑娘都没你这秀气！透着聪明劲儿，看着稀罕死个人！"我的手在他手里，好像猴子的手在熊手里，往外抽都抽不出来。"安全，快来快来，看看这个通讯员咋样？"我到一连先在连部当通讯员，听说文书祝安全挺有文化，他可是直接管我的，还不知道咋跟他见面呢，这可倒好，原来祝安全也是驹娃的老乡，被驹娃一招呼就热情扒拉地过来。到底是文书，一见面就教育我，赵驹娃急赤白脸地护着我："别看人家小，文化水儿不比你少，你别一上来就教训人！"弄得我怪不好意思。

当通讯员每天要去团部取报纸信件，那是"家书抵万金"的年代，官兵们对家信无比重视。有一次我刚背着大挎包走出团部，一辆嘎斯63"咯吱"一声停在我旁边，赵驹娃探出头："小老弟，上车上车！"看我到后面扒车，他大声喊："坐驾驶楼！"驾驶楼是干部带车坐的，我这新兵通讯员，提前享受了干部待遇。到了连部，他又帮我分发信件。五班长当众训我："新兵蛋子，你倒挺会偷懒，坐车不说，还坐驾驶楼!"赵驹娃立马冲到他前面："咋啦，我让他坐的，人家小同志到这山沟里容易吗?你不心疼我心疼!"打那以后，全连都知道赵驹娃"护犊子"。"护犊子"啥意思?后来才明白，就是牲口护着自己的小牲口。我成了"小驹娃"，心里常常责怪赵驹娃太拿我当回事儿，好像比我大一辈儿似的。好在这个赵驹娃很有人缘，他吃苦耐劳，开车技术好，连当兵七八年的老司机都佩服。

虽然我初二没念完就赶上"文革"，两年不到又当兵，可老兵们还是叫我"小知识分子"。赵驹娃也跟着叫。"来来，小知识分子，帮我写封信!""写给谁?""就是俺那个……相好的，那个……没过门儿的家属。"当时，"家属"这个词儿相当"军事化"，可给没过门儿的"家属"写信，不就是写情书吗?这事儿对当时的我来说还真挺为难，就推托："让文书写不中?""不中不中，安全那家伙写了一封就露馅，文绉绉的不会说话，可是不中!"驹娃吓唬我，说好久不写信了，再不写那边要"黄摊儿"。"我咋说你咋写!"可第一句"芬：见字如面"后面他就没词儿了，撂下一句"咋写都中"转身就跑了。从没写过情书的我搜肠刮肚弄了百十个字，还要考虑到用驹娃的口气。驹娃见了如获至宝，看都不看就装信封、贴邮票。

后来就经常有人让我代写家信，基本都是给过门儿没过门儿的家属的。原来，那百十个字效果绝佳，大概是驹娃相好的回信夸了他，他就把我到处推荐，弄得我还不知谈恋爱咋回事儿的时候，就写了一堆的情书。现在想想，那些老军嫂们，可能一直都不知道她们收到的情书是我这个枪手代写的。

四

每个炮班一架火炮，一辆嘎斯63牵引车。我到六班当班长，全班战友都比我年龄大，好在司机班给我们班配的司机正是赵驹娃，在他的"辅佐"下，我克服了不少难题。

推炮占领阵地是个要命的训练科目，四班全班来自农村，推炮像一群小老虎呼呼地就上去了，我们班全都来自城市，推到一半硬是嘎悠不动了。四班长张生，带着全班起哄："小知识分子们，回城里享福吧!""下乡接受贫下中农再教育吧，教育好了再来!""六班的，拿着笔杆儿当炮管，拿着书本儿当炮弹吧!"突然，虎背熊腰的赵驹娃冲过来，他一个顶俩仨，我们也呼呼地上去了。四班长冲着驹娃喊："你算咋回事？踩油门的也会拉帮套!"赵驹娃回应："叫你们司机也上啊!"可四班的司机偏偏是个朝鲜族小个子，患胃溃疡刚刚做了手术，胃切掉三分之二。驹娃憨憨傻傻地笑，我却动了气："你这叫拉帮套？这是帮倒忙!"驹娃不生气，笑得更憨："还挺有志气，咱六班的小知识分子，不蒸馒头蒸口气，好好练!"说练就练，当天夜里，全班就憋足气练到后半夜，一个个累得瘫在地上起不来。赵驹娃来了，神秘兮兮地说："走，上饭堂。"原来，他跟炊事班老班长关系好，悄悄地给我们做了一锅疙瘩汤，当然少不了辣白菜，香啊！全班拉着他直叫亲哥。

福洞煤矿，其实就是个小煤窑。军工生产，自己挖煤，三班倒，每班八个小时。初下矿井，至少在一个月时间里，我天天骂自己是笨蛋！掌子面上抱着风钻突突突突，这活儿充分暴露了我就是个"小知识分子"。一条腿跪着，可脚底下溜光水滑，"拿劲儿"本身就费死劲。死沉的风钻贴在胸前，突突几下浑身就湿透了。偏偏腰间的电瓶快没电了，头盔上的矿灯还不如个烟头亮。下面喊话："六班长，你倒是行不行啊？任务完不成了!"我壮着胆子喊一声"我行!"然后两眼紧闭，算是拼命了！突然，两只大手接过风钻，然后被一个宽厚的肩膀顶了一下，我就顺着掌子面滑到了坑道里——又是赵驹娃！就听风钻突突的声音都不一样了，每打一个眼儿，钢钎到头也就几分钟时间。驹娃下到坑道的时候，连炸药和雷管都装好了，"撤!"他一声令下，我们撤到安全地带，确定里面没有人，他按下按钮，几声闷雷过后，他又带领大家装车，大板锹在他手里就像小锅铲儿。

"一号命令"下达，部队特级战备，随时准备上战场，战争氛围紧紧地围住每一个人。动员会上，赵驹娃上台表决心与众不同，竟然是写给老婆的信，这封情书还真不是我代写的。“芬：我要上战场了，要是光荣了，你就改嫁吧，千万要把孩子养大！”指导员说这是掏心窝子的豪言壮语。会后有人跟他打镏：“驹娃你不够意思，让老婆把孩子养大，我可没过门的家属都没找哪！”驹娃毫不相让：“没家属没牵挂，光荣了利利索索，怕什么？”又是一段豪言壮语。营房住不成了，部队在龙水坪附近的山上露营。东北的初冬已经很冷，上级要求住猫耳洞。当我在洞里吭哧吭哧挥镐的时候，驹娃又来了，脱下上衣，露出腱子肉，双腿跪在地上开始耍把式，活儿干得又快又漂亮。当我向连长汇报的时候，连长一愣：“六班？可以啊！”连长一检查，立马召集全连各班长前来参观学习。我当时就想：驹娃这家伙，怎么干什么都像行家里手？

聊起来，他憨憨地笑着：“这算啥？打小就在大山里砍柴，挑一担柴上百斤，翻山过岗几十里进城去卖。打石头，修水渠，腰里拴绳子挂在山壁打眼放炮，人家俩人抬的石头我扛起来就跑……惯了！”大山里的孩子，吃苦耐劳，千锤百炼，真叫人佩服。“我当班长，不够料！”当我流露出小小的自卑，他瞪大眼睛：“咋着？咋这说？你小小年纪不怕吃苦，有文化水儿，咋不够料？让我这大老粗当官，那还行？”用他的话说，他对我那是“稀罕”，其实我真配不上他的稀罕。不过我知道，时间久了，一个连队就像一个家，战友们一起吃苦流汗，一起完成艰险的任务，一定会滋生出浓浓的兄弟情。

五

我当排长的时候，连队连续两年进入深山伐木、运木。抬大木头，这活儿需要专门训练，我是“号头”，每天喊着亢进悠扬的号子，八个人“一副肩”在跳板上冲锋陷阵。赵驹娃这回当不成行家了，但他开着大挂车运输，山路盘旋狭窄，积雪打滑，绝对考验技术。驹娃把车停在楞场，或者去砍松树明子供我们点火用，或者从山下捎来辣椒面，让我们刺激胃口，多吃有劲。有几次还把军用水壶塞给我，里面装着老白干，说是晚上喝点解乏。

我时常想，如果我真有一个亲哥和我在一个连队当兵，会不会像驹娃这样？全连都知道，驹娃和我，就是亲亲的哥俩。

部队实行志愿兵制度，驹娃成了志愿兵。恢复高考那年我考上了吉林大学，离开部队时驹娃外出执行任务没回来。没想到这就阔别多年。驹娃复员时候怕影响我学习，没有告诉我。汝阳县那起伏蜿蜒的大山，锁住了驹娃哥的身影。

驹娃的字越写越好了，词儿也越来越多了。信里说他在县政府当司机，精湛的技术和吃苦耐劳的精神让他屡屡受表扬。都说当兵时想家，回到家想部队、想战友。我研究生毕业分到北京国家机关时，还住集体宿舍，驹娃提着红枣、花生来看我，和我挤在一个床上。打那以后，又是多少年，联系从未间断，这都因为驹娃重感情，话不多却情深意厚。再后来兴手机了，通信变成了打电话。

六

2013年，隔几天就接到驹娃的电话，说是一定要我去汝阳。驹娃哥，到底割不断兄弟情谊，我又何尝不是？可我在珠海任教，只好应允，暑假一定去看驹娃，看汝阳的战友。

当驹娃和祝安全从很远的车站将我和爱人接到汝阳城的时候，十五位战友早已在饭店门口相迎，这场面是我始料未及的。巨大的圆桌，宽敞的餐厅，落座以后，战友们一个个和我热烈拥抱。史天命、贺老荒、杨疙瘩、刘平娃、赵普娃……还有几位原本不是我们炮兵404团的，而是我们33师师部或其他团的，也都来聚会。这可都是我的兄长啊，如今最小的也已六十四五岁，可一个个精神昂扬，军人的威风不减当年。我深深感到，这世上有一种亲人叫战友，有一种亲情叫战友情！

更让我想不到的，是落座以后谈话的内容，基本不是怀旧，而几乎全都围绕着复员转业以后的经历，这简直就是一场总结会，是这些老军人转换战场后人生的总结。原来，因身体原因很早复员的祝安全，在大山深处做一名小学教师，而且是待遇很低的民办教师，一干就是四十年！常年凌晨5点起床、深夜上床。天气冷肚子饿吃点花生，可微薄的收入连每天买花生也不够。但他，培养了多少孩子走出大山。史天命，偏偏不信天命，承包一块地搞创新，种的庄家和蔬菜全是用科技成果搞试验，就在收成越来越好的时候上面把地没收了，他花了五年时间奔波打官司，硬是赢了官司，收回土地还获得了赔偿。赵普娃当了干部，还是人民代表，为群众办实事深受爱戴，上边提拔他，老百姓竟然挽留他，他拒绝了新的任命继续干原职，最近一次人民代表选举中获得全票。杨疙瘩为了保护山中珍贵药材到处奔走呼号……老战友啊，你们真是让我感动，让我骄傲！

只有驹娃没说话，他在忙前忙后地为大家斟酒。

一位大嫂进来，一手拎着一只保温桶，往桌上一放，声音朗朗地对我说：“兄弟，还认识我不？我是赵驹娃家属！”还没等我回话，就一下抱住我爱人：“这是我兄弟的家属吧？可把你们盼来了！”她带来的是玉米面糊糊。亲亲的嫂子，我咋会不认识你？当年你来部队，给我洗过衣服、缝过被子。你到炊事班帮厨，听说我值班站岗，专门给我留了一碗玉米面糊糊。

就像今天这玉米面糊糊，香，真香啊！

七

千万别小觑这棵银杏树，西汉随张骞出使西域的玄真道人带回，即落根于此，高寿两千余年，依然苍劲挺拔，葱茏碧翠。而这里，竟是鬼谷子讲学的云梦村附近、古代“桃源宫”遗址。我写了首诗发到微博上：“沧桑千载傲姿擎，根老枝遒笑碧穹；沐雨啜风禅入梦，一尊佛意万尘空。”名声显赫的鬼谷子和纵横术、古代兵法、奇门八卦、修身养性联在一起，相传孙膑、庞涓、苏秦、张仪、毛遂等皆为其弟子。真的不知道，鬼谷子教学和修炼的神秘的云梦山，竟在我这次拜访战友而专赴的河南汝阳！为自己孤陋而惭愧之余，是庆幸。这里还与更古老的鬼氏族、鬼方国密切相关。

赵驹娃开车，祝安全是绝好的导游，我们穿梭驰骋在起伏蜿蜒的大山之间。祝安全说，佛教寺庙以及大尊佛像都在山清水秀、风景如画的宝地佳境，香火缭绕与自然美景、人文意趣总是结合得浑然一体。于是，我们又来到鲁山大佛。

私下里，安全认真地对我讲：驹娃工作一直兢兢业业，领导多次表示他到了退休年龄也可以继续干，他的职岗在我们这儿是令人羡慕的，但他还是提前好几年就辞职了。因为，他后悔干过截访！驹娃当司机从不喝酒，可那次他喝醉了，捶胸顿足地说自己对不起老百姓，对不起养育他的山山水水。他干个体运输口碑特别好，方圆几十里都知道那个兵爷爷车开得好，为人厚道……

说这些话的时候，我们在登山。驹娃停好车，健步向我们走来。他开车超过百万公里，可如今还是当年那副笔直的腰板。驹娃哥，我的驹娃哥，我有一种紧紧拥抱他的冲动，扯开嗓子喊了一声：

“哥——我的驹娃哥！”

声音在大山里回荡着。

02

大学枕梦

当年考大学

当年我当兵，已经当到正连职。在一次出差的时候，从广播里听到恢复高考的消息，激动得睡不着觉。回到部队，立即写申请。虽然从电视剧中看到，当时邓小平决策，报考可以不经过单位批准，但这一条在部队是无效的，全团只有一个名额，一定要经过领导同意才可以报考。我就找领导，说往年工农兵学员的时候，有几次机会都没我的份，这次是考试啊，说什么也得给个机会吧！我立军令状行不行："如果这次考不上，面朝广土背朝天，吭哧吭哧在部队干一辈子，再不提考大学的事儿！"我找了团长和副团长、政委和副政委、参谋长和副参谋长、政治部主任和副主任，还有干部股股长……总之该找的领导都找了，有的反复找。后来部队外出拉练，我还是坚持申请。据说团党委研究这件事的时候，一位副团长的发言起了关键作用："这家伙是个大学迷，申请好几年了，这次就给他个机会，反正五名报考的也需要一个干部带队。否则，还真担心他魔魔怔怔的憋出点什么毛病。"团长政委也都表了态：上面对这次高考很重视。这家伙倒是挺爱学习的，万一考上了，也算部队出了个大学生。终于同意我报考了，突然意识到这一次，就是所谓的破釜沉舟，背水一战。另外四名报考的都是应届高中毕业的战士，当时部队正在千里拉练，我立即带队（我们五名）回到营房驻地，开始艰难地搜集复习资料。当地有个中学，我们找校长、找老师，苦苦哀求借教材，总算差不多了。可这时，离考试只有十天！咋办？拼啊，墙上贴了纸条"人生能有几回搏！"每天拼十五个小时以上。

当时的战友听说我参加高考，又羡慕又支持，炊事班留守人员还给我开过小灶。我的老乡、政治处干事武好学是个老高三，数学超好，给我耐心地辅导。但是到了第三天就对我说：你听说过“田忌赛马”吗？我一听就知道，我数学底子太差了。是啊，“文革”开始的时候，我是初二，整个高中都没上过，现在复习数学，哪里是复习啊，简直是从头学习高中的数学课程。武好学对我说，他当年上高中大量演算习题，现在短短几天，就算你学完了课本也没有演算机会。我立马采纳了他的建议：放弃数学，集中精力备考政治文史地等等，每天写一两篇作文，也没有什么“猜题”，就是自己练练笔。现在回想起来，当时复习效率奇高，有“一天等于一个月”的感觉。人的潜能还是很大的。

高考是在沈阳，我们部队驻地在吉林省九台县营城附近的山区，有个很野、很豪放的名字：荒山。到了沈阳，看到潮涌般的考生，尤其是看到所有参考的人都是雄心勃勃的样子，就觉得很是壮观、特别壮观。当时有个强烈的感觉：恢复高考太重要了，十年当中积压的年轻人，蕴藏着多么大的精神能量啊，爱学习、想读书的同龄人实在太多了！这时，我就为我们团和我一起1968年入伍的官兵中那些初中、高中的老三届感到惋惜，他们当中有许多如果来参加高考，那是一定会高分录取的。

记得中午，有几个知青模样的，看我穿着“四个兜”的军装，就上来搭话，其中一个说：“你啥级别?”我说：“连级。”当时部队没有实行军衔制。那人说：“少壮军官啊，我要是你就不考了，你的命运不错，改变了倒可惜了!”还没等我说话，和他一起的一个年龄稍大的说：“你说得不对！给我个县团级我也要上大学，那能一样吗？上不上大学，完全不一样，懂吗?”先前那个人立马改口：“那倒也是。”这段简短的对话，我印象很深。当时我就想：知青大军，藏龙卧虎啊！远见卓识啊！

高考后的忐忑期待，无以形容。拉练结束之后，我被批准回河南开封家乡探亲，那时一个探亲的机会无比珍贵。我是河南大学长大的，回去后知道少年时代的玩伴——河南大学老师们的孩子绝大多数参加了高考，而且几乎全部考上了大学。每份通知书，对我都刺激强烈。于是，我跑到开封一军驻地，我说我是东北沈阳军区的，想借用军线电话，人家说你得拿介绍信。我就实话实说，说我现在探亲，想打听高考结果，没想到这个理由非常受支持。当我接通电话，干部股股长韩耀文大声说：“赶快归队，到吉林大学报到!”我连问了三遍，韩股长说：通知书就在我手里！怕寄给你耽误时间，正想给你发电报呢！记住啊：吉林大学历史系！——我当时觉得，这是世界上最好的系，历史专业是最棒的专业！甚至觉得，古今中外浩瀚的历史展开了宽阔温暖的胸膛，在拥抱我！在一军军部大院里，我狂奔，我撒野，我把军帽抛向天空。

报到以后，就看到年龄大的三十好几岁，年龄小的十八九岁，大家都是同班同学，这真是一种奇观。我二十七岁，属于中上等。同学中，来自农村、工厂、煤矿、兵团、学校、艺术团体……各行各业，像我一样穿军装的也有七人。虽然如此多元化，但共同语言超多，一开始就交谈得十分热烈，自然就形成一种奋发学习、热烈追求的氛围。

系里组织迎新晚会，我写了一首诗准备朗诵。但晚会开始时，主持人让我帮助作服务工作，所以没有机会上台。这首诗一放就是三十六年。这几天看电视剧《历史转折中的邓小平》，里面关于77级大学生的许多情景，引发回忆，找出这首诗，竟然被自己当年的激情所感染。我将这首诗发了一条长微博，一天里点击量三万八。邓小平电视剧剧组、导演吴子牛先生都予以转发，看来大家对于77年高考那一段，都是难以忘怀的。下面，就是那首诗，诗显得很当年，当不见笑。

写在握手的时候

春风，懂得我们的情感
才这样像炽热的火，像醉人的酒
天空，知道我们的心境
才如此云舞翩跹，霞铺锦绣
77级——终于集结的大学新生
有多少激动的话语涌在心口
是叙述凌云的憧憬?
是描绘荟萃的洪流?
是阔谈刻苦读书的志向?
是倾吐踏入校门的感受?

不，不啊！
来不及，怎能够
我只有笨拙的口舌、迟缓的笔头
只能录下一幕稍纵即逝
却永远难忘的镜头——

握手，紧紧地握手
可感到血液向双手奔走？
握手，紧紧地握手
可触到激情震得手指颤抖？
莫要说吧
初见面，不相熟
只第一眼
就认得准，猜得透
你一定是每当放下锄头
就拨亮了集体户的油灯
你一定是每当脱下工服
就把自修课本捧上手
你一定是刚刚批完学生的作业
又开始演算自己的习题
你一定是刚刚走下哨所
就在营房的路灯下读个不休……
只因四个现代化蓝图同挂心中
早就是志同道合的老朋友
今天啊，这双双手
才握得这样紧，握得这样久

握手，紧紧地握手
握住老校长那温暖的手

握住老教授那颤抖的手
握住工农兵学员那滚烫的手
莫要说吧
初见面，不相熟
却深信啊
是良师，是益友
明亮的教室，你们扫了多少遍？
彩带般的标语，你们啥时贴上高楼？
为招生，你们忙了多少天？
新教案，你们写了多少宿？
为了累累桃李遍神州
你们披严霜，驱寒流
对春天里走来的新同学
你们情这样深，意这样厚
今天啊，这双双手
才握得这样亲，握得这样久

是战士，会师在新的阵地
是航船，待发在新的港口
我知道黑板上
展天地文章、走源远长流
我知道图书馆
藏浩瀚海洋、蕴万古春秋
我知道校门口的背后
是雄关漫道，山高路陡
我知道四番寒暑的旋律
是步步攀登，时时遨游
来吧，亲爱的同学、亲爱的朋友
握手，紧紧地握手

莫要说吧
初见面，不相熟
顷刻间啊
志相合，心相投
因此啊
歌声才这样壮
笑声才这样稠

来吧，亲爱的同学，亲爱的朋友
老数学家
为我们将征途的历程算好
老科学家
为我们将成才的要领传授
握手啊，紧紧地握手
握住豪情，握住青春闪亮的短暂
握住理想，握住命运顽强的拯救
大渡河的铁索
也是我们登攀的脚手架
腊子口的钢枪
也是我们攻关的硬骨头
让我们用双手
拥抱现代化的明天
让我们用双手
谱写新一代的风流

——写于1978年3月作为恢复高考后
第一届大学生踏入吉林大学的第一周。

生命中那份神圣

一

连续三天大烟泡，村里村外见不着人影。

盘旋舞动的“烟雾”，不过是强劲的北风从积雪上挥起细沙般的雪粒，漫天传递着呼啸，似千只野狼齐嚎。地里，收割后留下的高粱茬子，上面的残叶也在瑟瑟发抖。然而细看，它们盘结着周围的冻土，凝聚起小小的雪堆，挺立得很顽强。

敬蓉的脸蛋儿通红通红，像大烟泡吹绽的一朵花。翠绿的大头巾裹着，更显得浓艳无比。她吃力地挥动着铁镐，镐起镐落，黝黑发亮的冻土疙瘩弹出来，打在厚厚的棉裤棉袄上，也迸在头巾上，有时还钻进嘴里，吐一口吐沫，用戴着手套的手背擦擦嘴，呼哧呼哧地干活。背篓里已经装了一半高粱茬子，那是生火做饭、烧水熬药的燃料。呼出的哈气，在额头一绺黑发上结起白霜。她心里惦着任华彬，满脑子都是任华彬拖着病怏怏的身体拼命读书的身影。

任华彬正孤零零地趴在集体户的炕沿上，炕头的热乎劲儿早就顺门缝溜走了，屁股底下的木凳子也拔凉拔凉。一阵咳嗽伴着一阵痉挛。高烧十几天了，他就这样半坐半趴着读书。头晕目眩，四肢酸软，浑身软绵绵的。可眼睛里，却一直喷射着一种凶光，那是一种贪婪、一种发狂，一种连敬蓉都感到陌生的倔强。

陆家烧锅，东北平原上一个普普通通的村庄，却有一个远近闻名的集体户。一年前，也是冬天，发生了八名男生偷生产队粮食的事件。村民们再也不愿意饶恕他们，骂他们为“叛徒”，因为他们毫无顾忌地背叛了村民们的信任——他们本来信誓旦旦地表示看守那点种子粮，现在却典型地监守自盗。女生也因为分享了“赃物”而被看作同流合污。只有任华彬和敬蓉是例外，他们不仅反对偷粮，还舌战群儒地为村民说话。这下，他俩成为“叛徒”的“叛徒”，被孤立了。

发生在陈浩东和任华彬之间的那场争吵，使当年一起当红卫兵、一起下乡的铁哥儿们严重决裂。“就算谈不成，再谈，一块儿找大队、找公社，也不能偷！那是人干的事儿吗？”“臭书呆子，你想当饿死鬼，也别找十几个做伴儿的！”“又不是没吃的，种子粮偷了，开春种啥？”“那是大队、公社的责任，知青就不是人吗？”

这件事儿，反而促成了敬蓉彻底倒向任华彬，两人公开地恋爱了。

“我可是回不了城的，你还是别……”任华彬憋得脸通红，结结巴巴地言不由衷。

“这就是你一直躲着我的原因？”

“……”

“书呆子！说实话，我在你心里，到底是什么位置？”

“冬妮娅！”

这是真正的实话！敬蓉低头笑了，从这一刻开始，她认定了任华彬。

一直追求敬蓉的陈浩东气急败坏地骂敬蓉是爱情的“叛徒”。陆家烧锅集体户，一时间“叛徒”聚集。

连大队革委会主任都骂：“一帮小兔崽子，叛徒窝儿！”

事情发生之后，疾恶如仇的村民们对知青们冷眼相向。待不下去了，集体户成员纷纷想尽办法暂时或长久地离开了。只有两个“叛徒的叛徒”留下来，加速恋爱进程。

二

高大帅气的陈浩东，是集体户的台柱子，尤其是陆家烧锅集体户和范家屯集体户发生冲突那次，陈浩东力挽狂澜。偷粮的事，当然是他一手策划组织，可万万没想到得罪了敬蓉。偷粮为什么？为咱集体户，尤其女生，特别是你敬蓉啊！你大知识分子家庭出身，娇嫩惯了，很快就要弹尽粮绝，我陈浩东心疼你知道不知道？更可气的是，任华彬这小子趁机背后捅我一刀，反而拣了个天大的便宜。在回城的同学中，陈浩东是最后一个离开的，但经常回来，当然是为了敬蓉。

他离不开她，内心无论如何也放不下这个“冬妮娅”。这外号是他给起的，气得敬蓉哭着喊着要他收回。不过，背地里，这个外号算是传开了。在那个年代里，有这么个外号可不是什么好事，就算《钢铁是怎样炼成的》纯属红色书籍，但“冬妮娅”却是资产阶级千金小姐的别称。但在陈浩东心里，这个“贵族小姐”高贵得让人揪心揪肺地爱慕。她肯吃苦，但那是咬着牙挺的。陈浩东觉得，她就是一颗光艳无比、价值连城的珍珠，非要混在铺路石子中抗碾抗压。心疼加照顾，还公开宣称：“我就是保尔·柯察金！”可每一次，敬蓉都大声回敬：“去找你的丽达！”——这回可好了，任华彬成了保尔·柯察金。他哪点配得上？他就是个书呆子、一根筋、窝囊废！如果他知道，任华彬恰恰是用“冬妮娅”三个字，就锁定了敬蓉的芳心，心里会更不是滋味儿。

陈浩东最近一次回来，是在两个月前，再一次苦口婆心劝敬蓉回城。这次，连任华彬都同意敬蓉跟陈浩东一起走，不是宽宏大量到把她让给情敌，而是为敬蓉着想——这里太苦了。当敬蓉信誓旦旦地说“任华彬不走，我也不走”的时候，陈浩东一句话强烈地震撼了他：

“敬蓉啊敬蓉，你还不知道，我让你回去，是准备参加高考！”

惊雷般的消息，让任华彬一把揪住陈浩东身上的军大衣：“你说什么？你——再说一遍！”

陈浩东从兜里掏出一张报纸，“啪”地拍到炕沿上，“自己看！”

任华彬一把抓过报纸，如饥似渴地过目，恢复高考的消息，使他双手竟然颤抖起来。陈浩东想，原来这家伙的大学梦比谁都猛烈！任华彬一把将报纸塞给敬蓉，她读着，眼睛里泛出泪光。陈浩东不失时机地大声说：“时间不多了，这里连复习资料都没有，你还犹豫……”话没说完，就听敬蓉掷地有声地说：“我跟你走！”

十天以后，敬蓉回来了。带回了一堆中学教材。任华彬眼睛亮了。他知道，敬蓉对自己的爱，是一种深刻的理解。她不是冬妮娅，在冬妮娅保尔轰轰烈烈的爱情中，少了一种志同道合的心心相印。

紧张而有序的备考复习，成了两人在集体户里最重要的事情。越是艰苦，越是两人爱情盘旋而上的山路。年轻的生命，贪婪地啜饮着知识和爱情交融而酿造的精神美酒。但是，命运喜欢开玩笑，任华彬就遇到了——高烧不退。他心里哭喊着：这玩笑开不得啊！可偏偏头重脚轻，昏昏沉沉。

三

这会儿，趴在炕沿上的任华彬暗自做出一个决定，要给这场严重不合时宜的玩笑一个理性的回复！敬蓉回来了，还没等放下背篓，就听到任华彬一声嘶哑的、带着哭腔的喊叫：“我决定了！”

“哗啦”，高粱茬子倒在灶旁。这声音是一种伴奏，敬蓉的声音更为坚定：“你决定的不算，我也决定了！”

任华彬的决定是放弃高考，这样敬蓉就不必为了照顾自己付出太多太多，否则两个人可能全都考不上，错过等待十年的宝贵机会。这个话题他俩已经讨论过多次了，而敬蓉的口气根本不容置疑：“我放弃！我全力以赴照顾你，病很快就会好！你是个聪明人，咋就算不清账呢？你当年学习那么好，最有希望考上，是百分之一里的。我是百分之九十九里的，我本来就没把握，当然是我放弃！”任华彬望着灶台边上烧火的敬蓉，灶坑里的火苗像画笔一样，将她本来就红扑扑的脸颊描绘得无比艳丽。

在那个寒冷冬季，陆家烧锅家家的火炕都在燃烧，而集体户的火炕也比往年都热乎。村民们再也不忍心让拖着病体寒窗苦读的孩子挨饿受冻了，敬蓉用不着刨高粱茬子了，窗户外面堆起了村民们送来的烧柴。

四

这是北方最负盛名的高等学府。以优异成绩被金榜题名的任华彬像一只恶狼，贪婪地吞噬着、咀嚼着知识的养料。为什么是哲学？他没有想过将来的就业，没有在乎甚至连老师都未否认的“哲学贫困”的判词，甚至对于周围同学所庆幸的“上大学改变命运”也没有什么概念。他只是想让自己活得明白，想对“文革”、上山下乡、思想解放等冲击自己命运的一系列事件解惑，再也不愿意在所有的浪涌面前那么被动和盲目。两个学期的教材，只用一个多月就读完了，然后他把自己像钉子一样钉在图书馆，他要借阅那些从“文革”中挺立出来的霉味飘散的大部头，要游弋用一大串儿哲学家闪光的名字作航标的哲学史的海洋，要恶补外语，要参加激烈争锋、让人脑筋飞速旋转还显得笨滞的“周末讨论会”。他喜欢那个侪辈同窗叫响的口号，用大字写在敬蓉送给他的笔记本上，每次打开就可以看到：“把‘四人帮’耽误的青春抢回来！”

他相信“天道酬勤”，而他更相信天道要“酬”的，不仅仅是他的勤奋，更是敬蓉！敬蓉的父亲平反了，他激动得彻夜难眠；敬蓉寄来零花钱，他默默地存到银行；敬蓉在拼命地复习，他每周一封信辅导、激励……敬蓉，这个名字不仅仅是刻骨铭心的爱的标注，还是神圣，是生命深处全部诗意的荡漾、未来的呼唤。是敬蓉熬药、做饭、洗衣使他战胜病魔，在短短的三个多月中将学过的和没学过的高中全部课程过了两遍。就在临近考试的前两天，病情复发，是敬蓉搀扶他到十多里外的公社卫生所看病，回到集体户，夜里给他喂药、打吊瓶。雪上加霜的是，两天考试必须打吊瓶，偏偏破旧的吊瓶架子坏了。敬蓉一把鼻涕一把泪央求主考老师，终于获得了特批——举着吊瓶进入考场。墨水伴着泪水，他任华彬就这样完成了五份答卷！敬蓉，是敬蓉，用她孱弱的身躯、优雅的手臂，举起了一道无比壮丽的考场奇观。

答卷是任华彬的泪水打湿的，录取通知书却是敬蓉的泪水打湿的。当时，敬蓉的头靠在任华彬的肩上，轻轻的一句话，却让任华彬深深地震颤：“大学里，可是才子佳人云集的地方啊！”

这时，任华彬那份来之不易的录取通知书，正拿在敬蓉的手里，落上了大滴的泪珠。

“我们——结婚吧！”任华彬冒出这一句，并不是心血来潮，他想了很多。

“你这是为什么呢？”

是啊，为什么？当然是为了爱，可是，里面有一种让心爱的人放心的安慰，一种让她相信自己的承诺，还有……理不出头绪的复杂。

敬蓉却用手背擦了擦脸，抬起头，又是那种不容置疑的目光和口气："等着我，我一定要考上，而且是同一个学校！在那儿，只能在那儿，你懂吗？"

五

三十岁，是一个什么年龄？三十岁，可以做什么？已经是相当晚婚的年龄，而他们，却是大学新生。上大学，是心驰神往的梦，那是一种无形无状、说不清道不明的美好。十年了，除了刚刚毕业的中学生以外，许多大龄青年早已过了通常上大学的年龄。他们当中多数是知青，有的已经当了大队、公社甚至县里的干部；部队里，有的已经提干；有的在中小学当教师、当校长；也有的当了工人。随着年龄的增长，一种上大学的渴望越来越强烈，不只是为了改变命运，更是为了给青春注入更多的知识、技能、思想、才华，让生命的价值放出无限的光彩。一句"飞翔吧，年轻的鹰"，"文革"中受到批判，而迎新大会上新生在朗诵诗中再次高亢引用这句话时，赢得暴风雨般的掌声。

敬蓉入学了！和她一起考上这所大学，并被录取到同一个班的，还有陈浩东。熟悉那一段历史的人都知道，77级、78级虽然是两届学生，入学时间却仅差半年。后来人们常常提到的"老三届"，实际上是"老六届"，即老高中的三届和老初中的三届。而"新三届"则是指77、78、79三届大学生。任华彬知道，陈浩东上次本来已被一所大学录取，但他放弃了，一是等着敬蓉，二是他心里不服，一定要和自己一样考上这所名牌学府。

高中同班、下乡同一个集体户的三个人，如今又成了同一所高校的同学。迎新会之后，三人来到校园一角，小小的庆祝，其实是一番热烈的憧憬。最后，陈浩东撂下一句话："四年，我至少有四年的时间，只要你们不结婚，我就不放弃敬蓉！"

不知这句话是不是发挥了作用，任华彬及时地将敬蓉约出来，两人来到城市边缘一个巨大的湖畔。

远处山峦起伏，近处水波荡漾，周围层林环绕。傍晚时分，这里的幽静，这里的神秘，帐幔一般轻轻飘落着、笼罩着，幻化成遥远天国伊甸园的再现。

六

这次，是敬蓉在说，声音比耳边的微风还要轻，而任华彬却听得真真切切：

“我们——结婚吧！”

彼此的约定，彼此的承诺，彼此的庆祝，彼此的渴盼期待，似乎已经没有任何力量、任何理由可以阻止心灵的燃烧。或许因为，情感早已超越了付出与酬报，纯净得容不下任何顾忌。欲望深处或许是最洁白的岩浆，喷发时远和近交织、明与暗重叠，只有世界之外的一扇窗口输送神圣之光。然而，伊甸园毕竟是欢乐与痛苦交织的象征，当仙境与现实接壤的时候，就像天国里的亚当和夏娃一样，幸福意味着惨重的代价。

七

一个刚满三十岁的女大学生，在入学后第二个学期就因病住院。紧接着，医院下达病危通知，如此重要的消息当然引起人们的关注。很快，系领导就得知她住院的原因：怀孕了，并且拿不出医院所要求的结婚证明无法正常堕胎，自己吞下堕胎药而导致严重的后果。

任华彬可以瞒过任何人，但瞒不过陈浩东。初中、高中一直担任班长，后来又当集体户户长的陈浩东，一入学就当了班长，很快又成为系学生会副主席。这一次，他充分发挥了一个学生干部过人的能力，从医院查看病例知道了这一切。然而，他已经晚了，正赶上学校流行肝炎，十几名转氨酶偏高的同学住在同一家医院，消息已经不胫而走。敬蓉的班级，将近七十名同学，全都愤怒了！而这种愤怒，是指向任华彬的。大家心知肚明：你道貌岸然的任华彬，做了事不敢承认，还是个男人吗？不管敬蓉病情会导致什么结局，你至少应当站出来承担责任，给敬蓉一个交代，给同学们一个交代！

品学兼优、爱情美满的任华彬，此时成了一个卑劣、猥琐的缩头乌龟。陈浩东说，他从系领导那里接受了委托，调查这件事，并且要“如实汇报”。他心里明白：陈浩东根本无须调查，而且迟早一定会找自己算这笔账，无论是狠揍还是痛骂他都必须接受。但陈浩东既没有问他什么，显然也没有汇报什么，而是做出了出人意料的安排：他们班选派十名代表，约他在离学校很远的一家餐厅见面。

任华彬心存感激，他知道，这是一种最严厉的通牒，也是提供给他一次最宽容的机会。他唯一需要做的，是拿出心底全部的坦诚！

八

这是一家十分简陋的餐厅，一张破旧的大圆桌周围，八名男生、两名女生静静地坐着。任华彬进来的时候，首先看到的是酒碗，浓烈的酒味让他十几天不平静的心脏突然感受到一种强烈的慰藉——或许是因为，他找到了他此刻最需要的东西，猛地抓起自己面前的大碗，咕咚咕咚一饮而尽。然后抓起酒瓶，给自己倒上一碗，再次端起来的时候，手被陈浩东一把摁住。

陈浩东揪住他的衣领，与所有在场的同学一样，用目光逼视着他。然而，他什么都看不到，泪水模糊了双眼，一开口就泣不成声：

“她，已经，已经要走了！”

这是他刚刚从医院得到的消息，医生说，医治无效，敬蓉最多还有几天。

两名女生相拥着，呜呜地哭出声。

……

他在病床前，曾经为她举过吊瓶，他幻想着就像当年的她一样，举着吊瓶可以让心爱的人过关。他曾跪在病床前求她不要丢下他，一定要在这梦寐以求的大学校园中一起圆梦。他也曾久久地抱着她，用泪水和心跳唤醒她的昏睡。可是每次她醒来，都会用微弱的声音表达深深的急切：

“我没有承认是你，你也不许承认，这不是撒谎，这不是欺骗，这是珍惜。”

“你不能承认，承认了就等于放弃了上大学，这样不仅对不起我，也对不起我们无法出生的孩子。孩子没有了，他不光是我们爱情的代价，更是我们上大学的代价。我始终没有选择退学、回家生孩子，是因为，我实在无法放弃我的大学。”

“替我，替孩子，上大学，一定要完成你的学业。你要，替我，圆我们的梦，我们的——大学梦。”

……

任华彬讲完了，换来的是一阵沉默。桌上的酒，被饮尽。

即将离世的敬蓉，那一缕芳魂，深深地震撼着大家。

陈浩东宣布：保密，在座的每一个人，都要保密！

接下来发生的事情，已经没有了猜测和传播，同学们都默默地为过早离开的美丽优秀的女生送行。人们只知道，陈浩东叫上校、系学生会的几名干部一起向领导“汇报”过，至于是什么内容已经无关紧要。系领导、当年集体户的同学都赶来参加了敬蓉的葬礼。她，是“新三届”大学生中一位过早的离世者，是新生代的夏娃，像夏娃一样违禁和受难，也像夏娃一样是与伊甸园连在一起的圣女。是的，她是圣女，是用灵魂紧紧拥抱大学校园、向着知识殿堂而虔诚匍匐追求的殉道者。

中国20世纪70年代后期发生的思想解放、改革开放，与恢复高考是基本同步的。三十多年来，中国发生了深刻的变化，其中包括一代人命运和思想轨迹的转轨。从被称为“新三届”的大学生阵容里，走出了不少栋梁之材，其中包括这篇故事中的主人公任华彬、陈浩东。或许，这里的故事有人物、人名、细节上的虚构，但并没有虚构素材的核心；更没有用任何夸张和虚构，来对待一代人的大学梦——那一份心中的追求，一份苍天可鉴的美好、庄严与神圣。

同窗阿芳

大学同学中，阿芳给人留下的印象是最深刻的。不是因她学习成绩突出，虽然不差，但她从不追求“学霸”。不是因为她活跃，实际上她最通常的形象就是静静地读书，基本上不参加社团活动，也没担任任何学生干部。那一定是因为她长得漂亮吧？其芳容还是不错的，个头中等，体型偏稚弱，戴着眼镜，斯斯文文，装束极为朴素，从不刻意打扮梳妆，在女大学生堆儿里不算引人注目，算不上校花。情商，应该是比较高的，但至少表面看起来也无明显的过人之处，和人交流的时候，全部表情都用来营造一种思考状，谈话的内容似乎都是深思熟虑、冥思苦想之后的一部分结晶。

然而，她是爱笑的，而且笑得很彻底，笑声爽朗清脆。只有笑的时候，才提醒人们：她是一个天真烂漫的小姑娘。

不知为什么，文科各系中都有一两名男生超级喜欢她，主要是喜欢和她交谈。我们班的老大哥蔺祖贤就是其中之一。77 级大学生年龄参差不齐，同班同学相差十几岁纯属正常现象。愿意和蔺祖贤交谈的女生很是不少，年龄在班上数一数二的老蔺是个老高中，在学弟学妹面前技高一筹的优势相当明显。我们是学历史的，他满腹典故信手拈来，而且谈天说地，还经常谈红楼、谈沙翁，抽象与形象、逻辑与浪漫交织运用如鱼得水，谈得男生叹服女生敬仰。竟然还能拉出一手悠扬的小提琴，全校文艺汇演一曲“梁祝”博得掌声如雷。

求知若渴的阿芳和博学多才的老蔺攀谈起来，理所当然又有点超乎当然地废寝忘食，有时宿舍楼熄灯之后还在路边上如火如荼。平时稳重深沉的"学生教授"老蔺，也不知咋回事儿，在阿芳面前似乎忘记深沉，经常激情荡漾，口若悬河。

那个年代，思想解放刚刚拉开帷幕，学子们少年时代经历的"男女界限"依然潜移默化地发挥作用。虽然各系都有谈恋爱的，可基本上处于地下状态，男的"谍战特工"，女的"滴血玫瑰"。比如，我们班上四对成功的校园恋爱，都是临近毕业才"浮出水面"的。老蔺与阿芳不是谈恋爱，但毕竟有点我行我素，既然进入人们的视线，也就进入有意无意传播的话题。

事情的轰动效应，还真是出乎意料。

从文科楼到学生宿舍的地下饭堂，距离不算远，路面不宽，中午放学，这条路就像喧腾的河流。低头走路的阿芳并不是显眼的浪花。然而，就在临近宿舍楼的路边，她被拦住了，对方是一位体格健壮的女人。

"你就是阿芳?"

阿芳一愣："是我，您是……"

"你不认识我，今天我就要让你认识!"

响亮的女高音已经开始引起围观，当人们聚集到一定程度时，猝不及防，一记更响亮的耳光掴在阿芳脸上，周围女生发出一阵尖叫。

阿芳呢？趴在地上摸索被打掉的眼镜，从一位男生手里接过递过来的眼镜时，还没忘了说一句谢谢，然后双手捂着通红的脸颊，急匆匆地夺路而逃。

那女人是谁？早已有人猜到是老蔺的妻子，而且知情人很快地传出信息：那是一位运动健将。

众目睽睽啊！默默无闻的阿芳，就这样当了一回风头出尽的女主角，演绎了一条流传多年的校园新闻。

领导高度重视。系主任和辅导员同时找到班里的老大姐鲁静霞和我，谈话内容当然是领导出面会增加一个年轻女生的心理压力，你们要关注阿芳情绪，千万不要发生想不开的事情。鲁大姐负责密切观察和动员宿舍的女生在生活上体贴照顾，而我则应该发扬部队光荣传统做好认真细致的思想工作等等。

这任务挺有难度。在准备好几套方案后，我尽量和颜悦色、小心谨慎地约阿芳谈话。阿芳竟然笑着点点头。

阿芳如约前来，我紧张地察言观色，以便选择用哪一套方案切入话题。没想到，对方先开口了：

“问你个问题好吗？”

问我个问题？“当然可以！”

“我在黑龙江建设兵团七年，经常用省下的零花钱买一样东西，你猜猜看，是什么？”

女孩子买什么东西这个问题，实在是不懂，只好摇头。

她主动地给出答案：“电池！”

“电池？”

“是啊，电池！我小学没毕业就赶上“文革”，后来到兵团。晚上，为了不影响别人，我在被窝儿里打着手电筒看书。我能考上大学，靠的就是电池！”

我似乎明白了许多，包括明白了老蔺为什么喜欢和这个女生交谈。

“学兄，你还要和我谈吗？”

我一时语塞，然后果断宣布：谈话结束。

我如释重负地向系领导汇报，宣称阿芳心理承受力极强，一定不会发生想不开的事件。“你确定？”“我确定！”我的自信来自阿芳那坚定的目光。

果然不是一般人啊！连姿态都变了，换了鞋吧？脚后跟增高一寸，走起路来不再低头。不是目光集中吗？不是回头率激增吗？那我就走出个挺胸昂首，潇洒倜傥。除了上课，就在教室里或图书馆雕像一般端坐，经历风波的深度近视眼镜，帮助她坐得头正颈直。

不就是交谈多了点吗？算什么事儿呢？用今天的话来说，两人就是“躺枪”了。阿芳表现得大度坦然、从容淡定，老蔺反而灰头土脸好一阵子。两人没法再接触了，只是由我帮助老蔺给阿芳传过一张纸条，上面写着：“乱云飞渡仍从容！”我知道，这不是激励，而是赞美，就像周围纷繁的目光，也都渐渐地转向了钦佩。

毕业多年了，特立独行的阿芳，几番搅动着同窗侪辈的神经和谈资。

阿芳毕业时不到三十岁吧？刚回到她的家乡北京，就嫁给了一个六十多岁的老先生——又轰动了。

于是乎，咱就支持吧，祝贺吧，这就是阿芳啊！爱情跨越年龄的先例又不是没有，而且往往都更加浪漫。打那以后，阿芳作大学教师如何教学深受欢迎，如何科研论文屡屡发表，都在为她成功的婚姻作着佐证。然而，这些成就被大家看作理所当然，根本不算轰动。

再次轰动，是阿芳竟然结婚不到三年，就遭遇了离婚。

那个博学文雅的老先生到英国访学，竟然与前妻旧情复发，说什么也不回来了。年轻的才女阿芳，竟然被比自己大三十多岁的老公给甩了。虽然都毕业了，但这消息，还是在远远超过本班同学的范围内不胫而走，不过没听到什么猜测和议论，一是分散各地的同学交流起来毕竟不那么方便，二是大家都觉得，发生在阿芳身上的任何事情都无须大惊小怪。

这时的我也已研究生毕业，在北京一家高校任教。阿芳来了，这次一定是要好好谈一谈了。可我知道，谈话内容肯定与安慰啊、劝导啊等彻底无关，而是研究对策。不过，谈话一开始我就明白了，她早已胸有成竹，对策嘛，不过是征求一下我的意见。“命运给我开了一个玩笑，那我就笑！我知道自己的生活要转轨了。我和我的女儿，都需要自立自强，可人生的路，不就是靠自立自强才走得通吗？”——这话说得，水准比我想象的还要高，依然伴随着坚定的眼神，只不过，比当年更加成熟。

接下来，阿芳的壮举，简直是她固有的从容淡定升级换代的版本。她毅然决然地辞职了，带着两岁的女儿奔赴英国，然后是相当理性地离婚。后来她定居英国。

直到最近——分手已经二十多年了，从电子邮箱收到她的回忆文章。这文章写得很有水准，摘出一些内容如下：

我父亲1928年参加革命，1929年入党，担任过许多重要职务。1935年经人介绍与顾准叔叔相识，并介绍他加入了中国共产党。在白色恐怖的上海，他们冒着生命危险开展了艰苦卓绝的地下工作，互相掩护，互相帮助，出生入死，患难与共，从此成为最好的朋友。两位披肝沥胆的老一辈革命家、才华横溢的经济学家，在后来屡受迫害。反右斗争中父亲和顾叔叔都被打成“右派”，“文革”中更是受到严重冲击。顾叔叔的爱人汪璧霞阿姨被迫自杀。父亲和顾叔叔进了五七干校，我和姐姐成了“黑五类子女”，受尽冷眼和生活的煎熬。后来姐姐下乡，我来到建设兵团……人生的意义何在？人为何而活？应该怎样活着？顾叔叔引导我走上了探索人生的漫漫之旅。他深邃的思想，高尚的人品和真挚的情感，给我们每一个认识他的人留下了永不磨灭的记忆。我也从他们的友谊中，学会了如何做人，懂得了珍惜友谊，珍爱生命，更珍惜我们做人的权利。

文章内容很多，尤其是阿芳一家与顾准先生患难与共的深厚友谊令人十分感动。我对这个同窗阿芳，也有了更深的理解。

从大学毕业算起，三十多年过去了，国内外的同学纷纷退休或接近退休。微信群里，大家依然关心国际国内、地球宇宙、哲学历史，甚至吟诗作画，十分活跃。但是，阿芳却失联。同学们偶尔会聊起她。在国外生活怎样？她那独具特色和不懈追求的个性，又演绎了怎样的人生？果然，阿芳来邮件了，用生动、成熟的文字与我们交流她人生感悟。

我们的阿芳，毕竟是阿芳！

“从零开始”——这题目，就让人撞上了阿芳式的不同凡响。“在国外奋斗，要承受心理上巨大的落差，因为抛弃了我们在中国已经奠定的一切基础，一切从零开始。”是啊，尤其是一位独自带着孩子的女人，只能一切归零，而且是在举目无亲的异国他乡的归零。“没有人际关系，没有社会基础。到国外，一个外国人首先要奋斗出‘身份’。没有身份，没有居留权，就连奋斗的基础都不存在，梦想的前提都没有，怎能‘奋斗’？怎样奋斗？”阿芳要为居住权奋斗，要先取得居留身份。曾经开过比萨饼店，曾经多次往返于多夫尔海峡，在移民入境处的一间小讯问室里，为福建难民当翻译。但是，阿芳没有放弃继续学习，除了考取了初级的国际会计资格（International Book Keeping），又到伦敦大学玛丽皇后学院的法学院读研究生。清苦的读书生活，每天除了来回的地铁票钱，口袋里只有五英镑作午餐费。不敢给北京的家人打电话，因为五分钟通话就要十英镑，那是一笔“巨款”。

早在十六岁，阿芳就开始经历北大荒的艰苦，八年里，每到开春前，都要挥动镐头，把厕所粪坑里冻成冰山的屎尿刨出来，然后送到地里沤肥。尽管戴着口罩，粪坑里迸溅出来的屎尿冰碴，也会飞溅到口罩和眼睛周边，随即化成屎尿汤，流到嘴边。在英国警察公寓清扫厕所时，她心里想的是，比农村的粪坑干净多了。曾在西北伦敦的一所犹太学校的幼儿园里做半日制工作，属于临时工性质，每天坐公交车上班，在学生上课前半小时就必须到达。是阿芳固有的那一份乐观和坚韧，使她一步一步走出了没有英居权的艰苦历程。“如果不是从零开始的生活，我就不可能看到这光怪陆离五彩缤纷的世界。打工实际上也是融入当地社会的一种方式，可以接触到不同的人与事。从白领到蓝领的生活，对于我来说，今天看来并不是坏事，这份经历是我人生经历的积累，使我更珍惜今天自己亲手创造的生活。”

到了阿芳开创新事业的时候了——开设音乐学校。

阿芳就是阿芳！她的特立独行，丝毫没有影响到为事业的成功奠定坚实的基础——花了整整两年时间进行周密的筹备。所谓SWTO分析，就是对自己的强势、弱势、将会面临的竞争威胁和机会进行全方位分析。为此，她充分利用英国资料详尽的图书馆做了大量调研。选校址、找律师办理法律注册手续、找老师、买教材、买乐器，一切亲力亲为。为了全面掌握管理教师，监督教育质量，随时跟进教材的使用和更新，学校的财务，安全保护等等，又选修了管理课程，对自己全面进行培训。然后，凭着对预算的信心，对自己的能力的预估，向银行借了一笔钱。为了避免“外行领导内行”，她刻苦地学习乐理知识，学钢琴、小提琴，竟然达到了相当的水平。

“泰晤士音乐学校”开学的第一天，只有七个学生。但是很快，学校里就有了四十多个学生，以后就逐日增加。学校每年举行一场音乐会，孩子们两年里，从初学者达到了四级的水平，而其他音乐学校则是三年考下一级。第三年，有些孩子已经考下了钢琴六级、小提琴五级（英国皇家音乐学校的音乐考试共有八级）。除了注重教师的严格选择，阿芳竟然独出心裁地把音乐教材做了大幅调整。成功了，出乎意料的是，一家开了十多年的音乐学校，在毫无征兆时，突然垮掉了。那些失业的教师来到这里找工作。

然而，这并不是全部。当有的家长提出希望学校教数学的时候，阿芳再一次接受了挑战。

在英国，重点中学的考试也是一场激烈的竞争，每年只有 2% 的孩子考入重点中学，98% 落选。而阿芳所实现的是：保证教出来的学生在这场竞争中 100% 入选！这是如何做到的？首先是校长的自学，“我从教授初中数学，到高中数学，直至大学预科。教学相长，边教学生，我也在不断学习，使自己更上一层楼。看到大学预科的数学，实际上是和物理学连在一起的，如果不懂牛顿定律，不懂自由落体运动公式，就完全无法解答高等数学问题。所以，我又自学物理学。……人的潜力是无穷尽的，只要勤奋，只要肯学，梦想都会成真。知识积累得越多，知识面越广，人可以胜任的职业就越多。没有任何人是天生就什么都会的。都是在工作中边干边学，把自己从外行学成内行的”。有了这样的基础，阿芳开始了游刃有余的教学创新。她先是把正切、余切等三角函数值做成表，让学生像背乘法口诀表那样背诵，记在脑子里，这就节省了大量计算时间，赢得了思考时间。然后，她深入调查了英国学校数学课中的弊端：每一年级的数学老师都只负责教完自己那一段，至于上一阶段的课程与下一阶段知识的关联，一概不讲。学生常常抱怨，不知上一节和此一节之间的关联。例如：为什么学分解因式？一元二次方程式与二元一次方程式的关联，一元二次方程式与分解因式有什么关系？三角函数与线性代数有何关联？线性代数方程组与流体力学有何关联？等等。而我们这位从中国来的女校长，就是要讲清所有的连带关系，数学公式的演化、重组、分解、简化，每一步之间的关系。而只有从基础数学一直教到高中数学，才能捋清这些关系。还有，就是她刻苦自学了物理课程，发现数学和物理学也是紧密相连的，如果不懂得物理学的公式和定律，有些数学题就是无解的。解数学题主要是运用物理学的思维方式，纯数学方法解数学公式就会被困其中。一个爱好数学的人，有可能成为物理学爱好者。一个能教好数学的人，也能够有能力教好物理学。数学是物理学的基础，物理学又为解未知数提供了方法。家长把她的教学称之为“林式方法”。

“我的学生在中学毕业的数学考试中，都取得了 A 或 A^+ 的成绩，奥林匹克数学竞赛中，也分别获得金奖或银奖。”家长一传十，十传百，把亲戚朋友都介绍来了，从未做过任何广告的学校，求学者已经应接不暇。更重要的是，学生们从憎恨数学到喜爱数学，有了 180°大转弯。“你对英国的数学教育做出了伟大的贡献!”面对这样的赞扬，阿芳回答：“如果我不能 100% 保证每一个学生都考入重点学校，那是我失职。”而对那些家里没钱的学生，阿芳会减免学费或分文不取。音乐学校在基金会的帮助下，每年都为低收入家庭子女提供免费音乐教育，在三年里就已经能演奏五级六级水平的乐曲。“可能是我的仁慈感动了上天，所以我的孩子们都考进了剑桥大学。”

“人生或许有许多次从零开始。从零开始，是对自己能力的新挑战。”这是阿芳说的。然而，每次从零开始，何尝不是一种积累和延续？岁月在更替，阿芳在积累着自己的价值，在延续着我们的骄傲。“每个人都是在无法设定的未来中，不知不觉地谱写着自己的历史。”或许，在不知不觉中，生命的局限，也会被超越。

03

畅游抒怀

伶仃石

“伶仃洋里叹伶仃”——文天祥发出那一声豪吟的时候，是站在船上，披枷戴镣。然而，他就像挥舞着浓墨酣畅的大笔，将一带海域涂抹得凄凉悲壮。

我于2009年7月初从珠海去外伶仃岛，距离文天祥“过伶仃洋”整整七百三十年。

登船不久，乌云逐渐聚集，浪涛开始汹涌，天象营造的氛围和我的预感相当吻合。果然，凄风阵阵，楚雨萧萧，从史书上得来的关于伶仃洋的印象，竟然演绎成眼前的境况。以至于，刚刚踏上岛屿的瞬间，我惊讶地感觉到自己遇到了文天祥！

那是位于山腰上凸显位置的一块巨石，远远望去，它伫立出活脱脱的将军的姿态，庄严、威武、肃穆；而那姿态的鲜明又活生生地传递着文山公的表情：悲怆、冷峻、凝重。我头脑中立刻冒出它的名字：“将军石”，或“文公石”。我的心甚至被他炯炯的目光灼烫着。而那轮廓又迸射着石质的铿锵：“天地垂日月，斯人未云亡；文物道不坠，我辈终堂堂。”这不是幻觉，而是文天祥魂魄附了石体，岁月袖里运刀，凭诗文中一字一句的顿挫，叮叮当当，雕塑出一副傲骨、万般豪情。

历史真的会因一首诗而定格吗？真的会像文山公所说的“一日定千年”吗？看那山上到处分布的纹丝不动、咬定青山的巨石、顽石、憨石、俏石，真的是走出典籍的文字，掀过了“山河破碎风飘絮”的动荡；掩过了“身世浮沉雨打萍”的颠沛，而成为稳定、确凿的碑林式记载了吗？那么，当年被干戈寥落而搅动、摧残的满天星斗，也该落脚。于是，外伶仃岛山上繁石密布，盘盘点点、百态千姿。我终于明白，外伶仃岛，最耐人寻味的，不是环岛的涛声阵阵，不是鲜美可口的“将军帽”“海胆”“狗爪螺”，甚至不是远眺中的波光粼粼、海天一色……而是石头！

游岛必登山，山并不陡峭险峻，然而步步拾趣，是走入石头的家族部落，聆听石头的喧腾歌唱，观赏石头的蹁跹起舞，领略石头的奇诡神妙。

圆石与圆石往往会聚成一家老少，将棱角托给风雨捎走，落得个怡然自得、神和气定、心宽体胖。突兀的往往孤身孑孓，或耸肩而桀骜，或举臂而清高，任凭风吹日晒而瘦骨嶙峋。更有不安分的，做出全身探出之状，引而不发，纵而不跃，动态中的坚定似乎在宣示：时机一到，便随即腾入乾坤、大海，而那时机，想必是地动山摇。

如果只以“人文”意趣而观石，显然偏狭了。须要宽阔到“石文”以至于“天文”“物种文”“生态文”。这一带若干年前，必是物种繁多的生物世界，怀疑所有青石都化石一般储藏生灵。巨蟒青蛇盘定而卧，凭灌木花簇环绕；巨型龟、鱼、虾、蟹游走于云裳雾袂，甲或鳞上纹理可辨；雄狮抖鬃，猛虎仰啸，豺狼奔突，猴群嬉闹……鬼斧神工演奏的生命交响，让我觉得摄影狭窄，录像肤浅，文字笨拙。

绕过梁岗，便瞥见山坳，这里，别开一番阴性世界。辛弃疾名句“一溪一壑也风流”，在这雌性石群栖息的家园，找到了最好的注解。少女的清靓、少妇的丰腴、老妪的端庄，布置着相互的依偎和缠绵。山势也因之而婀娜，就连这里的云雾也更轻柔，丛林也更浓郁。

向上看，“峰高崖生怒，岩拢雾难耕”，山巅之处云即是雾、雾即是云，云遮雾罩使高处的岩石景象更加神秘。到达山顶，发现进入石头设下的迷魂阵。说这里是石头演出的高潮，不如说是石头做梦的地方、作诗的地方、作战的地方。有人在最高的石头上镌刻了“雾海石槎”四个字，颇有诗意，“槎”是舟，动静互换，云雾缭绕不再是动态的，完全可以看作石舟穿云破雾。但自己深陷雾中，更被奇形怪状却异彩纷呈的巨石搞得懵懵懂懂，迷失在百转千回的八卦阵中。时而匍匐于青盘，时而侧身于夹缝，时而弯腰于拱门，时而摸索于乱巷。大概正由于只顾“深入”，不及“浅出”，故而不识“石槎”面目。况且，好容易“浅出”的时候，众石头竟然施了魔法，大片又浓又厚的雾霭滚滚袭来，视野被限制在一两米之内，既不能稍稍远眺，更别提“一览众山小”了。

恰在朦胧中贴近了石头，才更加感悟到，山巅聚集的，不愧是石中圣、岩中仙，它们姿态更加飘逸，气度更加雍容，个个沉思打坐、悟道观天。这外伶仃岛，城市之外，陆地之外，俗世之外，品味伶仃、标注伶仃，也营造伶仃。伶仃，即孤独，伶仃岛特别让人想起康德的话：“我是孤独的，我是自由的，我就是自己的帝王。”

没有生命的石头，是宇宙生命的使者。千年万年，因孤独而静卧，因自由而喧舞。我突然意识到，文天祥不是这里的将军，而恰恰是这些顽石，把文天祥从枷锁中解救出来，甚至把他从大宋朝中拖拽出来，拽到这俗尘的世外、历史的郊外。

以前经常思考一个问题：文天祥的爱国，究竟有多大意义？南宋王朝后期的一串儿皇帝，一个比一个昏庸无能，一再重用奸臣，迫害忠臣贤良；一再投降卖国，妥协退让，一心想的是维护自己的皇位和享乐，值得岳飞、文天祥用热血和生命“忠君爱国”吗？无论建立金朝的女真族，还是建立元朝的蒙古族，不也都成为中华民族大家庭的成员吗？为什么一定要维护已经腐朽没落的大宋呢？此番游历“外伶仃岛”，实在是给了我深刻的启悟。石道者，天道也。不同时代，道有不同的具体内容，但道之本、道之宗不变，“天不变，道亦不变”。超越朝代，超越权力，超越民族，才能读懂文天祥。“干戈寥落四周星”——元军入侵中原的时候，给人民带来灾难，“财货子女则入军官，壮士巨族则殄于锋刃；一县叛则一县荡为灰烬，一州叛则一州莽为丘墟”。山河破碎，民不聊生，这绝对是文天祥式的英雄所耿耿于胸的。不错，文天祥生于宋末，但是文天祥式的爱国，已经不仅仅局限于一朝之百姓、一王之国土、一姓之山河。他坚持的，是一种具有永恒价值的人格气节；他吐纳的，是一种天地之间的浩然正气。文天祥给我们留下的精神遗产，具有不容置疑的正义价值，是一种超然于具体“历史规定”的精神价值，是一些“政治实用主义者”所无法望其项背的崇高境界。

还是看看文天祥的追求吧，悠悠垂范的《正气歌》中说：“是气所磅礴，凛烈万古存。当其贯日月，生死安足论。”“地维赖以立，天柱赖以尊。”脍炙人口的《过伶仃洋》中，便出现了赞颂人生价值的千古名训：

“人生自古谁无死，留取丹心照汗青”。

（本文曾发表于《珠海特区报》）

珠海的绿色音响

尽管“绿色城市”“园林城市”的美誉已经声名远播，但外地人来到珠海，甚至熟悉珠海的人隔了一段时间重返珠海，都会有一种撞进浓郁绿色之中的欣喜。这是比许多城市都更加鲜明的、不同凡响的“绿色音响”——简直不是单凭视觉就可以应对的，而是令人沉醉于悠扬缭绕和轻盈荡漾之中。

这是一种弥漫，一种在空气中浸透和渲染的音响式的颜色，一种通过感官作用于心灵的综合感应。绿色，或者交响乐般地依着起伏的山峦，隆隆然演奏浓重；或者小夜曲般在路边、在广场、在三角地、在鳞次栉比的楼峰之间，流淌着苍翠与舒缓。

绿色是珠海的主色调，也是一切其他色彩最好的背景和烘托。比如木棉，虽然飘红的时候本身树干还没有绿叶，但一定点缀在周围大片绿色之中；比如勒杜鹃，常常冒出一片红火，却像是绿色音响里的一段变奏。珠海之绿，绿得无拘无束、恣意汪洋；绿得蓬蓬勃勃、豪爽坦荡。似乎时空结构与己无关，似乎城市节奏与己无关，纵情地在海风中翻卷，在云天下铺展。

珠海人甚至被这种“奢侈”的绿色宠惯得过分怡然，长年生活在珠海，他们当然不会像初来乍到的人那样敏感和惊诧，似乎有一种令人艳羡的“身在福中不知福”的“麻木”。其实，这是一种淡淡的骄傲，就像一位超凡的美女，已经不再刻意炫耀自己的靓丽，对于惊艳的目光和啧啧的赞美，由于司空见惯而进入一种恬淡。珠海人是爱绿色的，但那是一种自然而不经意的爱，人们的生活和绿色的环境之间，已经纠缠成了一种水乳交融。倒是我这种“移民一族”，一到珠海，就感到脾肺清澈，心旷神怡。也许在今天的社会，浓郁的绿色，最能营造令人怀念之情。

“绿色”这个词，早已超出了其字面的意思，在社会发展的各个层面顽强地增值。绿色已经成为一种价值符号，像浮出海面的绿岛，又像不断崛起的秀峰，吸引着又提升着人们的目光，撞击着又启迪着人类的理性。绿色，本来就滋润着生命，孕育着生机，营构着生态。打开地图，岭南一带“绿压群芳”。无论文明源头还是历史脉络，岭南都以“绿色文化”而纵贯千秋。有人说，老子“无为，无不为”的道家思想，在中国古代社会是难以实现的。尤其是汉武“罢黜百家，独尊儒术”之后，王道霸道，集权专制。可是在岭南，“天高皇帝远”，皇权不得不“无为”一些，反倒使道家思想在南方得到较多的普及。绿色，不光是大地的服色，更是“道法自然”而演进的一种文化、价值的底色。

难能可贵的是，当珠海在中国改革开放之初就被确定为特区城市、开放城市以来，底色没有被取代、被覆盖。于是，在 1992 年，珠海同北京、合肥一起被命名为全国首批国家园林城市。更为可贵的是，将近二十年之后，珠海目前绿化覆盖率 45.04%，绿地率 42.64%，分别比 20 世纪 90 年代初增长 10.3% 和 12.1%；人均公共绿地面积 21.41 平方米，在人口大量增加的情况下仍然比 90 年代初增加 1.34 平方米。

也许正因为珠海之绿的珍贵，这个城市的“绿色之伤”才更加令人痛心。当北京等城市“黄土不露天”实现多年时，珠海却只要有施工的地方就会黄土朝天、尘沙飞扬，忍看渔女垢面；珠海的青山多处采石，裸露的山体长期没有任何遮掩，忍看渔女玉体片片疤痕；珠海诸多死角垃圾遍地，忍看渔女腋下狐臭暗藏……在优美的珠海绿色音响中，或许夹杂了珠海渔女泪水流淌的声音，以及历史老人慈悲而伤感的叹息。

绿色在当今时代，已经是人的价值理性和利益理性的综合融汇；已经是自然演进和人为追求之间的高度和谐。绿色，既是利益的、经济的、现实的、科学理性的，又是人文的、浪漫的、审美的、“神性理性”的。绿色，是生态文化的生动标志。而生态文化既是一种底蕴文化，也是一种时代文化，原始创生、现实生存、未来发展都要依托于绿色以及绿色所怀抱、升腾的价值。一切车水马龙、红尘滚滚、高楼广厦、斛光交错，甚至悬浮列车、高速公路、信息网络、跨海大桥，包括娱乐场所、文化设施、购物中心……都应当在绿色面前保持谦卑和敬畏。

长白山天池

当兵时，曾经在和龙驻扎，在延吉军训，在安图拉练，在蛟河行军，在敦化伐木……紧紧地围绕着长白山天池划过半圆！然而，却没有去过天池。军旅生涯、上大学、读研，在东北整整十七年，却没有去过天池。

随着离开东北年久，随着长白山天池声名越来越响，随着大自然渗透精神深处越来越紧迫的召唤，没去过天池，成为生命中越来越清晰的缺憾。这种缺憾，竟转化成急切的躁动，无法平抑。终于，在2009年炎热的夏季，爆发为行动——返东北，赴延边，踏长白，观天池。没想到的是，此番旅程，成为生命中一次彻底的陶醉，成为审美情感一次巅峰的狂欢，成为灵魂一次神性的启迪与震撼。

一、天问

去长白天池吗？是巨大的冒险！险，不在于山路崎岖，乱石流滚。近年修筑盘山路，加固岩石，安全系数已大为提高。险，在于云诡雾谲。妙景奇观往往锁在云帐雾幔深处，令许多人乘兴而往，败兴而归。那种败兴是一种激情的惨败，不亚于疯狂求爱惨遭拒绝。“美女常羞赧，深闺轻锁幔；十番君子逑，八九徒空返。”一位朋友告诉我，多少名人大腕，临渊撞雾，扼腕而归。有一位八旬老妪七次登临，七次失败，最后一次一屁股坐在石头上捶胸拍腿，仰天号啕。

旅游团刚刚出发，年轻的导游就先打预防针：“尊敬的各位游客，现在是最佳季节，看到天池希望很大。但天有不测风云，即使看不到，一路风光也会让大家不虚此行。”这番话，反倒激发了惶恐般的担忧，人人观测天象，求告天公：老天啊，您不会那么残酷吧！

其实只要过了山海关，就已经投入长白山博大的怀抱。车窗外，是时远时近的山形，基本上没有陡峭的奇峰兀起、悬殊的高低落差，而是曲线的流淌、脊脉的蜿蜒，层层叠叠，浓淡交错。那座著名的卧佛山，该是长白群山风格的典型代表：仰卧的巨佛坦荡安详，却体形丰满，气势磅礴。

山脉越来越紧凑，山势越来越高大，依然是沉稳的起伏，起伏得像一个又一个巨大的问号，虔诚地匍匐在大地上，向苍穹躬起谦恭的探求：为什么一方天池，竟然是松花江、图们江、鸭绿江等江河的发源地？为什么长白山，囊括整个东北地区东部山地，北达完达山脉、南延千山山脉，与老爷岭、哈达岭、威虎岭、龙岗山脉一脉相承，甚至与第三纪喜马拉雅运动密切相关？

近代号称“天池钓叟”的刘建封将长白诸峰勘查命名，概括为“曰白云，曰冠冕，曰白头，曰三奇，曰天豁，曰芝盘”六大峰、“曰玉柱，曰梯云，曰卧虎，曰孤隼，曰紫霞，曰华盖，曰铁壁，曰龙门，曰观日，曰锦屏”十小峰，加在一起正好十六峰，指的是天池十六峰吗？刘建封写下诗句赞曰：“白河两岸景清幽，碧水悬崖万古留。疑似龙池喷瑞雪，如同天际挂飞流。不须鞭石渡沧海，直可乘槎向斗牛。欲识林泉真乐趣，明朝结伴再来游。”据说天池周遭瀑布、峡谷、森林、怪石等极为壮观，而天池本身荣获海拔最高的火山湖吉尼斯世界之最，对于如此景观，为什么古代诗人、文人却未留下文学性的只言片语？（似乎明、清两代有歌颂长白山的诗句，描写天池的却阙如）

为什么历代帝王都没有到巍巍长白祭天？为什么清朝皇帝虽把长白山册封为神山，将天池推尊为“龙潭”，却从未亲临，甚至所派遣的拜谒长白山的大臣根本没见到过长白主峰。难道是望而却步？还是错路迷踪？

为什么长白山在春秋战国时期叫作“不咸山”；北朝时叫作“徒太山”；隋唐时又称“白山”“太白山”；到了辽金时定名为“长白山”？不同的名称，包含了什么样的典故？为什么关于天池是上天瑶池、天庭玉镜的传说经久不衰？为什么关于“天池怪兽”的传说亦真亦幻？

……

从书上、网络上看到的资料，令人疑窦丛生，越是神秘就越是诱惑；而诱惑越是临近就越是强烈。

问号在起伏，向着天涯的眼睛，向着江河的滥觞，向着山脉的发端，向着滋养哺育了东北大地的甘甜乳汁的乳房……

歌德说：“最可怕的事莫过于无知而行动。”我为自己的无知和冒险而忐忑。幸好屈原说：“路漫漫其修远兮，吾将上下而求索。”我坚信，长白群峰一定熟悉曾经在这里奉献青春年华的当年穿着军装的身影；一定录下了当年伐木、抬木者纵情的号子声；一定不会辜负我渴望与探求的真诚。

二、天章

“峡谷浮石林”，是“火山地质公园”的重要组成部分。两个名称都算准确，但是，我更愿称这里为“天章”。因为火山的喷发与倾泻、燃烧与浇铸，在留下物质运动记录的同时，还接受了大自然“精神”的嘱托，用情感的笔触，用艺术的塑刀，留下天公匠心的杰作。这里，离天池大约一山之隔，在登上主峰之前，当然有必要探察与天池相得益彰的幽深、僻静、怪诞，却鬼斧神工、奇景迭出的火山峡谷。

进入谷底，两侧的山壁似乎向中间挤压过来，一侧与普通山壁区别不大；另一侧，则是“石锦天章”。用目光去触摸那些黑褐色、棕红色、青灰色的抽象派雕塑，感受到矛盾的质感：是一种油脂的坚硬，刚刚接触光滑便触到粗糙，似乎雷霆万钧和细雨绵绵同时被记录。火山岩的纹理可以说是灿烂的，或孔雀开屏，或虎纹斑斓，或诗行交错。天章不忘目录，举目高处，在一段深深的壑口，时光的塑刀刻下岩石断层的横线，将火山岩分划成三个层次，成为记载三次火山喷发的确凿的地质档案。

似乎穿行于时空隧道，遐思通过幽暗、狭窄而通向悠远和浩大。

蓦地，发现一群游客纷纷俯身，我被叮咚的泉水声敲醒了神经。那些游客又是洗脸，又是嬉闹，好像这里的溪流比别处的更加奇特和珍贵。果然，那些嶙峋得有些阴森、冷峻的“塑像”被潺潺流淌的泉水唤醒，那间绽露出生命的灵性。

“鹰!”一声孩童的呼喊；

“蛇!”一声少女的尖叫；

“那该是一只鹿吧?”一声老者的感叹。

人们发现自己置身于石质的动物世界。

那盘踞的蛇向天空翘首，像随时都会腾跃而起；那矫健的鹰开始抖动双翼，像随时都会振翅冲天；而那只鹿，据说是天宫六仙女的化身，为了寻仙草给百姓治病而开罪了玉帝，被贬谪到凡间，形神间透露着仙女的善良和端庄。导游及时地介绍“蛇柱峰”“鹰隼峰”“神鹿峰”……听到这些优雅的名字，令人更加惊叹那些形象的栩栩如生，猜想地质与时空的结合、无情的喷发与凝固的结合是否创生?也许固化的灵动才动态得永恒。

时空隧道，当然以“人气”为出口。于是，人的双手出现了。左手五指向天，右手是伸出拇指的拳形。意味隽永，从谷底赫然伸出的双手，指引着人们仰望苍冥，又前瞻后眄，意识到整个峡谷万籁悠然充盈，石魈木魅游走，这一段旖旎曲委的长廊，令人难舍难离。那双手，握住了多少沧桑，又送走了多少春秋，把一部天书，再次润色得神韵无穷。然后，右手将左手搬了一下，让出门户，我们便怀揣了余音缭绕的巨大祝福。

三、天池

蛇形的盘山路高度曲折，坐在车上，左摇是揪心的渴盼，右晃是强烈的向往，东倒西歪之中，感觉远近疏密的雾霭把神秘演绎到极端。尽量屏住呼吸、定睛看一看吧：山峰已经忘记了优雅的起伏，骤然大起，陡然直落，在天地间放荡地俏耸着，互相之间大开大合，大面积斜面断然放弃了绿色，令人想到锻铸和盔甲。这就是长白主峰的装束吗?如果是守护，显得极其威严；如果是铺垫，已经过于奢华；如果是序幕，则恰如其分——用不同凡响的气势磅礴来宣告：天池，在这里!

刚刚迈出车门，就听前面的人狂喊：“太美啦!”各种呼啸的人声，传递着受到震撼的惊叹。

天池，呈现了！

坦荡得令人受宠若惊；清晰得令人忘乎所以；美得令人头晕目眩……

“此景只应天上有，人间哪得几回观？”

我深感自己文字的笨拙，她的优美远远抛开了语言。以前看到的图像被否定了，因为她的神韵无法捕捉和传递。种种想象被颠覆了，因为她根本不属于人间和俗世。

“天下以为美之为美，斯陋矣。”这句话，我始终以为是这样的意思：“以天下人所以为的美来作为美（的标准），只能是丑陋的。”伟大的老子说得对！眼前惊世骇俗之美，足以让有幸领略的人们完成一次审美的超越。

妖娆圆润浑然天成的曲线，环绕出宝葫芦，还是窈窕淑女？天池轮廓一定是天地之间绝妙玄机的端倪——苍穹创意，神笔勾勒，天道铺陈。

水面是碧色吗？比碧色更浓郁；是蓝色吗？比蓝色更深奥；是青色吗？比青色更润泽……是交织色，是浑然色，是湖泊、海洋、江河所无法比拟、画师无法调出的幽色、音色、韵色、釉色、情色。是气质色，是高洁、优雅、沉静、庄严品性的神光天泽。

这一池碧水，时而细波如鳞，时而光滑如洗，时而杂驳如锦。“千里嘉陵江水色，含烟带月碧于蓝”——李商隐的诗句用在这里，有几分贴切，又输几分浅淡。天池是神奇的天庭宝镜，“万里豪姿栖波下，千秋壮色纳月明”，将人间仙境、琼楼玉宇尽情囊括映照。

“分野中峰变，阴晴众壑殊。”环眺天池的“贴身护卫”，正是那著名的“天池十六峰”，他们像天神武士一样凛然挺拔、刚毅潇洒。绿色生机缀在胸前，金褐色沧桑标记披挂在腰际，歌舞妙曼的白云飘荡在肩头，共同构成峻峭的屏障，维护天池的神秘和高傲，保卫她的圣洁和庄严。

天池，明明粗犷旷达毫无雕饰的痕迹，却精湛绝伦找不出任何败笔。她是一种说不清、道不明的美，一种供肉体凡胎虔诚敬仰，却难以充分品味的美。她是东北大地江河山川壮美的母乳。她是美的摇篮，美的集中、典藏和永恒。

她是一种境界，幽深柔静中“上善若水”的境界，典雅纯真中“动若处子”的境界，变幻难测中“至美无形”的境界。

“恍兮惚兮，窈兮冥兮。”

“玄之又玄，众妙之门。”

观瀑布

贵州雨多，但我们赶上的却是多年不遇的大雨。很幸运，来到黄果树瀑布的时候，天气放晴。而雨水的积聚却使瀑布呈现出罕见的壮观！“这可是从1976年以来第一次出现的奇观啊！”听当地人这样说，越发觉得不虚此行。

接近瀑布的时候，竟然出现了短暂的错觉，前面好像有擂鼓的方阵，是在欢迎前来的游客吗？突然意识到，鼓动耳膜的，就是瀑布发出的声音，是瀑布用轰鸣擂响在欢迎我们。

看到了！远处好像天被撕开了一角，一种力量在奔涌、在突破。举起相机的冲动总是被一睹全貌的愿望所阻止，便加快了脚步，距离成了徐徐拉开的帷幕。每前进一步，便增加一分震撼。终于来到正面，竟然觉得高度、宽度、落差……所有“指标”都被忘记了，群山、峡谷、林涛……周围的一切都隐退了，眼前就是天地寰宇难得的一次激动和吞吐。

“黄河之水天上来”，“飞流直下三千尺”，“瀑布半天上，飞响落人间”，这些并非描写黄果树瀑布的，用到这里却也贴切。“犀潭飞瀑挂崖阴，雪浪高翻水百寻”，“匡庐瀑布天下称奇绝，何如白水河灌犀牛潭；银汉倒倾三叠而后下，玉虹饮涧百丈那可探”……这些本来就是表现黄果树瀑布的，亲临其境，才知古人作诗并不夸张。雷霆万钧般的砉然天响，万马奔腾般的雄阔气势，让人感受到平时从图片上看到的黄果树瀑布，简直就是秀女梳妆，而眼前的情景，才叫千军陷阵。

一种震撼催生出灵感，心里默念着赋诗一首：

雷霆布阵崖边走，
龙虎出山壁上腾。
天地屏息闻碧落，
遍撒烟雨润苍生。

即使身上被瀑布弹出的雾水打湿了，还是舍不得离开。仔细看，浑然一体的瀑布其实可以分为一缕缕、一股股，互相冲撞，却又互相挟裹，在跌宕和起伏之中，争先恐后地飞奔而下。似乎，那急狂轩昂的倾泻，要荡涤山川，要冲刷大地。

下面是犀牛潭，据说是因状似犀牛而得名。这一巨大的跌水潭，是瀑布之下深长的喀斯特地貌峡谷的开端，其成因十分复杂，可概括为大自然鬼斧神工的杰作。但此时看来，更像是一幅泼墨写意的水墨画卷，激越喧腾的跌水景象只闻其声，难见其状，是因为水珠水雾弥漫扩散，除了潭水相对平静的边缘之外，中间大部分都被掩映为诱人的朦胧。这又是一种银汉自天而落与烟云腾空而起相交织的奇观。

美国与加拿大边境上的尼亚加拉大瀑布被称为“雷神之水”；赞比亚与津巴布韦接壤处的维多利亚瀑布被称作“霹雳之雾”；阿根廷和巴西边界上的伊瓜苏瀑布，名称的意思是“大水”，最急最猛之处人称“魔鬼之喉”。看来，瀑布最奇妙、最大的看点，在于其气势，这大概是国内外的共识。然而，细细想来，这瀑布，毕竟是水的向下，是向下的恢宏，是跌落的慷慨，是一种“狂飙为我从天落”的悲壮。是啊，这就是水，用人们通常的话来说：水往低处流。而瀑布，是水往低处流的集中展示和渲染。

大概是老子，最早以一种精神的“汲水工程”，将水引入高端的哲学境界。

“上善若水。水善利万物而不争。”瀑布的水，分明是在争，然而，争的是向下。向上的时候，水是谦让的，甚至遇到阻碍会掀起浪花，或荡起旋涡，总之先前的水会回返，后面的水再前进。与“人往高处走”截然不同。“处众人之所恶，故几于道。”最近似于道的水，总是愿意处于或趋向于人们所不屑、不愿，甚至厌恶的地方，那就是低处。

其实，向下，并非水的真正本性。其真正的本性在于顺势而为。山是刚强的，水是柔弱的。但柔弱的水是坚韧、顽强的。人们会说，“一潭死水”，不是表明水弱而不争将导致困境吗？但是，即使无可流动的水，也并非死水。朱熹说得好：“半亩方塘一鉴开，天光云影共徘徊。问渠那得清如许，为有源头活水来。”如果是“没有源头”的一潭水，可能是来自天上的雨水。即便如此，水又何尝“死”了？所谓云蒸霞蔚，化作气状而升腾。然后，又是向下，或倾盆而泄，或瓢泼如注，或密雨斜侵，或细雨濛濛，总而言之，回归大地。

坚韧的水，决不会因为环境的变幻而改变其本性，但是却能够因环境的变化而变幻其表现形式与状态，演绎出千姿百态。就像这营造瀑布的白水河，既有缓缓流淌、绵延迤逦；又有浪花翻卷、急湍旋涡；静谧时将自己清理得清澈透明；狂奔时将泥沙挟裹而泻。黄果树瀑布之所以闻名世界，还因为她代表着一个庞大的瀑布群，在周边方圆 100 多平方公里内，就有落差 410 米的滴水滩瀑布、顶宽 105 米的陡坡塘瀑布、滩面延伸 350 米的螺丝滩瀑布、以娇媚而著称的“银链坠潭”瀑布等等，大量瀑布聚集而形成庞大阵容，又以风格迥异、相互映衬而组合出精妙的布局，获得“喀斯特瀑布王国”的美誉。甚至，季节的交替、气象的差异也在瀑布水量、节奏、色彩、形态上引发变化多端，秀出无穷魅力。

故而，顺势而为而不争的水、因循环境而造福万物的水，被老子说成“几于道”。这里，不是直接将水抽象为道，而是一种比喻，水所表现出的本性，近似于道。人们需要心领神会，从中悟出人生的哲理。孔子说：“智者乐水，仁者乐山。”而老子对“仁”是不感冒的，他的概括更为精炼和高远——“上善若水”。水，是道的象征，大道为善。水，围绕一个“善”字，对于人们的昭示是多方面的：“居善地，心善渊，与善仁，言善信，政善治，事善能，动善时。夫唯不争，故无忧。”苏辙《道德真经注》解释说：“避高趋下，未尝有所逆，善地也；空虚静默，深不可穷，善渊也；利泽万物，施而不求报，善仁也；圆必旋，方必折，塞必止，决必流，善信也；洗涤群识，平准高下，善治也；遇物赋形，而不留于一，善能也；冬凝春泮，涸溢不失节，善时也。有善而不免于人非者，以其争也。夫唯不争故能兼七善而无尤。”

美与善，从根本上来说是一致的，在最高处内在相通。置身于秀美山川、大美贵州，举目远眺，那千嶂苍翠、万峰葱茏，离得开水吗？“无限风光在险峰”，而险峰的雄姿，面对“百谷王”的胸襟，怕也要失色三分。当地人说，这里四季鲜花盛开，冬天偶尔的白雪也遮掩不住绿意盎然。想起一路走来多次看到烂漫的红花、夺目的黄花、大片的紫花，想象着冬天碧绿河水蜿蜒在银装素裹中，该怎样感恩水之至善？贵州人民享受到的四季如春、旖旎风光、新鲜空气、丰富资源，又何曾离得开水的恩泽与滋养。

归途中，难免有一种依依不舍的失落感。然而，同车的一位小朋友却惊呼“彩虹!”回首望去，一道跨度极大的彩虹当空飞舞，似乎刚刚离开的瀑布在举行一次美丽的送别与祝福，似乎苍天在回报我们刚刚进行的审美领略和精神朝圣。原来，这迷人的黄果树大瀑布自古以来就有抛舞彩虹的神奇功能。对此，古人有“雪映川霞”的赞美，今人有“彩虹摇篮”的感叹。

资料显示，黄果树一代喀斯特地貌的发育，可以追溯到两百多亿年前的中三叠纪的地质变迁。基本稳定在现今位置的白水河，至少已经有五万年了。我在想：五万年前，人类在做什么？科学家认为那时人类开始走出非洲，逐渐走到其他大陆。白水河，被我们的祖先看到了吗？大自然比人类伟大得多。总是有人在告诫：不要用超自然的神秘主义来解释世界。可是，不用超自然，自然本身就充满了神秘。五万年后，人类会怎样？或许真的可以畅游宇宙，真的可以通过时空隧道的“穿越”而往返于历史未来，但是，那时的子孙后代，还会看到美丽的瀑布景观吗？

1986 年 9 月，拉丁美洲的巴拉那河上，巴西总统菲格雷特穿着黑色的葬礼服主持了一场葬礼，悼念即将消失的著名的塞特凯达斯大瀑布。而这个幅宽 3200 米、年均流量 13300 立方米/秒的世界著名大瀑布不幸的原因在于 20 世纪 80 年代初，瀑布上游建立起大型水电站，加上众多工厂毫无节制用水、河岸森林被乱砍滥伐而造成严重水土流失。

人类应该记住，山川大地是主人，我们只是客人；大自然是母亲，我们只是子女。人类社会，永远应当对自然保持谦卑、尊重和敬畏。

异域归来话“爱国”

人一出国，尤其是较长时间地出国，就转换了一下视角，也增添了许多深刻感受，对自己的国家情感上会发生一定的变化。比如利用2017年暑假出国四十五天，主要游历英国和北欧，遇到过不少熟悉的和不熟悉的中国人，他们有的会更加“爱国”，有的会更加“不爱国”。当然，人的情感是非常复杂的，我这样说有点“狠”，但大体上不离谱。我自己呢？在国外时刻对国内进行着对比，有时是和在国外生活很久的中国人一起对比，就是拿着外国与中国比，比来比去，发现自己也发生了思想上的变化，主要是更加“深沉地爱国”。

这五个字含义很厚重，什么意思？

到了西方，异域风情令人大开眼界，书上、影视上、图片上的一切都不如亲临其境带来的视觉冲击。但是，每当吃饭的时候就“想家”，吃了六十多年中国饭，西餐实在是吃不惯。餐厅里老外大快朵颐的时候，我心里想的是故乡开封的炸酱面和胡辣汤。在法国、北欧，经常跑到超市买方便面，开水冲泡，比吃牛排、汉堡香多了。当然了，这可能只是生活习惯问题，或许离“爱国”还有一定距离，但这样的小事却时常点燃我的思乡之情。

我爱看河流。刚到英国首先去看泰晤士河，发给朋友的第一组图片和微信就是泰晤士河，住的地方离河不到一公里，每天清晨去河边跑步；刚到巴黎不顾风尘仆仆急切地扑向塞纳河畔；斯德哥尔摩运河独具风韵；游览挪威松恩峡湾始终绿水相伴，时而是宽阔平静的湖面，时而是碧浪清波的河流；去过英国边远的“最美乡村”科茨沃尔德，在蜿蜒的河畔流连忘返。然而，每每想起长江黄河，想起我现在工作生活所临近的珠江，想起儿时家乡开封的惠济河。“故乡的河流是游子心中永远的诗行”——异国的水域流淌在眼前，祖国的江河奔腾在胸间，我发现自己是多么爱国啊！记得在挪威大峡湾，旅游车盘旋而上到山顶，观看气势磅礴的峡谷奇观，一位游客说一句“这儿是不是有点像长江三峡？”顿时，忙于拍照的游客唏嘘不已，而我亦眼眶湿润。三峡，三峡啊！你为多少个春秋壮色？你拥抱过多少优美壮丽的诗句？你为多少海外赤子送来思念与自豪？

我的祖国版图与整个欧洲相差无几。虽然生长在城市，但从小就去农村。在英国、法国和北欧长距离乘坐火车、汽车，眼前是无比优美的田园风光。尤其是英国，金黄色的农田就像用阳光镶嵌，褐色的原野像一块块晶莹的巧克力，田间或是环绕着浓郁的树林，或是穿插着葱茏的绿丛。村庄出现时，教堂周围精致的房屋错落有致，谦卑地匍匐着，却骄傲地宣示着天上人间的优雅。怪不得林语堂说：“世界大同的理想生活，就是住在英国的乡村。”真想问问周围的老外：这些乡村有没有水质恶化、土地严重污染，有没有大片撂荒以及癌症村……我没有问，我知道会得到否定回答。思路及此，又觉得鼻子发酸，耳边响起艾青的诗句：“为什么我的眼里常含泪水，因为我对这土地爱得深沉。”

一天时间参观大英博物馆，本来就是走马观花，但半天多时间都逗留在中国馆，心情很沉重。大批价值连城的国宝在这里挺立着华夏文明的辉煌与骄傲。而细看下来，虽然这里的文物并非英法联军所掠的，而是一位叫帕斯维尔·大卫的人购买收藏的，可当年国宝外流毕竟与国力羸弱有关，更令人痛心之处在于，我们对待传统的意识态度如何？我们对待没有外流的古宝、古建筑街道等大量遗产的珍惜保护又如何？中国历史之悠久遗产之丰富文化之厚重绝不亚于英伦，许多省级甚至市级博物馆都有条件有可能绝不亚于大英博物馆，然而这时的我，心中倒海翻江。

伦敦的威斯敏斯特大教堂、汉普顿宫、白金汉宫，法国卢浮宫、巴黎圣母院等，无不金碧辉煌，世界上竟有这样一些地方高度集中着雄伟壮丽的建筑、精湛绝伦的雕塑与壁画。历代君王以及政治家、军事家、科学家、艺术家、文学家、诗人，在这样的地方永久地云集荟萃，渲染着宗教氛围，爆发着文化震撼力。据了解，伦敦有博物馆九十二处，巴黎有上百处。这些还都是比较有规模的、著名的。我又不由得想起中国，中国的历史文化遗迹数不胜数，但毁坏极为严重。还有一种比较，就是总体上来说，中国的古迹缺乏一种“高度”，不仅是建筑的高度，而且是立意上的、总体渲染出来的一种哲学上、文化上的高度。我当然想到了长城，想到了故宫、天坛以至于故乡开封的龙亭、铁塔、大相国寺、包公祠……心中暗想：中国的古代建筑，无论是皇宫还是寺庙，是不是少了一点哲学上、宗教上的终极追求？想得更多的，是赞叹西方国家对古代遗址的传承与保护，愈加觉得梁思成、林徽因着实有点伟大，眼下我只能用仰天长叹回应他们当年的悲哀。

当然，还有世界进入近代，中国的孱弱、封闭与落后，也令人痛心疾首。比如莅临巴黎凡尔赛宫及其大花园——被称为世界文化遗产中最负盛名的名胜之一、17 世纪法国艺术最璀璨、最辉煌的代表。首先是无比开阔，气势磅礴，站在宫殿前气宇轩昂的台阶之上放眼俯瞰，中轴大道通向遥远，两旁百公顷面积的几何图形，由碧绿浓郁的林带、树墙、草坪等等精心布局，无数白色雕塑点缀，近处栩栩如生，远处百态千姿。花坛群芳争艳，池塘碧水微澜，运河清波荡漾，喷泉吐玉纳银。乘车游览之后，意犹未尽，又步行两三个小时，处处掠美，步步踏幽，实在流连忘返。

然而，就在这让法国人骄傲，让各国人艳羡的凡尔赛宫大花园中，我陡然想到圆明园！或许圆明园与这里风格大相迥异，但如果完好保留，其艺术上的辉煌精美、其历史文化的地位，是绝不亚于凡尔赛宫花园的。如果真是那样，该有多少老外在圆明园无限感慨，啧啧称奇？该有多少精美的图片、赞美的诗篇在世界各地大放异彩，让中国历史和文化的风采风靡世界？虽是皇家园林，但圆明园凝聚了中国文化的博大精深和艺术创造的精湛绝伦。

复杂的思绪中，耳边响起雨果痛斥强盗的声音：“丰功伟绩！收获巨大！两个胜利者，一个塞满了腰包，这是看得见的，另一个装满了箱箧。他们手挽手，笑嘻嘻地回到了欧洲。这就是两个强盗的故事。”“将受到历史制裁的这两个强盗，一个叫法兰西，另一个叫英吉利。”雨果，创造了另一种意义上的奇迹！他是“法奸”吗？绝不是！是雨果，用对本国强盗行径的声讨与批判，在捍卫真正文明的尊严。英法的焚掠与圆明园的被毁，同时在历史上蒙上“国耻”的阴影，然而一个是强盗的无耻，一个是受虐的屈辱。人类历史不会原谅前者，但也不会因此而拯救后者，中国必须自己真正地强大起来、全方位地崛起。

我发现我根本就无法不爱自己的祖国！我的灵魂被中国文化基因所塑造，万里之外，我的心灵被祖国的一山一水、一土一木所牢牢栓系。比较中，一种“恨铁不成钢”的忧患感经常升腾。然而，当老外跟我聊起中国的时候，我会拣好的说，比如我说中国现在要饭的都会微信支付，要饭的要到你跟前，如果你说没有零钱，他会从背后挪过来一块纸板，上面是大大的二维码，你就用手机扫描支付吧。可你们这儿，连饭店老板都不会用，落后啦！我还多次炫耀长城、白云山天池、云南大理等等等等。但更多的，是忧患。

在英国待的时间不算长，很难有更深入的考察，但对于分配问题的观察却留下深刻印象。英国税收不低，但重要的在于分配上适度避免了贫富差距拉大，尤其是二次分配，即社会保障制度，是比较好的。住房当然是消费的大头，但在英国，凡是没有住房的都可以申请到相当不错的一套免费住房，这一点就在相当大的程度上减少了贫困人口。医疗保障也很不错，一般小病由社区医生负责，大病住院一切免费，而且用不着家人陪护，完全避免了一人得病折腾全家的情况。我所去的丹麦、瑞典、挪威等北欧国家，普遍实行高税收、高福利、高收入、高消费，别国旅行者来到这里，既感叹物价昂贵，又羡慕这里人们的幸福生活。

我无法抑制感慨，我这是怎么了？是崇洋媚外吗？是抱有偏见吗？是到了国外，就被浮光掠影所蒙蔽而妄自菲薄吗？最近，网络上“正能量”这个词儿被严重歪曲，只要是传递“正面”信息就是“正能量”，面对“负面”信息就是“负能量”。本来，“正面”“负面”的划分就很成问题，现在弄出叠加效应。然而，所谓正与负，绝非按照歌颂与批评来划分的，而是按照价值来划分的！比如我在英国看到许多低收入甚至失业的黑人、白人，住着漂亮的房子，西服革履，斯文潇洒，他们的生活质量，总

体上不亚于中国的“中产阶级”。于是，心中不免联想到中国大批打工者、尘肺病人、严重缺乏医疗保障的低保民众、上不起学的孩子……对于国内的分配不公、社会保障不健全等问题，我会痛心疾首。在国外看到优美的环境，对于环境污染、资源匮乏、土地变质、贫富差距、分配不公、腐败严重、政府失信、决策机制扭曲等等国内问题，我也会心中隐隐作痛。国外归来，总结感受，我更加坚信自己是一位爱国者，我爱的是大自然赋予中国的这块土地，爱的是这片土地上养育了中华民族的一切自然条件，爱的是父老乡亲，爱的是这里悠久的历史、灿烂的文化和一切伟大的创造……我也更加明确、自觉地意识到，什么是真正的、深沉的爱国。

萍水相逢

王勃在《滕王阁序》中说："关山难越，谁悲失路之人；萍水相逢，尽是他乡之客。"他是不是说自己是"失路之人"？而"萍水相逢"的"他乡之客"，又有谁对自己真正地理解赏识呢？以此感叹生不逢时，壮志难酬。如此看来，他的名句，与王维的"劝君更尽一杯酒，西出阳关无故人"遥相呼应，而与高适的"莫道前路无知己，天下谁人不识君"格格不入。不知是不是受了王勃这篇才华横溢、备受赞赏的《滕王阁序》的影响，人们对"萍水相逢"这一成语，基本上是从消极意义上来理解和使用的。白居易的"同是天涯沦落人，相逢何必曾相识"就挺积极，可也有那么几分消极，如果不是"同是天涯沦落人"的话，又该如何？萍水相逢，并非相知；萍水相逢，有必要那么相互亲热、相互信任吗？毋庸讳言，近年来，人们对于萍水相逢者，恐怕更增添了几分戒备、几分提防。

最近游历英、法、北欧，感触颇多。其中一项，是对于"萍水相逢"有了别开洞天的新的领会。

初到英国，接待我们的老同学热情地充当导游。但她很忙，大部分时间是我们夫妇和另一位女士一行三人"自由行"，这可真正陷入了人生地不熟的境地。伦敦可看的景点极多，每天的奔波不得不大量询问，尤其是头十几天，求助至少上百次，所问的当地人无不萍水相逢。但是，所有的回答都出乎想象地热情、详尽、周到，从未受到冷遇。那些帮助我们的老外，有的是年轻人摘下耳机，有的是放下正在阅读的报纸，有的正和朋友一起吃饭，有的正行路匆匆，等等，无论何种情况，他们都没有任何厌烦的神色，就像熟识的老朋友一样，好像有机会帮助来自远方的外地人是一种荣幸。有时遇到本身也是外地人者，他很抱歉地摇头，附近会立刻窜出当地人为我们解答；有时在车上问一个人，周围会有五六个人纷纷解答。当我们表示感谢的时候，他们绽放的笑容相当自然，质朴得像孩子。后来，我们努力地熟悉地图、手机和交通标识，不到万不得已都不好意思再询问了，不是因为人家不热情，而是他们太热情。

英国那位老同学住院了，我们去看她，出来后向人打听很远的地方，那个小伙子说跟我来，领我到他办公室，几分钟后为我打印出一份长长的指南，我一看，分步骤讲清所有线路、车站、方向以至于每次换车抵达下个换车点所用时间，这还不算，还要领着我们去附近火车站，直到看到车站在我再三劝说下才回去，感动啊。另一次问一位女士，她领着我们上车下车转车，向司机交代好了返身下车，我问她为什么下车？她说她家就在我们遇到她的地方，天啊，这也太雷锋了。还有，一位与我年纪相仿的老先指路以后怕我们找不到，陪我们走很长一段台阶，然后又下台阶我才知道他要回去赶自己的路……

这样的事在法国也经常发生。初到法国，寻找预定好的家庭旅馆，房主外出，我们按照他说的地址找到以后，却很难找到拿钥匙的地点。当时又累又饿，遇到的人不懂英语，这可真为难了，有一种举目无亲的感觉。一位老者出现了，他用手机和房主联系了很长一阵，然后他把我们领到小区办公室，让我们先放下行李，还让别人给两位女士让座、休息，再打发一位英语很棒的小伙子带领我去取钥匙。往返足足一个小时，小伙子一路热情地跟我交谈，这我才知道，原来他就是那位老者的儿子。回来以后，老先生还在等着，又让小伙子给我们交代了几件事，才放心地离去。这完全是萍水相逢的父子俩，对我们真的像久别重逢的亲人。离开法国去丹麦，没想到火车站附近街道极为复杂，又担心迟到，一位女郎很耐心地打开手机给我们讲解谷歌地图。一位路过的中年男子，看到我们三人年龄较大，我还掏出了老花镜，立刻走过来，刚听明白我们要找火车站，就说：跟我走！他领我们曲里拐弯抄近道，提前二十多分钟来到火车站。

类似的事情还有好几次，这里不再记录，但心里不会忘记。自由行很好，但如果玩手机水平不高，还真是举步维艰。但是，几乎任何情况下，都会遇到陌生人的热心帮助。

是不是伦敦、巴黎等地，对外国人格外礼遇？不是的，他们人与人之间普遍比较友好。一次乘坐旅游车，车上大部分是伦敦人。一位老妇人感觉不适，司机靠边停车，联系救护车。救护车来了，老妇人也好了，救护人员又耐心地观察一段时间，确定没有问题了才离开。当我们重新出发时，已经耽搁了五十分钟。但车上所有的人都没有任何怨言，对老夫人及其家人充满关切。

欧洲并非一切都好，我们经常被提醒防抢防盗。在机场、车站、埃菲尔铁塔等地，可以看到荷枪实弹的警察，他们主要任务不是维持秩序，而是反恐怖袭击。我也和穿各种制服的执勤人员打过交道，他们总是和颜悦色，从无有过门难进、脸难看、话难听的情况发生，反而因为我们是外地人而格外地周到。除了买票，或向 Information Office 咨询以外，他们的解答是职责以外的事，但都非常耐心、热情。不客气地说一句：国内许多公职人员，即使是办理分内的事，也需要向人家好好学习。

人与人之间的和谐友好，在更加“萍水相逢”的人际关系中体现得也很充分。排队时几乎遇不到加塞的；散步时遇到当地人，总是友好地问候；吃饭时坐得临近，也会得到友好的微笑；无论什么原因只要交集，总会得到良好的祝愿。记得在泰晤士河上乘船，两岸的人和船上的人、两只船交错时双方的人，都会“无缘无故”地热情地挥手，有的甚至专门站起来，双臂劲舞，笑容灿烂。乘坐火车、汽车时也经常遇到这种情况。国籍不同，肤色不同，民族不同，语言不同，天南地北，瞬间相遇，擦肩而过，有必要这样吗？没有必要，但有需要，因为这极为简单的一幕，给彼此带来友好、温暖、惬意，让世界增添人情的美好。

萍水相逢遇到的，并不都是微笑，也会遇到严肃甚至严厉。比如任何排队的场合，如果有人加塞儿，这个人会受到各种谴责，他唯一可以做的就是道歉，然后排队。

还有一个奇特的现象：在学校正常上课时间，如果伦敦街头出现了中小学生，任何陌生人都可能上前询问：你为什么不上学？如果不能给出令人信服的回答，陌生人会立即举报，警察会迅速追究学生家长的责任。看似过分，实则体现了人们之间的一种责任感，以及对于教育的普遍重视。我在想：公民文明素质的培养有许多侧面，但教育肯定是重要因素之一。教育要普及到每一个人，大量学龄青少年主动或被动失学，肯定不利于精神文明。当然，教育不光是传授知识，而首先应当是健康人格的培养。

归国之后，与几位老师谈起来，他们竟然也都有类似的经历，每个人都能讲出不少在国外受到热情帮助，令人感动不已、难以忘怀的故事。

毋庸讳言的是，国内也盛行讲人情，但前提是讲关系，讲路子。许多人在熟识的圈子之内要面子，一旦到了陌生场合便我行我素，野蛮无礼；有人在熟人面前挺文明，在网络相逢时，尤其不是实名制情况下可以破口大骂，污言秽语；有人在上级面前温顺温柔，在民众那里趾高气扬、霸气蛮横；一些部门工作人员，对于服务对象要看有没有关系、门路、背景，根据不同的人而实行差别待遇，办事效率和态度判若两人……说白了，生熟有别，亲疏有别，甚至生人面前或冷漠，或粗鲁，或假想敌，其实隐藏的潜台词是：用得着吗，犯得上吗，对我有什么好处，会给我带来什么？——一种十分功利的实用主义。当然，也有另外的原因：比如孩子从小就被教育千万不要相信陌生人，而社会上花样繁多的坑蒙拐骗，乐于助人反受伤害，也佐证了敬而远之、戒而远之的必要。

我这里讲的尽是在国外萍水相逢的经历，而一个半月的旅游行程本身也是一次与西方社会的“萍水相逢”——一次非常有限的粗浅接触，当然不能替代深入考察与了解，更不能以此而否认所到国家一定也有许多负面和阴暗。但是，这并不妨碍从特定层面去深切地体察与思考。萍水相逢，不也非常重要吗？萍水相逢不是大量的、普遍的、一般的人际关系吗？不是我们所需要面对、所时常经历的日常生活层面吗？国外那些热情友好、助人为乐的人们心里想的是什么？或许是心中有上帝的宗教情怀，或者是让别人快乐自己也欣慰的“心理需求”，或者是出于基本素养的习惯性人格体现，总之没有功利的、实际利益的考量，而我至今或今后也的确无以回报。或许，每个人都是可以“回报”的，那就是在辗转流传中，在具体的实际生活中，在环境和氛围中，“只要人人都献出一点爱，世界将变成美好的人间”。

“萍水相逢!”

其实，萍水相逢中的友好、相助、信任，时时处处自然流淌的美好与善意，才更加具备超越性的精神档次。如何对待萍水相逢，萍水相逢的人际关系如何，才更加考验一个人的人格、素质；才更加看出社会的精神境界、教育水平、诚信机制和文明程度。

瓦萨号战船的启示

如果不是导游介绍，不知道瑞典首都斯德哥尔摩有一处“瓦萨博物馆”，更不知道这家博物馆是以一艘沉没的战船而命名。世界很大，瑞典有点小，不了解也正常。但是，初看了博物馆简介，立刻承认了自己的孤陋寡闻，因为，战船的沉没、打捞、建立博物馆，毕竟是瑞典惊天动地的大事。所以，既然来了，还是看一看吧。但对于这次参观的意义，并没有充分的心理准备。

瓦萨（Vasa），首先指的是瑞典历史上的瓦萨王朝（1523－1654），王朝名称当然来自第一任国王瓦萨 Gustavus Vasa（1496－1560），曾领导了反对丹麦统治的暴动，1523 年出任国王，使瑞典成了一个独立、统一、富强的国家。这一成功比中国朱元璋建立大明朝晚了一百五十五年，而他的文治武功颇与朱元璋相似，即迅速完成中央集权。或许受到自己的爷爷、开国国王的激励，古斯塔夫二世也雄心勃勃，决心与当时的劲敌丹麦、波兰抗衡，并战胜它们，成为波罗的海的霸主。建造强大的战舰，扩充并炫耀海上实力，成为一种战略选择。

古斯塔夫二世的雄心充分体现在他亲自督造的最强大的战舰——“瓦萨号”，既借用先王的荣耀，也显示瓦萨王朝的神威和自己的地位。他提出的要求是：战舰规模大、航速快、火力强，同时，装饰要华丽，因为这样才足以显示瓦萨王朝的权力、财富和战斗力。1625 年开始建造的战船，放在今天当然是小菜一碟，而在当年，可算是倾举国之力的“一级工程”，花费了 2. 25 亿瑞典币，差不多是当时国库储备的一半。此舰长 69. 00 米，宽 11. 70 米，吃水 4. 80 米，排水量 1210 吨，帆面积 1275 平方米，可搭载 133 名船员、300 名士兵，有二层炮甲板，装备 64 门火炮，配备了当时整个波罗的海上最强大的单舰火力。如此看来，有点像当今航母的意思。

1628 年 8 月 10 日，威武壮观、庄严豪华的瓦萨号举行首航仪式。风帆升起，炮眼打开，炮管伸出，礼炮轰鸣，斯德哥尔摩码头上观者群集。船长一声令下，战船启动，呼声震天。古斯塔夫 · 阿道夫斯二世当然亲临现场，他比所有的人都更为动容，因为隆重启航的战船满载着他的创意和雄心，仿佛不是航行在水面，而是驰骋在他胸中大战略的版图上，乘风破浪，横扫海域，高奏凯旋！然而，一阵风浪却吹歪了船体，似乎以无情的凛冽冻僵了人们的表情。战船挣扎着恢复了平衡，而刚刚开始的骚动迅即被更大的倾斜荡平，在人们目瞪口呆、一片寂静之中，“瓦萨”号的下层甲板在慢慢进水，舰体无可阻止地摇摇欲坠，晃动着、下沉着，终于被海水吞没。前后仅仅十多分钟，一切归于平静，浪花像往常一样起伏着，似乎一切都没有发生。

而所有的人都知道，就在这里刚刚上演了一场悲剧——一艘强大、先进的战船，在刚刚启动时沉沦了，在没有经过任何战火时陷没了！

如果历史可以调换一下背景，瓦萨号沉没或许堪比美国运载火箭起飞后不久而发生爆炸。

1961 年，沉睡了三百三十三年的瓦萨号重见天日。打捞上来的，不仅仅是一艘沉船，更是一段历史！海底沉睡，成为一种特殊的珍藏与保护，年代久远，使包括船体构造本身在内的所有物品都成为珍贵的文物。除了武器装备，还有船帆、服饰、工具、器皿、金币、罗姆酒等等。博物馆设计者独具匠心地还原“船上生活”：推磨、酿酒、擦炮、奔忙的水手，喝酒、谈笑的军官，栩栩如生。更何况，700 多件精美的雕塑品琳琅满目，不仅有威武潇洒的骑士和士兵，更有大批美人鱼和光彩照人的裸女，各种徽章与《圣经》交映生辉，皇家盾形纹章上的两只雄狮，金光闪闪，威风凛凛。一切都令人感觉，与其说是战舰，不如说是一座游弋于海上的皇宫。于是，博物馆充满了啧啧称奇，交口赞叹，于是瑞典人在历史悲剧之上升起了一种傲然。有人评论说“昨天的悲剧，今天的自豪”。是的，这样说是有理由的，毕竟在本土打捞，在自己的首都建立起博物馆，而不像中国的圆明园被焚，大批文物在国外看到。

然而，历史老人在讲述故事的时候，从来不忘记情节背后的哲理。一些疑问渐渐升起：

如此重要的战船，设计者是白痴吗？为什么让战船严重失衡？答案是，主造船师亨里克·哈伯特是一位经验丰富的专家，只是面对国王一再提出改变设计的要求而无奈，更何况他在完成建造的前一年病逝，其助手海因·雅各布森接替他之后，更加不敢抗旨，一再增加装备，严重扭曲了战船结构。

那么，在正式起航之前，就没有下水试验吗？为什么要让失衡的战船在众目睽睽之下酿造悲剧？事实上，稳定性测试是有的，只不过更像走过场：只是由三十名船员从船一端跑到另一端。即便如此，“瓦萨号”还是发生了摇动，但在国王一再催促之下，对重要的预警信号“故意忽略”了。

以此看来，国王古斯塔夫一定不懂军事吧？恰恰相反，古斯塔夫不仅在瑞典，而且在欧洲军事史上赫赫有名，是一位杰出的军事统帅，精通战略，屡建奇功，有“北方雄狮”的雅号。甚至有人认为，他堪称“现代战争之父”，与亚历山大大帝、恺撒、拿破仑等有一拼，是西方顶级军事高手之一。

或许，古斯塔夫生命中的最后一战，与瓦萨号沉船之间有着某种内在联系。在一连串胜利之后他过于相信、沉迷自己所发明的战术，终于阵亡，英年早逝。而在瓦萨号建造过程中，他一再追求高大上，不仅要求装备上的强大完备，而且要求配置和装饰上的威武雄壮、豪华精湛。沉船悲剧是历史上一次庄严的宣判：宣判帝王淫威、长官意志的失败！

就在参观博物馆临近结束的时候，一位老者脱口而出：“形象工程！”不想，这句话竟然赢得了在场几十名中国观众的一阵掌声。是的，形象工程——抵消智慧，压抑人才，徒重形式，违背规律，酿造悲剧……有了这四个字，无须多言，已经触到了历史老人故事背后的真谛，已经道出了巨大的沉船博物馆所蕴含的最珍贵的财富、最深刻的启示。

04

文化掇幽

晴空一鹤

有三首唐诗，我总觉得不像唐诗。我喜好书法，喜好到十分业余的程度，我的意思是业余时间随时练习一下书法，是兴趣浓厚的表现。这三首唐诗皆是我毛笔或硬笔驰骋时随时冒出来的，它们皆出于同一作者——刘禹锡。

刘禹锡是地地道道的唐朝诗人，他的诗当然是地地道道的唐诗。那么，我的感觉很荒诞吗？

且看第一首：

自古逢秋悲寂寥，
我言秋日胜春朝。
晴空一鹤排云上，
便引诗情到碧霄。

和一般唐诗相比，激情得很现代，浪漫得很特别。拿我们十分熟悉的李白的《望庐山瀑布》比较一下，“日照香炉生紫烟，遥看瀑布挂前川”，这两句比较写实，后面就高度夸张，“飞流直下三千尺，疑是银河落九天”。再比如王之涣的“白日依山尽，黄河入海流”，这两句铺垫了，继而“欲穷千里目，更上一层楼”。总而言之，遍读唐诗，激情浪漫都具有“充足理由”，即都有写实意境的铺垫。而刘禹锡这首《秋词》却不然，几乎“无理由”地直唱心情。全诗之中，仅仅一幕“晴空一鹤排云上”，也并非写实，既然“晴空”，那只鹤又如何“排云上”，可见是一种借助想象的高度抽象。这样地从抽象到抽象，从激情到激情，是唐诗吗？简直是抽象派。

法国的罗丹有句名言："艺术即感情。"他说："美是到处都有的。对于我们的眼睛，不是缺少美，而是缺少发现。"德国的康德说："美的东西就是我们不顾任何利益而喜爱的东西。"刘禹锡具备了发现美的敏感和受美支配的单纯。你看他，仅仅是看到（或想到）天上的一只鹤，还似真似幻，立马就能够诗情滚滚，直上碧霄。用现代的话来说，"激情的燃点极低"，让人觉得他天真得像孩子，单纯得像少女。然而，他却生活在中国的唐朝。在属于他的年代，庄子已经走远，在间隔上千年的历史深处留下哲言："朴素而天下莫能与之争美。"这句话和前面引述的康德的话，包含了相同的意思。老庄和康德，在许多地方是相通的，唐朝诗人刘禹锡，与他们也是相通的。这位刘禹锡，字梦得，字也如其人，简直不食人间烟火，揣着他的诗句超然于时空。

如果刘梦得的所吟所唱、所作所为入了总结出《厚黑学》的"厚黑教主"李宗吾的法眼，是该当作"反面典型"的。李宗吾说："君子无终食之间违厚黑，造次必于是，颠沛必于是。"于是，刘梦得必然"造次"，也必然"颠沛"。且看第二首诗：

紫陌红尘拂面来，
无人不道看花回。
玄都观里桃千树，
尽是刘郎去后栽。

造次，造次得离谱。单是写作时机，就完全不识时务。刘禹锡于元和九年（公元814年）得到唐宪宗诏书，次年二月应召回到长安，这可是被贬谪十年之后的机会，不是日思夜盼施展才华抱负吗？不是与柳宗元、韩泰等志同道合者终于重新聚首，可以共赴夙愿了吗？那就珍惜啊，审时度势啊，收敛锋芒啊，从长计议啊。可这位刘梦得，屁股还没坐稳，就迫不及待地口吐狂言，直抒胸臆。所谓厚黑，脸皮厚，心肠黑。可他脸皮太薄，决不愿忍辱含垢、吞耻纳羞。心肠也太直，决不愿藏掖、遮掩。于是，就有了这首《游玄都观》。

唐代长安，人以牡丹为贵。白居易写《买花》：“一丛深色花，十户中人赋!”李贺写《牡丹神曲》；刘禹锡本人也写过《赏牡丹》：“唯在牡丹真国色，花开时节动京城。”而他在《杨柳枝词》中写道：“城东桃李须臾尽，争似垂杨无限时。”可见，与国色天香的牡丹相比，桃李不过流于争宠谄媚的低俗中。一句“玄都观里桃千树”，已经鞭挞了满朝新贵，更何况你们的飞黄腾达，无非是以我刘郎挨整为阶梯。何等辛辣，何等“造次”。

更为严重的是，唐宪宗本人的登基亦不光彩，先是逼宫篡得皇位，继而弑父巩固权力。刘禹锡的含沙射影不论有意无意，都已冒犯天颜。果然，因为这首诗“语涉机刺”，刘禹锡再次遭贬。

有人认为刘禹锡“政治上不成熟”。其实，刘禹锡入仕很早，并非远离官场的闲云野鹤。他结交深广，十九岁时“弱冠游咸京（长安），上书金马外。结交当世贤，驰声溢四塞”。并非不善人际交往的书呆子。他抱负远大，“能令万国人，一见换神骨”，并非性格内向、低调做人者。总而言之，刘禹锡针砭权贵，绝不是心血来潮，逞一时口舌之快。他对官场的一套，非不会、不懂，而是不屑、不愿。

第三首诗更加证明了这一点。十四年后，刘禹锡返京回朝，任主客郎中。如果上次是贸然气盛，不计后果，那么这一次年近花甲、几经沉浮的刘老先生怎么说也应该“总结教训”，韬光养晦了吧？不然，又是屁股还没坐热，就抛出《重游玄都观》：

百亩庭中半是苔，
桃花净尽菜花开。
种桃道士归何处？
前度刘郎今又来。

不仅依然拿玄都观说事儿，而且刻意强调“重游”“今又来”；不仅上次那些桃花都凋谢净尽，而且当朝文武成了连桃花都不如的“菜花”。我就是“前度刘郎”，而那些“种桃道士”哪儿去了？——这也太较劲了吧？

其实，刘禹锡没有较劲。从这首诗中透出的，不是挑战的尖刻，不是复仇的快感，而是蔑视，是不屑，是压根儿没把那些人往眼皮里夹的一种高傲。

游玄都观的两首诗，也是唐诗中的另类。另类在哪里呢？不是言志，不是抒情，不是寄意，不是寓理，而是人格表达。是自己人格尊严、人格自由通过诗句而进行的一次深呼吸、大伸展、强表现。

也许所有的诗作都可以折射人格，但这两首诗是人格的直接表达。这是特殊的，但完全符合诗的本质。纪伯伦说：“只有美才能征服我们，我们只受美的支配。”黑格尔说：“审美带有令人解放的性质。”这两首诗的美感，恰恰在于人格倔强挺立而带给我们的穿越千古的魅力。

对于自视甚高的刘禹锡来说，人格伸展了又怎样？他人不认可，权力不认可，落得个屡遭贬黜、一生蹉跎。这与“精神胜利法”何异？难免有人将“尽是刘郎去后栽”，“前度刘郎今又来”与阿Q的“儿子打老子”相提并论，那肯定是荒谬的。鲁迅笔下的阿Q精神，是弗洛伊德所揭示的心理文饰，靠没有人格支撑的、虚幻想象的“胜利”而虚饰和自慰。刘禹锡恰恰相反，他那坚强的人格自尊，在当时和后世，都赢得了极高的敬重。在白居易伤感而叹“举眼风光长寂寞，满朝官职独蹉跎”的时候，刘禹锡的劝勉使他倍觉振奋。刘禹锡驾鹤西去，白居易给予深切的怀念和高度评价：“贤豪虽殁精灵在，应共微之地下游。”

因为，卓尔不群的刘禹锡，一生追求很高的境界，从骨子里鄙视并痛恨那些靠流言蜚语打压别人、靠溜须拍马钻营仕途的小人。我们这样评价他，当然也是有诗为证：“莫道谗言如浪深，莫言迁客似沙沉。千淘万漉虽辛苦，吹尽黄沙始到金。”刘禹锡亲身体验过恶涛险浪一般谗言的迫害，有着被贬谪打压的“迁客”的经历，然而，他从未萎靡不振、颓废消沉，而且他所在意的，甚至不是什么洗冤昭雪、功成名就，而是心灵锤炼的千淘万漉，是境界追求的吹尽狂沙，是纯金般人格的熠熠闪光。

如果说“诗仙”非李白莫属，如果说杜甫的“诗圣”是实至名归，那么，刘禹锡的确无愧于“诗豪”的美誉。他在挫折和低谷中豪情万丈，这一点，卓然于众多的诗人；而且由于他的这一点，为整个中国文人的历史添了几分壮色。“感立钝之有时兮，寄雄心与睨视”；“聆朔风而心动，盼天籁而神怡，力将痑兮足受绁，犹奋迅于秋声”；“莫道桑榆晚，为霞尚满天”；“忽从憔悴有生意，却为离披无俗姿”……打压不可怕，浮沉无所谓，老病不足忧，大气、豪放、雄健、自奋，遍览唐诗，刘禹锡几乎堪称“励志诗”的专业户。

仅一首《陋室铭》，就激励过多少文人豪客贫道寒僧：

山不在高，有仙则名；水不在深，有龙则灵。斯是陋室，惟吾德馨。苔痕上阶绿，草色入帘青。谈笑有鸿儒，往来无白丁。可以调素琴，阅金经。无丝竹之乱耳，无案牍之劳形。南阳诸葛庐，西蜀子云亭。孔子云：“何陋之有？”

受柳宗元《天道》的启发，刘禹锡有《天论》三篇。他认为天不能干预人事，表现了对人的自信。但他又认为人须识天之“数”，即规律，实际上是以“数”而表述“天道”，是对于人与天的双重信任。正是刘禹锡，提出了“天与人交相胜”的重要论断。刘禹锡诗作中的豪情豪风豪韵，来自他对于宇宙充盈、天地运作的充分观照；来自他对百姓辛劳、万物繁衍的充分寄托。——“人世几回伤往事，山形依旧枕寒流。”

有了这样的胸襟，有了这样的理性，还有什么打压、挫折不能战胜？还有什么值得悲悲切切、郁闷伤感呢？于是，也就有了那一句具有永恒震撼与激励作用的伟大诗句：

“沉舟侧畔千帆过，病树前头万木春。”

颠张狂素

喜欢草书，尤其喜欢狂草。常常面对狂草书法咂摸不够。写得好的狂草，耐把玩，耐琢磨，耐品味。常常为草书的奇妙感到不可思议：没有人物的形象，却分明有自由潇洒、激情奔放的人格魅力；没有动物的形象，却分明感受到龙飞凤舞、狼突虎奔、蛇行马啸；没有山水景色，却分明看到山高水低、云舒雾卷、气象万千。诗词章句经狂草写出，绽放出又一番诗情画意。草书充满了辩证的美：雄浑与妖娆，粗犷与细腻，张扬与内敛，酣浓与淡雅，流淌与腾跳，扩展与拢合，密致与疏阔，飘逸与粘连，飞扬与低回……欣赏草书，那酣畅淋漓的气势，会像酒精发作，令人沉醉朦胧；有时又像中草药生效，浮想联翩之后，渐入神清气定。

说来奇怪，本人对书法的喜爱，是受了狂草的刺激。自幼生长在河南开封，七朝古都，古韵犹存，常常有书法作品撞入眼帘，然而没有激出痴迷。初一时候，语文老师叫汤有国。他善书法绘画，书法笔名汤龙飞，绘画笔名汤朝阳。这是一位英俊而才华横溢、充满激情的老师。他上课时，经常一转身，手上的粉笔就在黑板上铺出一幅幅行草，在我当时看来，简直精妙绝伦，对书法的喜爱油然而生。后来到他宿舍，墙上的狂草令我惊呆了，那是一种神游八方、浪迹天涯的感觉。汤老师兴致盎然地谈书法，可惜听不太懂，只依稀记得“颠张狂素”，指的是历史上两位著名的狂草书法大家。

中日建交，当时的日本首相田中角荣访华，与毛泽东纵论书法。此后唐怀素帖广为印行，才有机会领略怀素狂草“真迹”。此后，每当在书店、图书馆遇到张旭、怀素书法影印本，总要摇头晃脑欣赏一番，每次看都有一番新的感受刷新以前的印象。后来，经我的一位朋友引见，结识了当代著名书法家武元子先生，欣赏他的作品、看他挥毫、听他的宏论，更经他对我一番热心的指导和点拨，对书法意蕴有了拨云驱雾般的理解。同时，也让我自知自己实在业余得离谱，也业余得可爱。此后更痴迷于狂草练习，不过越练越业余，以至于对自己的业余敝帚自珍。

但心中的狂草情结却盘结得愈加深厚，成《狂草》一诗，其中云：

墨香　酒香　串通了涌出来　半空里便出狂草
将正正的帝陵和圆圆的祭坛　都戳了个千疮百孔
长发缠绕日月　再倾泻留白　横斜了是云舒　竖歪了是雾卷
方巾酣得通透　儒袍醉得痴狂　甲骨文被拆得七零八落
典籍上　帖子上　这碑林深处　才有了龙在飞　凤在舞

清泉迤逦　曲径徘徊　遇上石喊林喧　也要腾出激越
墨池悬在头顶　狼毫羊毫或撕下衣角袖口　俯仰时天高地阔
撇不是撇　捺不是捺　泼一桶兴致　西洋镜跌破了见识
方块字里抻出的飞流直下三千尺　与豪情万丈
挟剑气削了雕梁画栋　也是长鞭甩的　缨冠离头而去

醇香却飘出酿花的潇洒　吹山脊　闯天门　酿出的筝弦
流淌暗柳明松　也是疯癫癫　醉醺醺　音律不齐　将古刹的
钟和木鱼　敲乱敲碎　朝野绿林宗祠茅庐一台乱戏　红白谱都渗出
桃花出门的爽朗　化了玉玺　解了金戈　灶王爷钻出来
便汇报吉祥　上言好事　钟馗四方大脸　扎着狂草的胡茬

傲骨沾着冰雪　信马由缰　自然走的是文人驿道
给两尺扇面　丈半屏风　递出大漠孤烟　滕王阁的落霞飞远
替大唐拉开幕帘　刘禹锡放鹤　李杜吟着平平仄仄　声声猿啸
精美得拿笔当绣花针　缝到宋朝　织得大江乱石穿空
惊涛拍岸　词牌雅赋一走神儿　又是狂草　狂草

大概狂草在书法中是最“自我”的，简直是用自己的心态情感将方块字“再造”一番。韩愈说，张旭善草书，其喜怒、穷窘、忧伤、悲痛、愉快、怨恨、思慕、不平等等，凡内心有所感，必在书法中挥发出来。大诗人杜甫《饮中醉八仙》说：“张旭三杯草圣传，脱帽露顶王公前，挥毫落纸如云烟。”原来这张旭常常酩酊大醉时一边狂走呼叫，一边信笔挥洒，甚至甩掉帽子用头写字。拜读范增先生大作《吟赏风流》，竟意外发现书中插图有“画界奇才”吴友如的一幅“张旭酣墨图”，只见草圣张旭一腿单跪书案之上，腰成弯弓，左手撑案，右手荡纸，头颅倒悬，癫狂之状跃然，正准备倾发蘸墨，以头而书。

试图临张旭的《古诗四帖》时，会觉得那笔法不可思议，横得好硬，竖得好直，太草率、太任性、太妄为。古人说张旭运笔是“锥画沙”，如“万岁枯藤”，但再一端详，觉得好美！这是一种什么境界？“自我”得已经脱离了表现对象，脱离了汉字，甚至脱离了书写。简直是心脏，或整个身心，或处于癫狂状态的神经系统直接借墨而浇灌世界，那宣纸就成了瑰丽之花绽放的田园。

怀素竟然也是凭酒而兴发。他自己作诗曰：“粉壁长廊数十间，兴来小豁胸中气。忽然绝叫两三声，满壁纵横千万字。”不独墙壁，还有地面、器具衣服，简直是兴之所至，见什么往什么上面挥毫。张旭受到诗圣夸奖，怀素则受到诗仙的赞誉。李白诗曰：“飘风骤雨惊飒飒，落花飞雪何茫茫！起来向壁不停手，一行数字大如斗。恍恍如闻神鬼惊，时时只见龙蛇走。”如果说，张旭任意刚劲，笔锋像一艘战舰在海上劈波斩浪，直搅得海荡天激，怀素则是银鹰纵情振翅，回旋出曲线旖旎。从前个老师邬彤的竖划如“古钗脚”，到后个老师颜真卿的竖划如“屋漏痕”，再到他自己悟出的“夏云变幻如奇峰异嶂、风吹云”，变化万千之中实现了审美的“天人合一”，即精神世界和自然世界的纠缠互动，融会贯通。

颠张狂素的狂草，对我们理解美的概念具有重要的启示意义。美，是美学概念、哲学概念。但本人固执地认为，美，首先是心理学的概念，否则，对于美的概念的争论越争越搅成一团糨糊。美是人的心理系统各要素、各环节整体和谐、畅通而产生的自由的心理感受和精神状态。在这样的定义中，老子道家思想和西方格式塔心理学所给予的理论支撑是最重要的，恕这里不展开论证。但仅仅这样说是不够的，因为美，还必须有自然的“参与”，即使是创造美、艺术美也一定离不开“道法自然”。因而，美，也一定是主观精神世界与自然世界之间和谐畅通而引起的自由的心理感受和所达到的自由的精神状态。

由“自我”到“忘我”，既是升级，也是回归。癫狂状态时的“物我两忘”，其实是向“无意识”的回归，同时也是向“自然状态”的回归。而作为一种艺术境界，癫狂状态又很接近马斯洛所说的“巅峰体验”状态，是克服、超越种种意识障碍而实现精神自由的一种境界。从心理上来说，是“艺术地书写”由条件反射式千锤百炼达到“动力定型”的炉火纯青，再到超越意识、超越物我关系而与宇宙沟通的精神自由。

张旭是当过维护治安的小官的，一位老人前来索取一份判词，张旭对这种无缘无故的要求当然拒绝了。第二天，那位老人又来，张旭责问他为什么要干扰公务。老人回答：“我本意并不是打官司，而是看你写的字笔法奇妙，所以想拿回去收藏。”原来如此！张旭立即兴趣盎然地问老人是否还有别的收藏，老人便将祖上和自己收藏的珍品拿给他看，张旭如获至宝，请求借阅，得以对前人的墨宝刻苦临摹。怀素写字用的笔聚集成堆，终成“笔冢”。那“笔冢”落成，给后世多少秉笔者竖起一道用心血去“临摹”的丰碑。

如果说所有客观事物之间的联系需要一定有机逻辑，那么，美的联系、美的相通，则不依赖相同的逻辑。宇宙包容了一切，而许多事物之间的关系只是存在的偶然，它们之间“毫无道理”“毫无依据”地只是存在，或只是在这个世界上存在过而已。这时，这些事物成为人们主观想象的丰富素材，这样的靠“主观”“人为”而建立的“联系”，是一种虚拟，简直是风马牛而相及，然而却生动有效地建立了一种艺术和审美的联系。艺术和审美，为自由联想提供了广阔的舞台。张旭可以从偶然看到的街头厮打格斗中发现瞬间的美的结构，可以从公孙大娘优美神奇的舞剑中领略美的气韵，这样的领略，转而让自己的狂草更加出神入化。

如果真有“时空隧道”，真想回到大唐。如果历史长河是一首乐曲，大唐无疑是华彩乐章。想象之中，那时的人们，走路都会踩着唐诗的平平仄仄，呼吸都是神韵的吐纳荡漾。就拿唐玄宗时期一次司空见惯的偶然聚会来说，大画家吴道子、以剑法闻名的将军裴旻、大书法家张旭来到一起。裴将军舞剑，吴道子作画，张旭奋笔疾书。笔锋借剑势，墨香催才情，画意助豪韵，“三绝”同时完成，共同营造一道由大唐承载的奇妙景观，也留下一段佳话，千古流传。

诗与酒的文化联姻

记得前些年，曾出席一位朋友的婚礼。朋友好诗，席间狂吟一首，博得满堂喝彩。一拨人随声附和，歪诗妙句、唐诗宋词，毫韵乱舞。新娘把酒助兴，推杯让盏。酒壮诗人胆，诗添酒鬼情，把个婚礼闹得天翻地覆，雅趣丛生。有业余书法家大呼：笔墨伺候！众诗人灵感如潮，喧腾助阵，很快抖出一副楹联：

马上琵琶，江河玉液，莫问英雄悲喜，啜一杯胸襟通日月
闺中情愫，荷藕平仄，且听佳人叹笑，吟千首眉黛夺春秋

横批：诗酒联姻

一

提起诗与酒，就好像提起龙与虎、凤与凰；或是笔墨与纸砚、梅兰与竹菊……在人们心目中，不啻千古秦晋、金玉之缘；又真的像一幅上下对仗、神气耦合的楹联，挂于春秋岁月的门楣两侧。不说别的，被酒香熏染的诗句，在现代生活中会成扎成捆般突突地冒出来。不用现翻唐诗三百首、古代诗词选什么的，单凭稀松平常的文学知识，从那些脍炙人口、连许多儿童都背得出来的“流行古诗”中，便可信手拈来。比如“明月几时有，把酒问青天”，“对酒当歌，人生几何”，“人生得意须尽欢，莫使金樽空对月”，“但使主人能醉客，不知何处是他乡”……酒是越久越醇，假如考古发掘出未启封的老酒，必是惊世国宝。不过，千年佳酿毕竟难

寻，倒是佳酿般的诗句却历尽沧桑而越发醇美。

令人惊奇的是，诗与酒的不解之缘，由两者相通的内在秉性而牵连。诗人发了诗兴，形象思维的线索串起灵感珍珠而成精美之链。兴之所至，万物生辉，皆可入诗。诗人以特有的审美观照，赋万事万物以各种情怀。而酒呢？只要稍加留意便可发现，酒在这万事万物中竟独领风骚。你看啊，上到宇宙苍穹、日月星辰，下至河流山川、草木鱼虫，各有自己的“角色性格”；即便是更为动态、情景交融的风花雪月、鸟语花香、春去秋来、斗转星移，也大都“各司其职”。一些心照不宣的约定俗成，是不能违背得太离谱的，将松竹与恶俗相连，将月亮比作男人或猛兽，总嫌牵强、别扭。然则，酒就不同，或雅或俗或喜或悲或粗犷或细腻或高亢或沉静或形影相吊或万马奔腾或大漠山川或书斋陋室或飞沙走石或花前月下……酒可以上天入地、无孔不入，酒可以阅览心理状态的百科全书，可以掀开情感世界的气象大全。

且看最为人熟知的几例：凄凉悲惨的，如“举杯邀明月，对影成三人”；感慨万千的，如“人间如梦，一樽还酹江月”；缠绵悱恻的，如“开君一壶酒，细酌对春风”；壮怀激烈的，如“方我吸酒时，江山入胸中。肺肝生崔嵬，吐出为长虹”；孤寂忧愁的，如“酒徒飘落风前燕，诗社凋零霜后桐”；潇洒飘逸的，如“天子呼来不上船，自称臣是酒中仙”……怪不得，多愁善感、才华横溢的诗坛才子，常以美酒佳酿激发诗情，使得中华源远流长的诗歌艺术长河，千古酒香悠悠。

写诗的人思维跳荡，不合正常逻辑往往是写诗的“逻辑”。正常逻辑被打破的时候，出现了诗化的发散、转闪、挪并、穿透、跨越、环绕、奔腾……思维借助语言，如脱缰的野马，如飞天的鬼魂，去纵横驰骋，去上天入地，去化腐朽为神奇，扭乾坤而倒转，牵风马牛而相及。这时的酒，虽然从物质意义上打破的是神经在生理上的运行机制，但在心理上、思维上、情感上，不仅是推波助澜，而且“破坏”着堤坝或闸门。不是诗人的人，也可能酒后痛哭，酒后耍疯，酒后发泄，“借酒浇愁”“酒后吐真言”……而对诗人来说，酒发挥着“酒精”的功效，酒在情感和意象的柴堆，灵感一点，火焰熊熊，火光冲天。尤其是，酒，在文化土壤上、在人们社会化认同上的“二度酿制”，已经成为一种文化符号，一种强有力的心理暗示。诗人饮酒，就像徘徊已久的泉流急遇断豁，即成“飞流直下三千尺”的巨瀑，激荡出浪花狂舞、砉响拍天的美景奇观。怪不得，古来诗人许多都有酒气熏天的雅号，比如“酒仙”“酒帝”“酒樵”“酒尉”“酒徒”“酒友”“饮者”“醉尹”“醉傅”“醉司马”“醉吟先生”，等等。而有人统计，《诗经》305 篇作品中，有 40 多首与酒有关；《全唐诗》5 万首，涉酒诗篇多至近万。李白现存诗文 1500 首中，飘出“酒香”的达 170 多首；杜甫现存诗文 1400 多首中写到饮酒的多达 300 首。白居易自称“醉司马”，不仅诗韵不让李杜，酒兴更不在其下，与酒相关的诗作竟有 800 首之多。

杜甫写过“饮中八仙”，李白写过“将进酒”。杜甫自幼嗜酒，是个“少年酒豪”，从“得钱即相觅，沽酒不复疑”，“朝回日日典春衣，每夕江头尽醉归”，直到“浅把涓涓酒，深凭送此身”。李白给妻子的《寄内》诗中说：“三百六十日，日日醉如泥。”《襄阳行》中更是：“百年三万六千日，一日须倾三百杯。”白居易“绿蚁新醅酒，红泥小火炉。晚来天欲雪，能饮一杯无?”雅兴直逼凛冽寒冬。翻开史册，好诗者好酒，几乎是通例。宋朝范仲淹“酒入愁肠，化作相思泪”；柳永“归来中夜酒醺醺”；欧阳修“文章太守，挥毫万字，一饮千钟”，豪情万丈的苏东坡更是“酒酣胸胆尚开张”，“但优游卒岁，且斗樽前”；词中俊杰辛弃疾一句“醉里挑灯看剑”，添壮色于千古经典。至元、至明、至清，“酒助诗人逸兴、诗催美酒芳泽”的良缘相袭，延绵不绝。马致远的“带霜烹紫蟹，煮酒烧红叶”；陈维崧的“残酒忆荆高，燕赵悲歌事未消”；杨升庵的“惯看春秋月春风，一壶浊酒喜相逢”……

追根溯源，中华酿酒技术自发端时，就与诗一见钟情，恩爱缠绵。《诗经》作为中国诗歌之滥觞，其实是以总汇的形式收集整理了大量更早的诗歌，其中，最初的美酒已经不仅仅被“客观”介绍，而是韵味浓浓、酒香悠悠，渗透到人们的祭祀、礼仪与憧憬之中了。你听：

清酒既载，骍牡既备。以享以祀，以介景福。——《大雅·旱麓》

我有旨酒，嘉宾式燕以敖。

我有旨酒，以燕乐嘉宾之心。——《小雅·鹿鸣》

二

酒，显然被历史赋予了更丰富、更多元的文化含义。谢榛论及情景与诗的关系说：“景乃诗之媒，情乃诗之胚，合而为诗。”而酒，恰恰在由景及情之处充分发挥作用。陶渊明《饮酒》，可谓诗中之鸿篇，其中每到“触景生情”的时候，就将酒抛出。如：

青松在东园，众草没其姿。凝霜殄异类，卓然见高枝。连林人不觉，独树众乃奇。提壶抚寒柯，远望时复为。吾生梦幻间，何事绁尘羁。

若不是“提壶”，“远望”似难开阔；“梦幻”亦不自然。可见酒在浮想联翩、情景交融之间的“曲酵”之功何等微妙。

再如王维名诗：

渭城朝雨浥轻尘，客舍青青柳色新。

劝君更进一杯酒，西出阳关无故人。

“一杯酒”，朝雨、轻尘、客舍、柳色，便皆带送别怀念之情，且浓厚，且深远。若以羹汤，送行嫌走不了多远容易饿肚子；饯行嫌清淡；壮行更嫌微薄。若以茶，则要忌“人走茶凉”之讳。惟酒矣，岂可为他物所旁代乎？

谢榛《四溟诗话》又云：“赋诗要有英雄气象；人不敢道，我则道之；人不肯为，我则为之。厉鬼不能夺其正，利剑不能折其刚。”清人王国维以尚意境而著称，曾道：“太白纯以气象胜”，不仅与谢榛所见略同，且举太白为例证。这几乎就是在说，善饮者善诗。英雄气象，壮志凌云，豪情万丈，指点江山，的确为历代诗杰的风范。而堪称一代楷模的李太白不仅嗜酒如命，而且酷爱豪饮成诗。与其说以酒激发灵感，不如说借酒抒发气象。——“人生得意须纵欢，莫使金樽空对月”；“会须一饮三百杯”；“古来圣贤皆寂寞，唯有饮者留其名”。真可谓：无酒谈何英雄，不饮哪有豪杰。

因性情豪放、恃才傲物而遭贬谪的王翰，留下名篇《凉州词》：

葡萄美酒夜光杯，欲饮琵琶马上催。
醉卧沙场君莫笑，古来征战几人回？

在诗人看来，醉卧沙场，纵杯豪饮，恰恰表现了回肠荡气、视死如归的英雄气概。岑参作《送李副使赴碛击西胡》：“脱鞍暂入酒家垆，送君万里击西胡。”也深谙征战心态、颇解壮士情怀。自古中华大地英雄辈出，真不知那气贯长虹的精神，有几分是热血铸就，有几分为美酒酿成。

西方历史上，有柏拉图的“理想国”、莫尔的“乌托邦”、闽采尔的“掘地”……其实，在中国历史上，当我们把目光从血流成河的战场拉出来，看到曹操脱下战袍，雄才大略中，也有良辰美景的理想主义构思。“对酒歌，太平时，吏不呼门。王者贤且明，宰相股肱皆忠良。”（《对酒》）谁能说，“对酒当歌，人生几何”，“何以解忧，唯有杜康”的感慨中，没有理想破灭而不为世人所解的隐衷呢？谁又能说，后人康有为写《大同书》的时候，没有闻到孟德公的酒中三味呢？

三

如果说友情的岸上踏歌、征战的壮志豪情、社会的风云变幻，都有诗与酒并蒂开放的芬芳和相映生辉的光芒，那么，诗人更多的是举樽而抒发心灵的孤独；细酌而抚摸生命的疼痛；痛饮而寄托情感的愁苦；狂醉而放逐性情的乖张……这时的酒，已经是心灵世界酿出的血色泪光；这时的诗，已经是植根于生命体验的瑰丽奇葩。

“酒翁琴书伴病身，熟谙时事乐于贫”（杜荀鹤），这是怀才不遇者的自我写照；“邻家有酒邀皆去，得意鱼鸟来相亲”（黄庭坚），这是豁达者自我排遣的信条；“闲愁如飞雪，入酒即消融；好花如故人，一笑杯自空”（陆放翁），这是孤傲清高者的内心独白；“东篱把酒黄昏后，有暗香盈袖。莫道不销魂，帘卷西风，人比黄花瘦”（李清照），这是感伤者的叹息哀怨。陶渊明视酒为“情人”，“既醉之后，辄题数句自娱”；范仲淹“酒入愁肠，化作相思泪”；杜荀鹤“九转灵丹那胜酒，五音清乐未如诗”；白居易“百事尽除去，唯余酒与诗”。

这里提到著名的女词人李清照，她不仅于诗坛露尽巾帼风采，而且酒趣雅量不让须眉。“断香残酒情怀恶，西风催衬梧桐落”——这简直就是“借酒浇愁愁更愁”更为诗化的版本。“新来瘦，非干病酒，不是悲秋”——酒可病，情中愁苦被浓化了多少倍。“酒阑歌罢玉樽空，青缸暗明灭”——凄清愁伤之色，被饮罢的酒所渲染，实在是“声声有和鸣之奏”的妙句。大量脍炙人口的诗句，如“浓睡不消残酒”“险韵诗成，扶头酒醒”，“酒美梅酸，恰称人怀抱”，“三杯两盏淡酒，怎敌他，晚来风急”……直到叩问一声“酒意诗情谁与共?”——酒意和诗情之间的相依相伴，被女词人写到了极致。人们评价说：“有才女如此，真是中国文坛的骄傲。”此言不虚，中国的诗文化和酒文化，都应当记下李清照浓浓的一笔。

现代人思路和视野的扩展，使酒之神韵随人格发展而变迁。当人生哲理、人格观照入诗的时候，酒韵的地位和作用仍然当仁不让。著名诗人艾青以诗谈酒曰：“她是可爱的，具有火的性格，水的外形。”真是一语道破天机，酒被直接、通畅地人格化；饮酒者“醉翁之意不在酒”，而是品尝社会文化所赋予酒的人格内涵。于是“她会偷走你的理性”，（艾青：《酒》）“会使聪明的更聪明，会使愚蠢的更愚蠢。”（同上）酒中味道，因人之境界而异。席慕蓉以现代女性的敏感瞄准爱情而相邀美酒。“向爱情举杯吧，当它要走的时候，我所能做的，也只有如此了。”爱情的归去来兮，表面看来，“举杯”是别无选择的“只能如此”，而含韵之中，却洋溢着千言万语。人生的复杂莫测，孕育了朦胧诗，而朦胧的语言、朦胧的意境，与酒作用于人的似醉非醉、将醉方醒、欲醒且醉的精神状态，真是不谋而合。“贴上新的标签，又是好风光；闯荡世界谁比酒瓶豪爽？旧瓶新酒味儿绵长。”（叶延滨：《酒瓶在城里空了》）亦真亦幻，“味儿绵长”——余音绵长，意蕴绵长。而台湾诗人洛夫《与李贺共饮》，像许多优秀诗篇一样，在古往今来的诗酒之风中架起桥梁：

你激情的眼中
温有一壶新酿的花雕
自唐而宋而明而清
最后注入
我这小小的酒杯
我试着把你最得意的一首七绝
塞进一只酒瓮中
摇一摇，便见云雾腾升
……

从古至今，巨大的社会变迁使许多事物成为遗迹，也使许多事物成为永恒。中国以酒曲而酿酒，独特的酿制技术造出独具神韵的琼浆玉液，却经历了厚重丰富、悠久博大的“后天”修饰。酒，就像“酒曲”一样，投入社会文化之中而发酵，酿制了香飘千古、泽被中外的“美酒”——酒文化。诗与酒相互交融而形成的诗酒之风，不仅仅是文人才气秉性使然，而是生活方式、艺术追求、民俗风情、审美情趣等多种因素交织的结果，演绎了中华民族文化宝库中所独有的人文景观，是“物华天宝，人杰地灵”华夏汉魂的生动体现。

中国酿酒技术悠久，酒业却谈不上发达。以反思的眼光重读“借问酒家何处有，牧童遥指杏花村”，可以想见，“水村山郭酒旗风”的景象并不普遍。“酒香”躲在“巷子深”里，酒葫芦挂在裤腰带上，天南地北的酒，散散点点，闷在作坊的坛子里。商业不振、流通不活，中华美酒走向世界的步伐长期滞涩徘徊。

如今，当市场经济大潮强烈冲击古老的文明故乡时，诗与酒的姻缘也别开一番丰韵。“何以解忧，唯有杜康”，千古绝句为古老的名酒重见天日打开生机。“茅台香酿酽如油，三五呼朋买小舟。醉倒绿波人不觉，老渔唤醒目斜钩。”——石达开屯兵茅台村的留言，并未随他本人的抱恨终天而销声匿迹，为一代名酒注入绵绵活力。“胜绝惊身老，情志发兴奇。重碧拈春酒，轻红臂荔枝。”——杜甫所说的荔枝酒已经绝响，出于宜宾的五粮液仍可久仰其泽。唐代吏部侍郎裴行俭留诗“送客亭子头，蜂醉蝶不舞。三阳开国泰，美哉柳林坞。”至今是陕西凤翔西凤名酒的“历史广告”“诗化广告”。北周诗人庾信曾写过：“三春竹叶酒，一曲鹍鸡弦”，被汾酒厂写入产品介绍。“兰陵美酒”更是直接将李白名句移入品名，诗为酒兴逸，酒因诗蜚声，如今早已驰名中外了。当然，这种功夫决不仅仅限于“借古宣今”，而是包括古今交融、东西合璧、继承与创新相结合的文化建设。诗与酒的姻缘，应当诞生更加丰富多彩、新颖奇特的结晶。

“殉国”还是“殉格”

群臣簇拥着犹疑不决、一筹莫展的国君。

文官武将意见截然相左，争论却并不激烈。他们头顶没有祥云笼罩，心中没有星盘托底。这是一次缺乏信任，因而更缺乏衷肠的会议。终于，僵局被激情打破了！

“秦国是虎狼之国，秦王的话不可信，不能前往！”

激情滚滚的话语，振聋发聩，掷地有声。殿外台阶上，风度翩翩、彬质儒雅的屈原飘然而至。

这一幕，到底是历史的安排还是史家的创意？无论如何，典籍的舞台、文字的灯光，都让两千多年间无数的目光聚焦了这一闪亮登场。

秦昭王借与楚国通婚之际，要楚怀王前往秦国会晤。此时的屈原似乎依然担任左徒要职，但是早已因受谗言之累而被怀王疏远，出使齐国返回不久。站在屈原这一边的，只有令尹昭睢，附和劝阻国君赴秦昭王之约。然而，以楚怀王的小儿子子兰、上官大夫晋尚为代表的阵容，依托着一种宫中特有的强大，他们的一番鼓噪说服了楚怀王，屈原的规劝失败了。接下来，是国君赴约、被拘留软禁，虽然逃到赵国，却被拒绝入境，只好返回秦国，懊恼成疾而亡于秦。

屈原一定会悲愤交加，一是秦王的奸诈，二是楚王的昏聩，三是小人的卑劣。所有这些足以让他写下《招魂》。

记得上小学的时候，老师在家家要吃粽子的关键时刻进行爱国主义教育。于是，黏黏的粽子又甜又香的味道、诗人屈原和爱国主义粘连在一起。然后又牢牢地将这种印象粘在心里。直到上大学、学历史，依然加深着这样的印象：屈原是爱国主义诗人，是爱国主义的光辉榜样，他纵身于汨罗江碧波之中，是爱国主义情怀的最高境界，而《离骚》呢？《九江》呢？《天问》呢？无疑是爱国主义的伟大诗篇。尤其是他受到排挤贬黜和种种打击，却依然对楚国的命运忧心忡忡，而不忘忧国，以至于以身殉国。

打开中国历史、中国文学的教科书，以至于种种相关书籍，“伟大的爱国主义诗人”“伟大的爱国主义诗篇”的评价比比皆是。

可问题恰恰出在这“爱国主义”上。

现当代人审视历史的角度杂乱斑驳，总体是好事。但读准史实不易，还需要翻扒不少考据注疏，谨防拨乱反成添乱。近年有人尖锐地批评屈原是奴才人格的典型，甚至认为屈原代表了、发端了几千年来中国知识分子的奴性人格。——天哪！这究竟是拨开了历史云翳而还屈原以“真实面目”，还是让本来就沉冤千古的诗人冤上加冤、难以瞑目？孔夫子说“《诗》三百，一言以蔽之，曰‘思无邪’”，诗篇是诗人人格的折射。难道真的要像鲁迅先生一样，一面高度赞赏屈原“被谗放逐，乃作《离骚》。逸响伟辞，卓绝一世。后人惊其文采，相率仿效”，一面批评屈原的《离骚》是表达了“不得帮忙的不平”。

鲁迅先生读史博精，思想深邃。但他的屈原观却让我无法产生豁然开朗之感，反坠五里雾中。其实近年尖锐批评屈原“奴才人格”的声音，很难说没有受到鲁迅的启发。早在1932年，鲁迅先生就在《言论自由的界限》一文中说：

“其实是，焦大的骂，并非要打倒贾府，倒是要贾府好，不过说主奴如此，贾府就要弄不下去了。然而得到的报酬是马粪。所以这焦大，实在是贾府的屈原，假使他能做文章，我想，恐怕也会有一篇《离骚》之类。三年前的新月社诸君子，不幸和焦大有了相似的境遇。（他们只不过批评）不料‘荃不察余之中情兮’，来了一嘴的马粪……”（《鲁迅全集》第五卷115页）

“不得帮忙的不平”则出自鲁迅先生于1935年写的《帮忙到扯谈》：

“屈原是‘楚辞’的开山老祖，而他的《离骚》却只是不得帮忙的不

平。”（《鲁迅全集》第六卷 344 页）

更早，鲁迅于《摩罗诗力说》中也说过：说屈原的诗“然中亦多芳菲凄恻之音，而反抗挑战，则终其篇未能见，感动后世，为力非强”。

有机会读闻一多先生的《读骚杂记》，不啻遇到棒喝。

清朝有个王懋竑，这里提到此人颇有必要。因为，在研究屈原的众多学者中，王懋竑独树一帜地认为屈原死得很早。他在《白田草堂存稿》卷三《书楚辞后》中，推定屈原早在楚怀王二十四五年间，即公元前 305 年至公元前 304 年就投入汨罗江了。这比多数人认为的屈原死于顷襄王时期大大提前了，尤其是比一般采用的郭沫若关于屈原卒于顷襄王二十一年（公元前 278 年）一说早了八十多年！

果真如此，则对于屈子关系重大。这期间的一些事件，就应当与屈子无涉。比如，第一，谏劝怀王不要入秦的，就不是屈原，其实《史记》楚世家中记载，“楚怀王见秦王书，患之。欲往，恐见欺；无往，恐秦怒。昭睢曰：‘王毋行，而发兵自守耳。秦虎狼，不可信，有并诸侯之心。’”可见，太史公那里自相矛盾，屈原之谏并不一定属实。第二，顷襄王时代屈原就不会再次受贬。至于屈原与渔父江边对话也就子虚乌有，用闻一多先生的话说是“教一篇寓言冒充了史迹”。第三，顷襄王二十一年，也就是郭沫若认为屈原的卒年公元前 278 年，“秦将白起遂拔我郢，烧先王墓夷陵”。楚国的这一次惨败屈原也就没有经历到，所以王逸《楚辞章句》注《哀郢》说：“此章言已虽被放，心在楚国，徘徊而不忍去，蔽于谗谄，思见君而不得”，就仅仅成了一种猜测了。

好像很遗憾，历史少了那么多文学或戏剧的素材；但是，可能也避开了一些文学或戏剧式的虚构。正如闻一多先生所说：“其重要之点，还不在于缩短了屈原几十年的寿算，订正了一个史实的错误。这件事本身的意义甚小。因这件史实的修正，而我们对于屈原的人格的认识也得加以修正，才是关系重大。怀王丧身辱国，屈原既没有见着，则其自杀的基因确是个人的遭遇不幸所酿成的，说它是受了宗社倾危的刺激而沉江的，便毫无根据了。”

也就是说，所谓屈原投江是以身殉国，是爱国主义，既没有历史依据，也包括了对历史事实的误读。

闻一多先生提到“人格”，这的确是一个极为重要的视角！是啊，为什么我们就不能脱离政治，从人格的角度来评价一个诗人呢？我们一定要把屈原放置在政治旋涡当中吗？好一个“屈”姓的诗人才子！都沉江了，都死了，都躲不过政治吗？既躲不过“殉国”；也躲不过“奴才”，“屈”啊！

到底是什么原因，让屈原纵身于碧波之中？闻一多指出连真带假二十五篇屈赋中对于怀王被诱入秦的事决无一丝口风，可见此事或发生于作者死后，或屈子对此并未耿耿于怀。

一部二十五史的确主要是一部“政治史”，但是绝不是所有的历史人物都只能将全部身心都深陷政治之中，以至于最追求洁身自好的大诗人也无法洗濯身后。其实思想学者、文学大师常有“天问”“人间”的形而上超越，我们后人不可以把人的心灵从风云变幻中抽象出来吗？孔子赞叹伯夷、叔齐的时候说他们“不降其志，不辱其身”。孟子说：“大人者，不失其赤子之心者也。”而且细化了人格情操的“指标”：“富贵不能淫，贫贱不能移，威武不能屈。”我看这些，放在屈原身上，无比恰当。汉人班固说：“屈原露才扬己，竞乎危国群小之间，以离谗，然数责怀王，怨恶椒兰，悉神苦思，强非其人，忿怼不容，沉江而死，亦贬絜狂捐景行之士。”说得好！这班固，堪称屈原知己。

“指九天以为正兮，夫唯灵修之故也。”被郭沫若翻译成“我要请九重的上天做我证人，我悃忱地忠于君王并无他意。”“虽九死其犹未悔”，被傅国涌先生说成是“表达的是屈原对于楚怀王的耿耿忠心”。“长太息以掩涕兮，哀民生之多艰”，被说成“屈原把他对专制君主制度的绝对忠诚，对贪官、小人的刻骨仇恨，对昏君的抱怨和对人民的同情完整地结合在一起”。就连“路漫漫其修远兮，吾将上下而求索”也被说成“他上下求索的是如何才能得到君主的宠信，这就是屈原所表达的真实感情”。（参见傅国涌著《历史深处的误会》，东方出版社 2006 年版）

屈哉！屈子！

春秋战国，忠君思想在士子之中没有什么市场，他们追求的是发挥才智。商鞅入秦以前卖了不少关子，谁重用我我才为谁效力；公孙衍当了秦国大良造，后来又相魏，甚至以“五国相王”；苏秦佩六国相印；孟尝君在冯煖的策划下被三国请相；孔子、孟子都曾周游列国；伯夷、叔齐更是不作国君、不食周粟而饿死深山……为什么独独诗人屈原非得揣着愚忠的奴性死死抱着昏聩愚钝的楚怀王不放，甚至哀怨丛生以身“殉国”呢？

所谓“忠君爱国”“爱国主义”，无非是后人出于种种目的为屈原硬性地安在头上的“光环”，而这其实是让屈子更加屈辱的光环。

而屈原与爱国主义无关的时候，也是从“奴才”人格的解脱。

屈原的诗句当中，体现着对理想社会的向往，对君主昏聩的谴责，对卑劣小人的鞭挞和揭露，更充溢着对高尚人格的珍爱和自尊。如果把这些读作“奴才人格”的滥觞，可以说是对于中国历史带有整体性的误读。中国士大夫阶层，不乏理想人格的追求者、坚守者和殉难者。司马迁忍辱负重著《史记》；名医华佗宁死不向曹操屈服；刘毅直言不讳；陶渊明不为五斗米折腰；李白“安能摧眉折腰事权贵，使我不得开心颜”；韩愈“知汝远来应有意，好收吾骨瘴江边”……宋朝的胡铨“臣有赴东海而死耳，宁能处小朝廷求活耶？”正是以屈原为榜样，多次公开吟咏屈原的“虽体解吾犹未变兮，岂余心之可惩！”“亦余心之所善兮，虽九死其犹未悔。”所有这些，当然是一种反抗，是一种中国传统士大夫式的反抗，宁死不屈，宁折不弯，宁为玉碎，不为瓦全，就是放在当今，也是难能可贵的。其实，鲁迅先生自己不是也有诗曰：“寄意寒星荃不察，我以我血荐轩辕”吗？不仅引用了屈原，与《离骚》形似意近，而且充分抒发了“荐轩辕”的情怀。我们知道，鲁迅先生的情怀，是对于人民、民族前途的忧患，是对于“风雨如磐暗故园”的愤懑。那么，心同此境，情同此理，为什么一定要苛求两千多年前的屈原呢？

“何离心之可同兮？吾将远逝以自疏。”“吾道夫昆仑兮，路修远以周流。”“路漫漫其修远兮，吾将上下而求索。”这样的向往、追求以至殉难，本身就闪烁着价值抽象和超越的光熠，倒是我们，需要突破二元对立或政治实用主义的思维窠臼。

“挺龙”还是“撤龙”

中华民族的躯体庞大，又当临如今纷纭复杂的社会万象，染上病毒不奇怪。而今天的病毒和历史上的病毒非没有“基因”关联。中华民族如今最重要的“大病毒”是什么？就是深入骨髓的二元对立思维，时而表现为阶级斗争，时而表现为非此即彼，时而表现为疯狂排外，时而表现为变态自裁。

当下，一股“撤换”中国龙的潮流，就是一种文化自裁的浮躁喧嚣。

中国皇帝封建集权专制，而龙又曾经是帝王的象征，所以就要灭龙——这是什么思维？是红卫兵破四旧的思维，是典型的非此即彼的破坏性思维。只要这种逻辑成立，长城是龙的象征，而且是封建帝王残酷压榨百姓、强迫人民用血汗修建的，应该炸掉！故宫是帝王皇家宫殿，坐落于京城，不仅集权遗风凛凛然荡漾，而且依然延续昔日皇威，何不轰平？明孝陵、十三陵……皇家寝陵以及什么山庄、什么碑林……不仅“病毒”得厉害，简直就是恶性肿瘤，理当全部割除。就连埃及金字塔，也是法老罪恶累累的纪录，该如何处置……

还有“无形资产”，什么四书五经，什么资治通鉴，什么二十五史，什么诗书典籍，哪一样不渗透着皇权的淫威？哪一样不伸展着“吃人”的獠牙？怎么办？再来一次焚书吗？

不要以为笔者在牵强附会，这完全没有违背“撤龙”“灭龙”论者的思维逻辑。而且，这样的思维逻辑一路走下去，说不定哪天就走到“焚书坑儒”“文化革命”的灾难中。

不知中国龙招谁惹谁了，突然在一种势不两立的对立状态中成为某些疾恶如仇者的“假想敌”。

就“龙图腾”的问题引起争论，在一定程度上反映了当下中国信仰迷失困惑的心理状态。应当意识到，这场争论所涉及的绝不是一个小问题。

第一，“龙”是由“蛇”转化而来的，是中国式思维传统中难得的“形而上”瑰宝

中华民族的古老，使我们上古神话思维充满敬意。中国和古希腊神话中都有蛇的隐喻和象征（古希伯来，唆使亚当夏娃偷吃禁果的也是蛇），绝非偶然。这与祖先对土地的敬畏，也与当时大蛇、怪蛇千姿百态，蛇形变化多端有关。《西山经》说：“是山也，多木无草，鸟兽莫居，是多众蛇。”蛇随处可见、神出鬼没，肥蛇巨蟒之大、鸣蛇之发声、化蛇之莫测、飞蛇之腾跃，以及“食象之蛇”的威力等等，无法不进入人的思维意象。

人的力量的增强所导致的，不是蛇的缩小，而是蛇的幻化。这完全符合人的心理规律——古人对天的敬畏其实是对大自然的敬畏，其实是人在自然造化“无穷的神秘”面前永恒的自卑和寻求依赖。这与世界上宗教产生的心理需求基础是一样的。

龙的产生，其实是天、人、蛇、鸟的意象组合，“人身而龙首”“龙身而鸟首”“人面而龙身”等等，已经在神话中大量出现。《大荒西经》曰：“西南海之外，赤水之南，流沙之西，有人珥两青蛇，乘两龙，名曰夏后开。开上三嫔与天，得《九辩》与《九歌》以下。此天穆之野，高二千仞，开焉得始歌《九招》。”

龙是蛇的演化，从蛇到龙，是上古人类思维的形象与抽象的结合，是一种可贵的形而上。余英时先生认为：“中国的超越世界没有走上外在化、具体化、形式化的途径，因此，中国没有‘上帝之城’，也没有普遍的教会。”然而，中国有龙，与基督教（耶稣）、佛教（释迦牟尼）、伊斯兰教（安拉）最高神的人格化超越设计不同，龙是抽象与具象的统一，

是人与天的融汇，是本体与现象的分中有合，是出世与入世、现实与未来的中介。可以说，这种超越性是一种“内在的超越”，在人类价值取向中有独特的魅力。

第二，“真龙天子”之类是帝王对龙文化“盗版”的结果，“龙”是理想人格的文化心理象征

龙，并非一开始就是帝王的化身。孔子就将老聃比为龙，弟子问他如何规劝老聃，孔子答曰：“吾乃今于是乎见龙！龙，和而成体，三而成章，乘云气而养乎阴阳。”因此“予又何规老聃哉?”可见，孔子是将龙作为美德的化身，龙是属于修身养性而志存高远的君子的。《仪礼・乡射礼》中说：“蛇龙，君子类也。”

屈原赋《离骚》称：“为余架飞龙兮，杂瑶象以为车。”即使到了后世、帝王“盗版”了龙以后，龙的功能也绝没有被完全垄断，比如《三国演义》称诸葛亮为“卧龙”，不是说他是“潜在的帝王”，而是隐居的君子。

《易经》中“时乘六龙以御天”，是指乾卦六爻所代表的时空，能够乘六条巨龙在天空翱翔，即是君子完美境界，也是万物之间“太和”“利贞”的和谐状态。至于“潜龙勿用”“见龙在天”“飞龙在天”“亢龙有悔”等等，具体阐述“天行健，君子以自强不息”。总之，龙象征君子美德，从心理学意义上具有强烈的“人格审美”价值。

孔夫子建立人格价值体系，是以三皇五帝的“公天下”为蓝图的，与西方柏拉图“理想国”相反相成。孔子等儒家先贤所推崇的“天下为公”的时代，是“权力公有制”时代。我们从历史决定论出发讲究生产资料或财产公有制、私有制已经够多了，但是对“权力所有制”问题关注太少。而从社会文化心理角度来看，权力所有制问题至关重要。中国历代帝王要解决“权力合法性”即“道统”问题，不得不借助“替天行道”，在“天人合一”中将自己的权力私有遮掩起来，换上“天子”的旗号，这里虽然是瞒天过海、偷梁换柱，但也有一种向儒家“道统”观的妥协。“龙”也是如此。我们不能只看到“龙”被帝王“盗版”之后，被帝王所利用，为帝王带来威严和“虚构的合法性”，也要看到“龙”对帝王有所制约。

与柏拉图的“智者王”有异曲同工之处的是孔子的“君子王”“圣人王”。(所谓“君主”“君王”之称包含了“王当为君子”的意思）所谓“内圣外王”，也是以先王为楷模，即“法先王”。“龙”即为君子和圣人的象征。尤其应当看到的是，中国帝王当政的历史上，儒家所设计的理想人格的实际承担者是士大夫，而曾经是“龙”的君子们，虽然已经不得不将“龙”让渡给了帝王，但从集体人格的意义上始终没有从理想人格的心理定位之上真正堕落和垮掉。也可以这样说：“龙”在中国历史上，始终承担了理想人格潜在图腾的功能。这也是当今中国人民喜欢龙、赞美龙，精神上寄托于龙的文化“基因”的重要构成。

第三，“龙”绝不仅仅属于帝王，而是植根于深厚的民间文化土壤，构成人民大众深刻认同的根本性文化神经

“龙”的起源不是帝王“专利”，其文化功能也决定了帝王不可能独家垄断。在民间，龙是海神、风神、雨神，其形象常常“飞入寻常百姓家”。海龙王和灶王爷、土地爷、观音菩萨、关老爷等“级别”相当，简直就是服务于人民大众心理需要的“神祇公仆”。造福民众，受到人们顶礼膜拜；祸害百姓，受到人们的抨击甚至嘲弄。苗族等少数民族的布龙舞和汉族人民给龙王庙烧香磕头异曲同工，都是祈祷风调雨顺、期盼五谷丰登的。而《西游记》《封神榜》《柳毅传书》《张羽煮海》等等大量民间文学艺术中更是龙来龙往。龙女的反抗精神、善良智慧，小白龙的侠肠义胆、忍辱负重等等，都在民间广为流传，深受大众喜爱。

至于龙舟、龙舞、龙图、龙饰、龙亭、龙纹、龙车、龙门、龙柱、龙星、龙脉、龙马、龙凤、龙眼、龙灯、龙须、龙葵、龙柏……是亘古占据了文化时空的“基础设施”，是得到人民群众高度认同，并在集体人格潜意识中根深蒂固的心里装饰。

记得我国第四次汉字简化方案，惹的民怨沸腾，被称为“天怒”，不得不取消，后来人们反思认为是触动了“文化的根本”。中国的历史与中国的文字语言的历史之血肉关联，是西方德里达式的解构主义所无从下手的。不知试图“撤换”龙图腾的人是否意识到：“撤换”行为已经深入到语言解构。比如，网上有人排列了关于龙的成语：白龙鱼服、笔走龙蛇、成龙配套、藏龙卧虎、车水马龙、画龙点睛、蛟龙得水、龙飞凤舞、龙肝豹胎、龙马精神、龙蟠凤逸、龙蛇飞动、龙蛇混杂、龙潭虎穴、龙腾虎跃、龙骧虎步、龙吟虎啸、龙争虎斗、龙跃凤鸣、攀龙附凤、群龙无首、神龙见首不见尾、生龙活虎、屠龙之技、土龙刍狗、望子成龙、降龙伏虎、叶公好龙……

对于中国龙，也许正在致力于“撤换”者和支持“撤换”者并不一致，支持者中许多是自由主义者，他们反对极权专制的意图十分明显，可是致力于“撤换”的人明明是一种秉承旨意的权力行为，恰恰是一种无视民众的现代式文化专制。中华民族需要的是深刻的“文艺复兴”，而绝不是狂躁的“文化革命”，“舍得一身剐，敢把龙王拉下马”，不仅是给民主自由主义帮倒忙，而且是以肤浅和轻浮给贻害至深的极“左”思维做贡献。深切希望自由民主主义的追求者保持清醒的头脑。

哈贝马斯说得好：“取得理解是人类语言内在的终极目标。”“龙”在中国语言中的重要地位和普及程度，与其在人们心理层面上的图腾性质是一致的，也是和谐的，并且有力保证了在社会转轨、信息爆炸时代沟通的方便性和精确性。在泱泱大国沟通与交往中发挥重要作用的图腾式理解，为什么一定会在国际交往中是一种梗阻呢？我们完全有理由相信，中华各族人民所喜爱和理解的“龙”，一定会在国际社会架起沟通和理解的桥梁，而且是不可替代的最好的桥梁。“撤换”者的思维，表面看是一种对异质文化的“妥协”，实际上是深陷二元对立思维，是对于沟通与理解的自卑和放弃，也是对于中华文明重要信息载体——中国语言文字沟通交往功能的残酷亵渎。

第四，“龙”的形象符合人类审美规律，具有难以替代的永恒审美价

值以及综合文化价值

宋代帝王不尚武，汉唐帝王的威风在大宋皇帝那里少有体现，但文化与经济发展却是相对繁荣的。龙的形象也趋向比较突出其审美价值。当时塑造龙的形象讲究“三停九似”，“三停”是说龙首至前肢、前肢至腰、腰至尾三部分长度基本相等；“九似”则指角似鹿、头似驼、眼如兔、项似蛇、腹如蜃、鳞如鱼、爪似鹰、掌似虎、身如牛。总之，历史上比较典型的龙的形象，提炼、综合了各种动物中符合人们动物审美情趣的特点，实现了一种艺术化的“再生”。

从满足文化心理的需求来说，龙是一种多元象征的虚构的动物形象，又是超越了动物的、经过审美眼光筛选和组合的“人造”图腾。它是联想思维、夸张思维等审美思维手段的创造性艺术结晶，也反映了东方整体性思维对合理意象的动态整合。在这一寄托着审美理想和神性崇拜的形象中，包含着中华民族文化价值的“认知因子”。“认知因子”是达尔文的概念，他说：“考察一下神的概念。我们并不知道它是如何在一个认知因子池里兴起的。也许它通过独立‘变异’发生了很多次。在任何例证中，它实际上都十分古老。它是如何复制自己的？依靠说出的话和写下的文字，借助了伟大的音乐与艺术。为什么它有着那么高的生存价值？记住这里的‘存在价值’并不意味着在一个基因池里的一个基因，而是一个认知因子池里的一个认知因子。这个问题的真实含义是：是什么在文化环境令关于一个神的想法得以稳定与复制的？认知因子神在认知因子池里的存在价值是由它巨大的心理感染力引发的。它给了关于存在的深奥而且麻烦的问题的一个表面上近乎合理的答案。……如果只是以一种有着很高存在价值或者感染力的认知因子的形式，神（God）是存在的，存在于人类文化所提供的环境之中。”

龙没有一个现实存在的“真实形象”，但是，其千年活生生地“生龙活虎”着，却有着心理需求的土壤，有着其巨大的心理感染力的依据。

试问：“撤换”者将用什么形象取代龙的形象呢？用“狼”吗？狼凶残阴鸷的一面使人类不愿“与狼共舞”；用“牛”吗？牛缺乏开创进取的

精神，适合与人类中“老牛拉破车”者为伴；用“狗”吗？狗被人类驯化出奴才品性，早已无法担当人类的“动物偶像”；用“马”吗？马的坚韧与刚烈在驰骋中相当帅美，但很难指望它游刃有余、上天入地；也有人用过“鼠图腾”的概念，但那是对猥琐小人的嘲讽……或许，“撤换”者试图“拼凑”出另一种“综合”，但无论怎样“完美”，也根本无法获取文化基因，无法获得源远流长的历史长河的筛选、沉淀，无法营造以整个民族为单位的价值认同。只有蛟龙，只有蛟龙的上天入地、驾云蹈海、辗转腾飞、出神入化、蓬勃矫健、游走乾坤，才能支撑中华民族的审美视角和审美理念。

第五，珍惜和慎重对待“龙图腾”，应当有更加多元性、超越性、前瞻性的理解

黑格尔在其《美学》中说：“反复交错的象征方式，在埃及，每一个象征实在是一系列象征的整体，所以一度作为意义而出现的东西在另一个有关联的地方又被用作象征。这种把多种意义结合在一起的象征方式，意义和形象的交错，产生出多种多样的暗示，因而符合朝许多方向齐头并进的复杂的主体内心生活，形成这种象征形象的优点，但是由于可能有多种意义，解释就比较困难。”

一些“撤换”论的支持者不怕“困难”，非要将龙的象征形象做出硬性的解释，只能是偏狭、拙劣的解释。

我们今天对待龙，决不应当“还原”为具象，决不应当只是从比拟的意义上去理解。希腊罗马文化、希伯来文化、伊斯兰文化、印度文化、儒家文化等等，都被证明其价值体系在现代社会具有巨大潜力或活力，它们之间不应当是“优胜劣汰”的你死我活敌对关系，而应当是比较、交流、互补的关系。如果将“龙”予以取缔或由什么其他“新新图腾”取而代之，至少是对一种思维方式和价值体系的伤筋动骨。对集体精神人格的伤害也许不会像伤风感冒一样立即打喷嚏，但文化心理的“内伤”却深刻而久远。

漫话网络小说

网上浏览犹如踏上一块新大陆，“网络小说”是这块土地上萌生的一道独特的风景线。阅读网络小说，“别有一番滋味在心头”。既领受新颖刺激，又略嫌生猛粗糙。客观地说，其另辟蹊径、再树新帜的积极意义是主要的。网络小说从一个侧面证明了科技进步、传播手段的嬗变，对文学发展空间的拓宽。而且不可否认的是，它对传统的创作模式和美学原则有一定冲击，也调动了人们新的审美情趣。

组织素材、构思情节、塑造人物、提炼生活……这些人们习以为常的模式化、经验化的原则、技巧，在网络小说那儿大有“秀才遇到兵”的尴尬。网络小说的作者用未加工的文字“原料”，直接挪移未经加工的生活“原料”，省略或故意摒弃了文学修炼之功、精雕细琢之术。如果说文字出版的小说是经过煎炒烹炸的美味佳肴，这里就是凉拌冷荤，甚至是生菜生吃，“生吞活剥”。如果说以往的小说是耕耘稼穑、侍弄桑田，这里就是“采集经济”或原始的“刀耕火种”。

以往的小说无论发表在哪里，总要占用“版面”或“印张”，影视作品总要占用“播出段位”或“放映场所”，读者和观众是走进“餐馆”就餐；而网络小说让你海边尝海鲜、果园摘苹果、瓜地啃西瓜，反正我在网上，看不看由你。占用网上空间没有那么多的制约和条件，不占白不占，占了也白占；用不着达到一定水平、符合一定标准、通过一定筛选。写了就能“发表”，边写边“发表”，没有“择优录取”“优胜劣汰”那一说。可以是白描，是底片，是直抒胸臆，是宣泄，是“现炒现卖”，是“原形毕露”。规范的束缚、价值的训诫、功利的诱惑，对它无异于“隔靴搔痒”。我不要稿费也不要著作权，你读我的大作也不必进图书馆、阅览室，不必办证、花钱。试问：哪一块文学“阵地”可以如此出入自由、畅通无阻？

编辑是一定文学阵地的守护者，也是一定作者的守望者，其直接的把关、筛选、加工、润色的职能和间接的导向、监督、裁判等功能，在网络小说面前一概被谢绝、罢免。于是所谓写作心态、思维角度、艺术手法、语言特色等等，其必然性失去了一种重要依托。

网络空间的提供并不是网络小说探索与争取的结果，而是她对空间成果的“遭遇”和享用，因而她也获得了得天独厚的“先天”性特色。如自由发挥、个性张扬；对生活真实的直接挪移，避开虚构，天然质朴；直观印象和直观感受相结合，打破了体裁疆界而随意融汇；生活语言可能被直接“破格”提拔为“文学语言”，展露出大众化和口语化；她在一定程度上迎合或满足了大众通俗易懂、朴实无华的审美风尚。同时，社会变革与市场经济拓展了素材范围、拉动了生活弹性，当“业内”作家需要一个转轨、捕捉、洞察过程的时候，网络作者从原位出动，其敏感迅捷和直截了当，确有异军突起之势。专业化了的作家体会读者而设身处地，是一种略带艰涩的“角色置换”；而本来就是读者的网民充当作者是易如反掌的“摇身一变”。于是，文学活动开始打破以往正规军为主的阵地战，出现了民兵、预备役、“各自为战”的游击战；运动战，也不乏“打一枪换一个地方”的地道战、麻雀战。大众化写作或文学大众化，遇到了现实的环境和宽阔的土壤，从而在文化多元化的躁动中孕育着新的生机。

网络小说对网络空间只是分享，而并非独占。业内作家及经典文学上网已成趋势。作家上网完全可能利用多媒体技术而如虎添翼。所以，网络小说的独辟蹊径与异军突起，是文化多元化中的一支生力军，是文学景观中新添的芳园，但她与文学“正规军”的分野不可能、也不必要形成挤压空间的较量和一争高下的抗衡；更不可能、也不应当是争霸文坛的势不两立。事实上，谁也不可能取代谁。你可以巨树参天，我可以灌木葱茏；你可以花团锦簇，我可以淡姿轻摇；你可以典雅华贵，我可以朴实清新，如此“面向未来”，才符合人们审美要求的多样化和多层次，才符合艺术发展的内在规律。与经典文学的互补交流、相得益彰，多元并举、相映生辉，是网络小说的正确取向，也是其走向成熟与繁荣的最佳选择。

网络小说在“生产方式”上也呈现出变革的姿态，突出表现在“接力”创作。一个作者开了头，第二、第三、第四……个作者接着续写。这既不是“头脑风暴”的灵感撞击，也不同于创作班子的分工合作；前面没有给后面任何交代，后面完全按照接到的“暗示”展开联想。扑朔迷离中的逻辑流淌，超越了“意识流”，闪换着“蒙太奇”，一番“接力”下来，在偶然与暗合中，跃动着一种不言而喻、意会传递的信息链条。这在无意中发掘了天趣，耦合了“超其象外，得其环中”，“信笔挥洒，自然有致”的东方古典美学意境。当然，有的浑然一体，有的支离破碎；有的“锦上添花”，有的“狗尾续貂”。但这种从“方式”本身绽出的情趣、从“过程”本身弹出的玄妙，是对“创作是个人独特思维”这一悠久传统的冲击。对其前景和价值，我们完全可以在肯定其积极因素的基点上拭目以待。

评论界对网络小说的关注已涉及一些理论问题，这里笔者陈述一点自己的看法。第一，关于大众化。大众化趋势反映了社会变革中大众对文学的需求与参与，也反映了文学社会基础的扩展。网络小说在素材、风格、作者及读者群体等方面对文学大众化有推动和催化作用。但大众化应纳入多元化发展的总体演进中，没有必要在肯定大众化的同时提出所谓反对“贵族化”，也没有必要将大众化提升为代表未来的唯一方向。事实上，文学上的“精神意识”极为重要，“业内”作家中佼佼者的艰难探索和珍贵成果很可能转化为民族文化的瑰宝，制造“大众化”与“贵族化”的对立是有害的。我们太需要名家名作了，以至于我们同样企盼未来小说阵容中有“贵族化”的名家脱颖而出。第二，关于平面化。平面化与大众化根本不是一个概念，将两者人为地结盟、实行“吴蜀抗曹”以反对“贵族化”，是不明智的。平面化主张文学思想性、终极价值追求以及社会意义的淡化和消解，这种取向是很值得商榷的。对已然在创作实践中出现的平面倾向不必挞伐，应观察其以自身因素在多元化格局中的立足和定位。但可以肯定，以网络小说的出现及其某种优势而断定平面化代表未来方向，是没有道理的，还是多元化更好些。第三，关于真实性。网络小说以“虚拟的真实”见长，并将“虚拟的真实”和“生活的真实（现实的真实）”直接联盟，这本无可厚非。但“艺术的真实”独立的审美价值不仅为人类文明史所证实，而且正具有无限生机，绝不是什么“陈旧落伍”“死而不僵”。网络小说不仅不应当与之对立，反而应当从中汲取极多的营养，如果以“真实性”为资本而采取独霸和取代的姿态，决不是“人间正道”。我们的一些评论者或研究者，应力戒激进和浮躁，因为那只能帮了网络小说的倒忙。

（本文曾载于 1999 年 8 月 11 日《光明日报》）

乡情泪

我的家乡是著名的历史古城河南开封。小时候，只要出门，总是有意无意地撞见书法。从商家牌匾、牌坊两侧，以及同学家里的墙上，尤其是节日里大街小巷的楹联，都可以看到或雄浑端庄，或潇洒奔放的书法。十六岁那年，我当兵离开家，之后几十年，记忆的天空云卷云舒，整个城市就像一篇古朴苍劲的书法。我的乡情，也像书法一样浓浓淡淡。横平竖直的街道，是遒劲的笔画，铁塔、龙亭、大相国寺、繁塔、禹王台等名胜古迹，是酣墨的点睛。而潘杨湖、铁塔坑、惠济河，以及芦花摇曳的水塘，则是韵味无穷的留白。

家住惠济河边，据说，那可是一条历史悠久的河流。而饱经沧桑的古城却因为这条河流而保持着年轻的活力和欢快的情趣。小时候，河水陪同了多少上学放学的脚步，浪花伴奏了多少欢歌笑语。如果说乡情是诗，诗韵是惠济河；如果说乡情是曲，旋律是惠济河；如果说乡情是书，写满了河边的故事。

当记忆酝酿成总体印象的时候，几十年经历磨出的对生活的理解，以及深深的眷恋之情，都融进去了，或许美好的思想也融进去了。可是，现实的变化却融不进去。悠扬的思乡之曲播放的时候，总是被现实卡住了，憋出一种不兼容的感觉，一种断裂的感觉。

回到家乡，总想找到蒸发一般消逝的惠济河。

“惠济河？咦，地底下咧！你找不着啦！”一大把年纪的人都知道这个秘密。问了不少人，终于知道东南方向可以找到钻出地下的惠济河。

“再往前走，过几条街就是老惠济河了。”指路的，依然是老年人。

快了，就要看到惠济河了，就像与亲人久别重逢，不由得浮想联翩。

被人们认为很笨的鸭子，不像鹅那般高傲，却同样有着“白毛浮绿水，红掌拨清波”的优雅。当它们排起浩浩荡荡的长队时，是一种敦厚朴实的壮观。儿时，我住的大院一群孩子经常放鸭，惠济河为我们提供了纵情游戏的长廊。鸭子到哪里，我们就嬉笑打闹到哪里。两岸，垂杨柳摇曳着婀娜的枝条，不知什么树的密丛中经常窜出大朵大朵毛茸茸的红花。时而，我们跳进河里，清凉的河水和欢快的浪花，惹得阳光都会加入进来，在我们四周蹦跳弹落。鸭子呢？想起来的时候，只见远处那些洗衣的阿姨和姐姐们，挽着高高的裤腿趟进河水，嘻嘻哈哈地向鸭子撩水，鸭子们“嘎嘎嘎”地叫着，不知是互相吵嘴还是问候。我们追逐着赶过去，她们又回到岸边挥动洗衣捶，在嘭嘭嘭的节奏中，鸭子们重新出发。

挑着钓竿的慈祥的老人，跳出水面的白光闪闪的鱼儿，水面宽阔时大片荷叶举着奔放的荷花……惠济河无比慷慨地赐给我们太多的欢乐。可是年幼的我们太贪玩，完全没有想到她在我们以后的岁月中镌刻了多么深切的眷恋。

惠济河，如今在哪里呢？我继续寻找着。街道越来越拥挤，穿过好几条街，还不见她的踪影。那贯穿全城、为全城营造律动和生机的生命之河，难道真的被这个城市彻底抛弃了吗？

记得20世纪70年代，我从部队探亲回到开封。惠济河已经开始变窄，水流像枯萎的树干躺卧着，水面已经黯淡。但还有一座座造型雅致的拱桥苦苦支撑着昔日的风采。再后来，惠济河就成了地下河，就像一位形容枯槁、风烛残年的老妪被提前掩埋，既残酷，又荒诞。

然而，就在惠济河进入“现代悲剧”的时候，《清明上河图》却神奇地“浮出水面”。看到北宋大画家张择端这幅享誉海内外的画作，我震惊了！原来，我孩提时代所看到的、如今让我心驰神往的惠济河，不过是汴河、惠民河、广济河、金水河等运河水道家族的“单传”。而那雍容华贵、气度非凡的京畿家族，曾经何等妖娆与壮观！怪不得，宋初，吴越王钱俶；向宋太祖敬献玉犀带时，太祖骄傲而神秘地说，朕有三条宝带：汴河、惠民河、五丈河。我像饥饿的乞丐一样匍匐着游弋美图展开的空间，品味着老子“上善若水”哲理引导的精神穿越，啜饮水泽天国的滋润。宽阔的水面碧波荡漾，仪态万方的亭台是静态的龙舟，神采飞扬的船舶是动态的楼阁。我突然醒悟到：这才是本真的、有生命的都市，这才是有血脉、有灵魂的城郭！没有水域的泽惠，没有河流的奔涌，没有清波的洗涤，任何繁华都不过是浮躁的喧嚣。

惠济河，更早的祖先竟然是春秋战国时期著名的鸿沟！直到清朝，依然是重要漕运，依然为中原大地的农田、植被和生民提供着源源不断的滋养。

一定要找到惠济河！这是我少小离家四十多年后的一次寻找，虽是阔别，可对于一条古老的河流来说，只是短暂的倏忽之间啊。

我倔强地走着，陷入遐思之中。当再次打探的时候，一位老人的回答让我一阵晕眩：“这就是惠济河啊！”

这就是惠济河吗？

我想象过她的衰老和悲惨，更没指望拿她与巴黎的塞纳河、伦敦的泰晤士河、波恩的莱茵河、曼谷的湄南河、首尔的清溪川等相提并论。但，我不相信，不愿相信，不敢相信！这满目疮痍、恶臭熏天的黑水沟，就是惠济河吗？这就是我记忆中、梦幻中、憧憬中的惠济河吗？两岸白色垃圾密密匝匝地翻卷着，其中夹杂的红色塑料袋血渍般地抖动着，中间黑黢油光的浊流腐尸般地蠕动着。

两位拣拾垃圾的女人，佝偻着腰，试图发现可以维持生计的什么东西。这让我心头一动：她们是用这样的方式注释“惠济”两个字的含义吗？

目光瞄向两岸行色匆匆的人们，能理解他们的掩鼻，他们的无奈和厌恶，但该怎样理解他们的麻木？我知道惠济河死了，死于被虐待、被折磨，更死于被遗弃。

两行热泪，挽联一般涌出眼眶，挂在面颊。

再看一眼惠济河吧……蓦地，我发现岸边倔强地伸出的树枝，像是枯瘦的手指，指向苍天。

注：本文写于2008年。

敲字与写字

记得当兵时搞过营建，砌砖被说成“码砖”。王朔说自己写作过程是“码字儿”，挺有意思，不过“码”代替“写”，毕竟是一种调侃，还是丢了不少东西。写，包括“画”，讲究的人写字犹如画画儿，追求美感，写出来好看，自己满意，否则自己对自己生气；写，包括“划”，不仅讲究笔画，还讲就谋篇布局，讲究气势，讲究整体的审美效果；写，还包括“化”，写字的过程是一种运化的过程，运气运意，匠心独运，写信写诗写情书写稿件，都会将诗情雅意、个性秉性、心气情趣有意无意地跃然纸上，让读者没看内容，光看字迹，就感觉情趣盎然。

“敲字”出来，大不同了。键盘高手敲字的时候双手翻飞，也是一种情趣啊，不仅速度快，而且规整，word 也好 WPS 也好都有排版功能，还能剪切复制粘贴，如果用得好功能更多，光是各种模板就足以花样翻新。年轻的手机达人双手捧着手机，两个拇指飞快地输入拼音，汉字嗖嗖地出现，足让我这老派前辈羡慕不已。这种绝活儿，似乎也可以归入广义的“敲字”。

“敲”对于传统的“写”来说，很难说是同缘家族新生代，大有“异族入侵”的意味。为什么？方便快捷规整漂亮不说，如果出版发表还节省了检字排版印刷等等一串儿环节，有人说不亚于毕昇活字排版印刷术的一次革命，此言不虚。但是，握笔而写，秉笔而书，运笔而筹的文化旨趣，如果说是千年风韵荡漾的美貌淑女、家庭主妇，如今却像一位时过境迁风烛残年的老妈子。搞文字研究的使劲儿提醒人们别忘记她名门望族的出身，热爱书法的勉力提醒人们记住她大家闺秀的身世，一些文人雅士拼命为她梳妆打扮，但毕竟寄人篱下，境遇不堪。

喜剧和悲剧往往交织，悲中有喜，喜中有悲。依我看来，笔写汉字受冷落，悲剧的颤音是主基调。就算书法艺术还在塔尖上光彩熠熠，可越来越多的人别说书法，连硬笔写字也是极少了。不是有签名设计吗？经过花钱设计，一些名人写自己的名字可以龙飞凤舞，除此之外一概涂鸦。年轻人谈恋爱，短信微信电子邮件 QQ 聊天，内容是不是下载的不说，想从“字如其人”而管窥对方学识才气人品修养情趣性格等等，没门儿。

“如将不尽，与古为新”，传承之中的新生代是同缘同族，传承断裂的新生代，缺根短脉。文化为民族之命脉，汉字为文化之根柢，书写汉字是几千年来文化基因香火绵延的精神脐带。鲁迅先生说，中国的文字有三美：意美以感心；音美以感耳；形美以感目。敲出来的字，应该说也有这三美，但那是字库的，不是自己的；那是千篇一律的，不是个性的。敲的过程与写的过程不同，少了自己对感心之意美的追求、对感耳之声美的领略、对感目之形美的独创。汉字在文字之林独树一帜，肯定与其独到的象形、丰富的内涵和表现力有关，一横一竖、一撇一捺、一勾一点，再加上间架结构呢？再加上布局谋篇呢？“纵横有可象者方得谓之书矣”，就算这里讲的是书法吧，可日常书写与书法互融互动本身就是传统文化的重要逸趣。古往今来书写者，大多都只要提笔便受书法艺术之熏陶、审美情趣之浸润。再往道家思想领会一下就更有意思，写的时候“信笔挥洒”，读的时候“自然有致”；写的时候“超其象外”，看的时候“得其环中”，也可以蕴含文化精神之大与个人气象之小的“小大由之”。而善书者更高的境界，则可以抵达心手相忘，意笔相融，“道法自然”，“天人合一”。

就算你没有掌握更多的书法理论、艺术手法，太多的中国人不都是从孩提时代、刚刚认字的时候，就从大街小巷的匾牌、对联，厅堂馆所的条幅、字画以及大量手写书信文稿中“看着汉字长大”的吗？这字儿写得漂亮，那字儿写得不咋地，这种“汉字审美能力”就包含着文化传承和民族精神的薪火传递。笔者在韩国、泰国等地一看到中国书法，那亲切感和自豪感真是油然而生。

本人学会敲字至少二十五年了，敲字的好处自然体会不少。但多年以来本人一贯奉行“敲写结合”。暑假期间发过一条微博：“炎热的夏季，校区和办公大楼空空荡荡，一个人读书思考有时会很疲劳。突然，看到‘文房四宝’，立刻驻足，挥毫舞墨，酣畅通达的感觉立刻就出现了！”

是啊，当汉字之花从笔下绽放的时候，当汉字之曲从笔下奏响的时候，其精神内涵实在是源远流长，博大精深。那里头有甲骨文、钟鼎文的悠久厚重；有大篆小篆的“玉筋精骨”；有楷书的端庄苍劲，“颜筋柳骨”，骨力遒劲，隽永秀逸；有隶书的“蚕头蛇尾，一波三折”；有瘦金书的“瘦硬通神，有如切玉”；有行书的“浓纤间出，血脉相连，筋骨老健，风神洒落”；有草书的“颠张狂素”，笔走龙蛇，云卷云舒，风雷激荡……这里只是挂一漏万，沧海掬滴。别只是敲字，写字写到一定份上，哪怕是外出旅游，也会更深切地感受“远山无墨千秋画，近水带弦万古琴”！

（本文曾载于《珠海特区报》2016 年 4 月 3 日第七版）

文明化石

地球生物考古学家显然比人类历史文化考古学家更加“历史”，他们宣称地球诞生至今的40亿~50亿年历史中，发生过五次生物大灭绝；最后一次大灭绝发生在6500万年之前。如果真是这样，从每次生物灭绝到“再生”之间几乎就是一次生物进化意义上的断层。这意味着：在“地球生物”的总概念中，我们今天所谓的生物进化仅仅是最近一次“重新开始”。那么，以下的推断就不是荒唐无稽的：在本轮生物进化中，人类整体生命前推到极限也不过300万年；而在亿万年、十几亿年之前，地球上极有可能曾经存在过高级文明生物——很可能是人类。然而，由于种种原因，那种超太古的文明遭到毁灭，戛然而止。

如果发现“文明化石”，则这样的推测就更值得关注。当然，这种“文明化石”最好是可以证明那是属于人类的，或属于像人类一样“万物之灵”的高级文明。

奥克洛——一个以“化石级”链式原子反应堆而闻名于世的地名。该地名所代表的地方处于被公认为人类发源地的非洲。准确地说，处于非洲西海岸的加蓬共和国境内。

一个结构合理、保存相当完整的古老的原子反应堆，推算起来其出现的时间应当是在奥克洛铀矿成矿稍后不久，也就是18亿年前。当然，如果这仅仅是天然核裂变的结果，就不值得大惊小怪，比如有的科学家解释说：当这里的铀矿含有大量浓缩的铀235时，就可能使裂变自动发生，并持续多年而自动止息。果真如此，那就不过是令人惊叹的大自然的又一种神奇造化而已。但是，更多的科学家深入研究，对于反应堆竟然可以

“燃烧”感到不可思议。美国原子能委员会前主席、诺贝尔奖获得者西伯格认为：裂变中的铀235如果“烧掉”，需要极为精确的条件，其中包括需要有极为纯净的重水，而这种水绝不可能想象“天然”供应。即使高浓度的铀、极为纯净的重水等条件满足了，与真正达到燃烧临界还有很大距离，还必须使铀与慢化剂之间实现某种适宜的几何配置。也就是说，自然界无法满足链式反应所需要的异常苛刻的技术条件。而法国科学家探查和研究表明：在如今发现的奥克洛铀矿，富铀矿中的铀235大大贫化，并且含有大量伴生的裂变产物元素。这意味着，这些铀矿石早已被燃烧过，而最合理的解释是早已被“人为地使用”过，反应期间所释放的能量相当于1000亿度的电能！

“文明化石”！然而，同时也是文明毁灭的记录。

发现是由法国政府宣布的，科学家们对奥洛克铀矿的研究成果于1975年在国际原子能委员会的某次会议上公布。

多数科学家倾向于否定古老的原子反应堆是自然形成的可能性，因为“天工”比“人工”更令人难以置信。耐人寻味的是人们在震惊之余的种种思考和猜测。

18亿年前，就连今天人类信奉的“上帝”怕也没有诞生。奥克洛的原子反应堆是外星人的杰作吗？然而，至今一切关于外星人、宇宙空间高级生命的猜想，似乎都忽略了一个重要环节：难道可以创造高级文明的外星人没有“人文”意义上的情理体系吗？他们为什么对于自己在地球上留下的成果彻底遗弃？为什么对于已经纳入自己“历史”的星球再无光顾造访？难道他们的“情理”是我们的思维方式根本无法理解的？或者18亿年在他们的时间中只是弹指一瞬？无论如何，本人宁愿相信我们一切对于未知的探求只能从已知出发，否则所谓猜想就仅仅是对于好奇心或“宇宙交往需要”的一点缥缈空幻的慰藉。

当然还有一种可能：他们也遭到了灭绝。那就证实了本文开头的介绍：高级生命连同他们创造的文明可能在生物灭绝中惨遭毁灭。而对于可以在星际空间自由往返的高级生命来说，还有什么可以导致他们毁灭呢？如果有，就是他们自己！

还是回到地球。

古印度史诗《摩诃婆罗多》所记载的史实距今至少有5000年。书中记载了两次惊心动魄的战争：第一次发生于恒河上游的克拉瓦人和潘达瓦人之间，第二次发生于弗里希尼人和安哈卡人之间。书中这样描述第一次战争："英勇的阿特瓦里，稳坐在维马纳（飞机）内降落到水上，发射了阿格尼亚（火箭），它喷火，但无烟，威力无穷。刹那间，潘达瓦人上空黑了下来，接着，狂风大作，乌云滚滚，向上翻腾，沙石不断从空中打下来。""太阳似乎在空中摇曳，这种武器发出可怕的灼热，使地动山摇，大片地段内动物倒毙，河水沸腾，鱼虾等全部烫死。阿格尼亚爆发时声若雷鸣，敌兵烧得如同焚焦的树干。"再看对于第二次战争的描述："古尔卡乘坐快速的维马纳，向敌方三个城市发射了一枚火箭。此火箭具有整个的宇宙力，炽热的烟水柱，其亮度犹如万个太阳，滚滚升入空中。""尸体被烧得无法辨认，毛发和指甲都脱落了，陶瓷器碎裂，盘旋的鸟儿在空中被灼死，食物受染中毒。"

人类直到公元900~1000年左右才进入火器和冷兵器并用时代，考古发掘出的距今5000年前的兵器中最先进的莫过于弓箭，当时的印度应当刚刚进入青铜器时代。像点模样的火炮的出现，更是14世纪以后的事情。

成书于公元3世纪到5世纪之间的《摩诃婆罗多》，作者为广博仙人，当然很可能他是收集整理者，而他所依据的民间流行的故事或传说，则可以上溯更早。传说中的作者是大圣毗耶娑。无论如何，可以肯定这部史诗并非现代人杜撰。如果将其中关于战争的记载和描述理解为"诗意的夸张"，那么无论是作者，还是民间流传，即便是神话、梦幻，如果没有身临其境或亲眼所见的依据，其想象力简直匪夷所思。

史诗所记载的战争发生地恒河上游，发现了许多废墟，大块岩石黏合纠缠之状，绝非一般烈火造成。

古印度的时间意识中竟然具有只有物理学家才能心领神会的概念：比如"卡尔帕"的概念，相当于42.32亿年；又如"卡希达"的概念，它相当于一亿分之三秒。只有在放射性元素的分解率那里，亿年的宏观与百万分之几秒的微观才具有时间量度的意义。比如，铀 238 的一半寿命为 45.01 亿年；K 介质的一半寿命只有百万分之一秒。这与“卡尔帕”和“卡希达”的概念相近。如果古印度人能够量度核物质和次核物质，那么他们就有可能制造出核武器。

古印度德肯原始森林里，更多的焦地废墟被发现，晶化的城墙、玻璃化的石制家具表层，应当是 1800℃以上高温的杰作，而只有核爆炸才能够产生如此高温。巴比伦、撒哈拉沙漠、蒙古的戈壁上都有史前残留的废墟，其中是几乎与今天核试验场中的“玻璃石”完全相同的“玻璃石”。苏联学者戈尔波夫斯基在《古代之谜》一书中说，他在古印度的德肯地区曾发现放射性高出常态 50 倍人体残骸。

……

文明化石！高超的，然而已经死灭的文明。

如果对这些“奇迹”无法做出其他更为合理的解释，人们当然有理由探问：跨越人类的时间，超太古真的发生过核战争吗？至少目前无法做出确定性的否定。时间无极，本来“人类时间”就从根本上不能取代“地球时间”“宇宙时间”。康德说：“从内部感官的原理来说，一切人和现象，即感官的一切对象都是在时间里，而且必然处在时间关系当中。”（康德：《纯粹理性批判》，华中师范大学出版社，1999，69 页）他认为时间不是一种绝对实体，不依附于对象，而属于主体内在直观，即时间只有在人类主观中才有意义。既然人的内在直观感受到前与后，并且无法穷尽前与后，对于客观现象在时间上的主观猜想向前的无限延伸就没有违背康德的“经验先验”。

十几亿年前的核战争，既应当是“人类”文明达到一定程度的标志，也应当是该文明灭绝的原因。因为对于“人类”来说，其真正的“敌人”，或有“资格”使其文明成果毁于一旦的力量必须来自这种文明可以达到的最高水平。

也许这样的猜测仅仅是一种猜测，难以证实；然而，也难以证伪！“文明化石”的价值似乎在于解说者的理念，而理念的价值恰恰在于现实。跨越时空的“文明化石”的昭示与现实昭示之间的高度一致性，怕是已经统一于黑格尔的“绝对理念”。人类，需要醒悟，而这种醒悟绝不仅仅是“后天式学习”而认知的经验式科学，而且需要“先天式醒悟”而获得的超验式理念。如果我们只能执着于相信人类自身文明发展历史的经验，那么，谁敢保证人类没有走错路？

人类，还没有从根本上排除走向灭亡的可能性！

底蕴和生机并存的珠海文化

珠海是改革开放初期确定的特区，然而历史悠久。珠海文化，可以用“底蕴和生机并存”来概括。一方面是古老悠久的历史文化背景和潜在的条件；另一方面是改革开放中焕发出的青春活力。这里，只是作一个十分简要、概括的介绍。当然，在突出珠海特点的同时，也将珠海放在历史背景中，放在岭南、广东的文化背景中来观察。

唐宋以前，珠海全部是海岛，海岸线在五桂山（今中山市境内）以北。秦朝的时候，这些岛屿属南海郡番禺县。宋朝以后，由于这里盐业和银矿业发达起来，开始在山场村设置香山镇，后来成为香山县，隶属广州府。明末时期，前山一带成为军事要塞，称为“前山寨”，还兼管澳门行政。1925 年，为纪念孙中山，香山县改为中山县。新中国成立后，1953 年成立珠海县，1979 年 3 月5 日，珠海县改为省辖市建制。1980 年 8 月，中华人民共和国第五届全国人民代表大会常务委员会第二十五次会议批准，在珠海设立经济特区。特区面积最初只有 6. 81 平方公里，1988 年扩大到 121 平方公里。

珠海是中国人民反抗外来侵略的前哨阵地。今天，如果有机会到奇奥岛白石村，就会看到那里有炮台，清道光十六年（1836），英国战舰入侵淇澳，人民奋起抗击，毙敌四人，迫使侵略者投降，赔偿白银 3000 两。后来还有著名的关闸和前山抗英之战，是“中国在鸦片战争中取得的首次胜利”。辛亥革命中、抗日战争中，这里涌现出许多可歌可泣的英勇壮举。人杰地灵的珠海出现过众多闻名中外的历史名人，如中华民国第一任内阁总理唐绍仪，民国内阁外交总长的梁如浩，兴中会第一批会员郑仲，五四时期著名思想家、活动家杨匏（páo）安，早期中国工人运动的杰出领导人林伟民，省港大罢工的发起者苏兆征，清华大学第一任校长唐国安，中国第一位在美国取得博士学位的留学生、为洋务运动做出重要贡献的著名教育家容闳，创办中国第一家水泥厂的唐宝锷，创办开平煤矿、建造中国自建的第一条铁路、被称为“中国第一企业家”的唐廷枢，著名画家、诗人、文学家苏曼殊，中国第一位世界冠军容国团，等等。

纵观历史现状，珠海文化从其基本特征来说，属于独具特色的岭南文化。广义的岭南，指越城岭、都庞岭（或揭阳岭）、萌渚岭、骑田岭、大庾岭以南的包括广东、广西、海南岛和南海诸岛的中国南方；狭义的岭南，指珠三角一带。岭南文化是以广府、客家、潮汕三大文化元素为基础，吸收并兼容了中原文化、荆楚文化、吴越文化、巴蜀文化而形成的内陆文化与海洋文化相结合、传统地域文化与外来文化相融汇的多元化文化体系。

珠海属于岭南，珠海文化既是岭南文化的一部分，也是其典型代表。改革开放以来，珠海又形成独具特色的特区文化。但是，一个城市的文化，总要有她的渊源、她的底蕴、她的内核。如果我们穿透现象，会发现珠海文化当中最核心、最厚重、最具影响力和决定作用的，是这里的生态文化、海洋文化、移民文化。

一、远古与现代互映的生态文化

有人统计珠海有七十七处沙丘遗址，记载了距离现在六千五百年到三千年前的古代文明。沙丘遗物有房屋、烧灶、陶坊、手工作坊、石器生产工具等等。沙丘的考古和开发有十分重大的意义，首先说明当时作为海岛群落的珠海地区相当适合人类生存，先民凭着生存智慧择地而居，在几千年前就选择了这里、开发了这里。考古专家严文明教授说：“大家知道1492年哥伦布发现美洲是一件了不起的大事，那个时代所谓大发现差不多改变世界历史发展方向，可是很多人并不知道在比哥伦布早得多的年代许多沿海地区的居民驾着小船和木筏居然把浩瀚太平洋沿海地区的小岛一个一个开发出来了，那是多少值得大书特书的辉煌成就啊，语言学家指出以东南亚和太平洋三大群岛为主体，东到复活节岛，西抵非洲东岸的马达加斯加，存在着一个讲南岛语系的巨大族群，并且推测原始的南岛语系可能就是生活在东南亚乃至中国的古代沿海居民。”同时，对于具有开拓精神和冒险精神的先民来说，这里首先是值得生存、有利于发展的生态环境。要知道，当时这里是岛屿群落，我们的先民是开发海洋的先驱者，新石器时期的生产工具是简陋的，艰难的开发一定要以生存为前提条件。捕鱼经济，跨越了狩猎经济和农业经济。有人认为，人类文明可以分为渔猎文明、农业文明、工业文明、生态文明四个阶段，这种划分方法是很不科学的。实际上，今天即使有所谓生态文明，也是自觉意识对于生态严重破坏的一种弥补，可以用一个中国成语“亡羊补牢”来形容，其实渔猎文明和农业文明才是真正的生态文明。沙丘遗址所记载的远古时期珠海区域的海洋开发及其他创造性活动，是两千五百年前老子所总结的顺应自然道法自然的伟大作为。

尽管沧桑巨变，但是渔业经济在珠海一带一直到近现代亘古延伸，“文化遗传基因”的作用是无比顽强的，这一点从珠海地区随处可见的渔民特有的宗教信仰当中可以反映出来，从较多体现适应性、创新性、兼容性、灵活性的岭南文化中也可以看出来。我们对于生态文化的看法，往往有一定局限性，往往容易将历史、现实和未来割裂开来，也容易将生态文化和经济发展对立起来。实际上，生态文化最能体现“道法自然”“天人合一”等中国传统文化的精髓，最能体现社会发展规律和未来需要，最能体现一方水土、一个城市的最终价值和根本生机。

今天的珠海，最值得珍惜和发扬、最具有地域特色的文化，就是生态文化。“花园城市”“绿色城市”“宜居城市”“生态珠海”，是珠海最能引起世人瞩目、最能引起珠海人自豪的魅力象征。得到一定保护的生态资源，是珠海最可宝贵的物质财富和精神财富；追求“生态珠海”，是珠海发展战略中最核心、最具生命力的现代意识。

二、依托潜在优势而初具规模的海洋文化

大约二十年前，珠海市博物馆副馆长，在当地一位村干部陪同下对高

栏岛进行考古调查。在山腰一块大石头后面，带路的村干部想抽烟，烟盒却掉进一个石洞里。他趴在石缝张望，突然大叫一声：快来看！就这样，根据传说而寻找了多年的“宝洞”被发现了，其实，“宝洞”中最珍贵的宝贝，就是被称作“广东第一画”“中国沿海地区史前岩画最杰出的代表作”和“史前珠海清明上河图”的宝镜湾摩崖石刻画。从此，高栏岛震惊世界。

通过众多专家的研究论证，断定石刻画反映的是四千多年前新石器时代晚期到青铜时代早期先民出海祭祀或庆祝丰收等生产、生活情景，具有极高的历史、考古、人文、艺术价值。

从整个广东来看，国家级的文物保护单位在全国居于中上水平。因此，认为广东“没有文化”、珠海是“文化沙漠”的说法，是不懂历史或抹杀历史的说法。从海洋文化的角度来说，广东、珠海在全国处于显著地位。比如，20 世纪 80 年代阳江海域发现“南海一号”，被专家称为是中国西安秦始皇陵墓之后最大的亮点，是世界级的考古发现。在广东，从海洋文化的角度来看，还有十分著名的开平雕楼，可以看出古罗马式、土耳其式、德国堡垒式的风格，记载了古代建筑文化的“东西合璧”。广东还有在全国排名前列的历史文化名城、名镇、名村，都体现了古代的开放性和交流性，肯定和海洋文化密切相关。

除了实物记载，还有史册典籍的记载。古代“海上丝绸之路”，郑和下西洋，从地缘的意义上讲，珠海都发挥了重要作用。海上丝绸之路是古代中国与外国进行贸易和文化交流的海上通道，早于陆地丝绸之路的开通，而且不容易受到战乱的影响而延绵不绝，又被称作“海上陶瓷之路”“海上香料之路”。据记载，早在公元前一千多年前的周朝，周天子就封箕子于朝鲜。箕子入朝鲜半岛带入了农耕、养蚕、织绸技术和大量青铜器，传播了当时的先进文化，将自己的封国建设了“君子之国”。以后的秦汉、唐宋、元明清等朝代，通过海上丝绸之路往外输出了大量丝绸、瓷器、茶叶和铜铁器，输入了大量香料、花草及奇珍异宝。明初郑和下西洋时，海上丝绸之路发展到巅峰。广州、泉州是海上丝绸之路最早、最重要的始发港，但是珠海也有重要作用，比如根据史书记载，明朝、清朝时期，珠海的唐家湾海港经常有上百艘外国商船停泊。所谓“斗门”，虽然并非珠海唯一“特产”，但珠海的珠江入海口更宽阔，历史上的渔民出海、渔船往返、帆船制作、经商往来、海外贸易等等，有许多具有文化价值的文章值得发掘。

历史上丰富的海洋文化资源，与今天珠海文化格局之间，绝不是简单的对应、对接的关系，而有着深刻的延伸、承继关系。濒临南海的珠海市，总面积7650平方千米，其中陆地面积仅有1630平方千米，不仅海域宽阔，而且海岸蜿蜒，一百多个岛屿围绕海岸星罗棋布，被誉为“百岛之城”，据说“珠海”名称的来历，与海岛众多有关。因而，珠海众多的历史名人，需要从海洋文化的背景进行研究；珠海的历史素材和历史遗迹，需要从海洋文化的体系进行发掘；珠海的旅游资源和旅游事业，应当从海洋文化的角度进行整合和提升；珠海的文化设施及文化舞台，应当围绕海洋文化来搭建；珠海水上渔民——疍家人的文化及许多渔村，需要从海洋文化的层面进行整理。哈佛大学著名学者费正清先生指出：新石器文化不仅存在于中国北部的平原，而且也作为“一种平行的地区发展”存在于中国东南沿海。“中国沿海文化与中国内陆文化同样古老。”但同时费正清先生也指出，历代中国皇帝的“农业——官僚理想”，总是使内陆的、反航海的观念得到肯定。中国在古代后期的落后，与这种捆绑观念有着密切关系。中国改革开放的深化和现代化追求，应当大力发扬海洋文化，珠海作为改革开放的前沿，在这种意义上应当大有作为。

三、在厚重的沃土上实现和谐兼容的移民文化

让我们再将眼光放在广东。

“唯唯客家，系出中原。”客家人有许多来源于中原汉民，战乱灾荒等原因造成多次迁徙，使他们分布在广东、福建、广西、江西、四川、台湾、香港以及东南亚。客家文化是客家人群体创造的具有强大生命力和开放精神的物质与精神文化，是中原汉文化与南方土著文化相融合的产物。古代客家人生活的地域，由于山脉环绕，形成相对封闭的自然环境，早期土著是百越民。秦汉以后，北方人不断进入，使得百越民或者汉化，或者

入山成为“山越”民。两晋、唐宋，来自北方的大批难民进入，与当地土著杂居、融合，逐渐形成以汉文化为主导的地域文化，有学者称其为移民文化。

客家人具有强烈的寻根意识、乡土意识，是一种移民对祖籍眷恋心态的反映；漂泊的困境和开拓的艰辛，磨炼出客家人坚忍不拔的意志、开放进取的精神；客家话是汉语八大方言之一；洪秀全、黄遵宪、孙中山、朱德、叶剑英等是客家著名人物的代表。土楼、九厅十八井等客家建筑，是“世界建筑史上的奇葩”，雕梁画栋、天井园林，以及许多古代建筑中关于成德达才、奋发进取的刻字，反映了传统中原文化的传承滋润。客家地区的宗教信仰多元和谐，不仅儒、道、释融汇，而且基督教也可以同居一寺。妈祖庙以及各种地方神灵的庙宇祠堂，也受到人们的膜拜。客家文化的精神，是一种开放兼容、开放豁达、开拓进取、凝聚和谐的文化体系。

潮汕文化，是从隋唐开始，中原地区大量的官民士庶来到潮汕地区而逐渐形成的，因而隋唐时期的中原文化是其源头。广府文化是以广州府为核心，由岭南、珠三角广大地区说粤语的汉族人所构建的文化，而所谓广府人有三个来源：一是秦汉时期，一批汉族越大庾岭进入粤北；二是唐五代时期，许多中原人来到南雄盆地，尤其是唐朝张九龄奉诏开凿大庾岭，使南迁更为方便；三是两宋时期两次大的移民迁徙，都是由南雄南下迁入珠江流域。南雄的珠玑港，是历朝历代北方汉族人到广东后落脚谋生、寻求发展的地点，也是广府人的凝聚点和辐射点。总之，岭南文化的三大元素：广府文化、客家文化、潮汕文化，都可以说是历史上源远流长的移民文化。

移民文化是不同地域的组群通过迁徙而在共同地域求创造而生存，因交融而发展的文化体系。广东地区，或者说岭南地区、珠三角地区的移民文化特征要比北方、中原地区更加显著。

珠海不仅在历史上属于这样的移民文化圈，而且在改革开放中形成了自身更为突出、更为明显的现代移民文化特征。特区文化本身就是一种在时间上更为迅速、在地域上更为集中的现代移民文化。来自天南地北的人们，在各个阶层、各个领域广泛分布，珠海城市居民的结构发生了突飞猛进的改变。然而，珠海文化的底蕴和地域特征并没有因此而淡化，而是继续发挥着兼容并包的功能，在和谐中创新，在交融中嬗变。新生代的移民像良种，播撒在传统移民文化的沃土中，长出葱茏茂盛的文化绿洲。当地人民依然说着粤语，但一旦面对外来人就操起流利的“广东普通话”；外来人依然寻找家乡菜，但也会经常品尝当地海鲜、领略美味的早茶；他们依然思乡心切，但经常陶醉于珠海的山光水色。比如珠海的教育文化，比绝大多数地区都更加具备移民文化风格。迅速崛起的大学园区，为改革开放的新生代移民模式树立了成功的样板，来自五湖四海的教职人员之间、师生之间、学生之间碰撞互动，使珠海教育事业呈现出前途无限的盎然生机。

本文并没有讲建筑文化、艺术文化、旅游文化、饮食文化、服装文化等等，这里只是尽量将珠海文化放在历史背景和更大一些地域文化背景中，截取了生态文化、海洋文化、益民文化三个层面，而这三个层面，都属于深层文化结构。从深层结构了解一个城市的文化，更有利于对浅层文化的理解和把握，因为具有厚重的历史沉淀性的文化内涵。

（本文曾载于 2014 年 4 月 13 日《珠海特区报》，这里有修改）

利益冲突与文化冲突

利益冲突是各种利益主体之间出于物质、安全等基本利益需要而产生的冲突，主要表现为财产上、资源上、市场上及社会生活中的侵占、独霸、掠夺、争抢、垄断、欺诈、欺凌、剥削……行为以及所有针对这些行为的反抗、抵制和维护等行为。利益冲突显然具有原发性、内在性、持久性和反复性。

文化冲突是不同价值取向、不同思维方式、不同风俗习惯等不同文化要素的文化体系或文化传统之间的冲突，表现为社会主体之间的排斥、厌恶、反感以至抵制等行为。文化冲突显然具有继发性、外在性、短暂性和易解性的特征。

当我们将“利益”和“文化”进行划分的时候，实际上是将纷纭复杂的社会现象进行了抽象审视。现实中的利益冲突和文化冲突往往交织在一起，很难说利益冲突都没有任何文化色彩，也很难说任何文化冲突都没有利益冲突的内涵。但无论如何交织，利益冲突和文化冲突的抽象划分是必要的。因为，两者从根本上来说，有着不同的内涵、不同的演化规律。如果对两者进行比较，看清利益冲突比文化冲突更难以和解的重要区别，在当前国际风云变幻的时代是十分必要的。无论是古代的部落争端、血亲复仇、宗教战争，还是近现代的列强分赃、领土纠纷、恃强凌弱、资源争夺、恐怖主义等等，概莫能外。

政治是经济的集中表现，战争是政治以特殊手段的继续。历史上连绵不绝的刀光剑影、炮火硝烟，是利益冲突难以和解的佐证；而文化冲突则稍纵即逝，占据历史长河的几朵浪花而已。何况，胡服骑射、元从宋制、清学汉文、师夷制夷……直到西学东渐，东西交流，改革开放，无不表明文化冲突容易和解。无论是中华文化还是人类文化，就是在不同文化并立、比较、对流、交融中而发展的。甚至，文化交融恰恰在利益冲突过程中实现。利益在冲突，文化在交融，是决不罕见的历史景观。

冷战结束后美国学者亨廷顿推出“文明的冲突”作为国际关系主导框架，显然有助于“假想敌”思维的推行，在很大程度上是一种臆造的概念。

冲突的解决有多种方式，和解是其中的一种。不能说利益冲突全是人性恶的表现，但人性恶的一面的确在利益冲突中得以充分渗透和发挥；文化冲突中没有为人性恶提供充分施展的舞台。因而利益冲突更加尖锐、持久、复杂、深刻。法律规范在利益冲突中起到至关重要的作用，恰恰说明利益冲突难以和解，大量利益冲突是通过规范、强制、判决、仲裁等手段解决的，但距离“和解”相去甚远。

利益冲突也可以通过调停、谈判、协商等方式得以一定程度或一定阶段的化解。但有两个基本前提，其一是在“合作双赢”等文化理念的引导下，使利益联结和利益共享的一面得以突显；其二是在文化理念的引导下，使利益主体各方就妥协的前景达成共识。因而，即使是“和解”的利益冲突，也是“文化和解”在前并发挥了引导作用。可见，文化冲突更容易和解。

至于文化背景不同而导致的风俗习惯、思维方式、文化品位、审美情趣之间的差异、理解错位等，恰恰是多元并立、和而不同的基础，也是互动互补、多元发展的需要。差异并非冲突。至于“文化排斥”，比如快餐文化、美国大片、“刮痧”理解错位、烤鸭受到质疑等，极易和解。短暂的碰撞之后，刮痧还在刮，烤鸭依然烤，麦当劳不断卖，肯德基继续啃，反而中式快餐诞生，中国大片西进，中医疗法普及……

文化冲突比利益冲突更容易和解，是由人性底蕴及人的自然属性和社会属性所决定的，也是由文化关系和利益关系各自的内在规律和历史地位所决定的。

电子时代话读书

电子时代、新媒体时代、大数据时代……这些说法虽有不同却高度重合。如果说“全民阅读”包括电子阅读，有点贴谱，如果指传统阅读，那可就差远了。电子阅读能不能代替读书？手机里也有电子书，不是读书吗？可电子书和传统图书区别很大不说，关键是，看手机的有几个是在读电子书的？尤其是看大部头的，或经典的，恐怕少之又少。这事儿不好调查，可本人乘坐火车、高铁、地铁、公交的时候从来不看手机，也不看手提电脑和 IPAD，一看就眼睛、脑袋都难受。于是就观察，多次观察的结果是大家都在看微博、微信、视频，或者 QQ 聊天等，看新闻的也不少，这些不是不好，里面信息量不小，而且不乏新颖独到、传统媒体难以包揽的内容。可是，当媒体上说日本人在地铁里大都在读书，中国人在地铁里大都在看手机的时候，心里很不是滋味。

问过十几名年轻学子，会不会经常读书？回答基本上都是否定的。面对这样的回答，除了担心年轻人的眼睛和颈椎以外，更要紧的是想提醒一句：电子阅读多了，阅读能力会下降。

这么说有依据吗？其实生活当中，使用许多高科技产品都有这个问题。比如电子导航多了，驾车寻找和熟记道路的本事会下降，问过出租车司机为什么不用电子导航，回答是那玩意儿用多了人变得很笨，影响拉客赚钱的效率。敲字多了写字的能力下降，看电视剧多了品味经典小说的能力下降。我还发现，现在年轻人谈恋爱短信、微信、网聊特别方便，写情书的能力在下降。对于相当多的人来说，电子阅读，使读书的能力下降是难以避免的。

一些比较爱去图书馆的同学表示，想读书，却不太会读书。电子时代，如何坚守“开卷有益”？这里面有方法问题，也有读书意识和心态的问题。本人参照他人、结合自己读书的体会做了点总结：“书山有路勤为径”，这个“勤”，可以具体化到许多的“径”。

一曰苦读，出于坚持而苦读。所谓坚持，就是持之以恒地读书，坚信读书上的天道酬勤。新媒体之所以广受欢迎，一个重要原因就是读起来不那么“苦”。古人讲究苦读，倡导苦读，践行苦读。大凡读书人，几乎都是经过苦读的。凿壁偷光，囊萤映雪，头悬梁、锥刺股，韦编三绝，春诵夏弦，志坚行苦，十年窗下，牛角挂书……读书励志的经典不胜枚举。读书一定要苦吗？读深入浅出、浅显易懂的书不行吗？新媒体风行多媒体，影像声光动漫趣味盎然不好吗？肯定好，但光靠这些，对与追求深刻、系统、理性肯定是远远不够的，这和人的思维方式有关。比如，易中天讲《中国文化与中国人》就风趣幽默，轻松自如，讲故事举例子举重若轻，许多有学问的人都可以这样做，可他们靠的是苦读苦思、博览群书的坚实基础。对于听众或读者来说，自己读书思考的基础如何，对于“浅显易懂”的理解程度也截然不同。

有些经典，比如说《老子》（《道德经》）虽然只有五千字，但比较深奥。中国古典精华对许多读者来说都有这个问题。康德、黑格尔、胡塞尔、海德格尔……虽是现代汉语翻译的，许多人读起来也佶屈聱牙。就算读比较通俗的哲学史，也很难轻松悠闲，总是有点“苦”的。更要命的是，除了艰涩而需要勤苦，还有一种精神痛苦，就像本人在拙著《道可道——大视域中的新道家》前言中说的“最大的困难在于，需要面对和解决内心的冲突。我的体会是，思想上不能贯通，自己说服不了自己，在一些最基本问题上自相悖论，是一种难以承受的痛苦，因为难以找到自我宽宥的理由”。真可谓“精神苦旅”，怪不得古人说“学海无涯苦作舟”。然而，人生的乐与甜，总是藏在勤与苦的背后，“宝剑锋从磨砺出，梅花香自苦寒来”，苦中有乐，乐必酬苦。知识、智慧、思想启迪与豁然之乐，是人的精神世界最珍贵的享受。

二曰拜读，出于敬畏而拜读。爱因斯坦年轻时就和朋友一起很敬仰地研读斯宾诺莎，后来他曾经说："我信仰斯宾诺莎的那位在存在事物的、有秩序的和谐中显示出来的上帝，而不信仰那位同人类的命运和行为有牵累的上帝。"康德惜时如金，他规律的生活节奏成了周围人们的"钟表"，但有一次他没有按时出来散步，使大家都弄错了时间，而那一次是因为他看卢梭的书入了迷。康德曾经很谦卑地承认卢梭教育了自己，使他明白了做学问要为大众服务。

人需要有一种敬畏之心，读书尤其如此。古今中外浩如烟海的书籍之中，总有一些文化经典、思想精华、精神瑰宝，即使不一定完全同意或接受其思想观点，也应当保持一点谦卑和尊崇；即使遇到不同作者之间有对立，也可以接受其启迪与昭示。雅斯贝尔斯在《时代的精神状况》中说："我们时代的危机所具有的压倒一切的剧变在这永恒的实体面前相形见绌"，他倡言，人们的记忆应当参与一切时代所共有的不朽的要素之中。"只有当回忆采取了汲取的形式时……这个回忆才会成为当代人对他自身的永恒存在的参与。"——这话说得很深刻，我们对于史册典籍，有过"厚古薄今"与"厚今薄古"之辩，而且后者压倒了前者。今天看来，两者都有失偏颇，无论古今，都应当厚深薄浅，厚精薄粗。而做到这一点，是需要敬畏之心的，读书缺少了拜读，就容易浮躁。人类智慧是在积累沉淀传承选择中发展的，后学应当由"为学日益"而"为道日损"，由"由约及博"而"由博及约"。批判精神和独立思考，都是需要的，但对于前人的成果，首先是学习、传承，才有了创新的基础。

三曰精读，出于理解而精读。精读是针对泛读、粗读而言的，就是要一边读一边思考，尽量理解得到位、理解得深刻。尤其是对于想不通、搞不懂，甚至引起内心冲突的内容，更需要反复思量，以求豁然开朗、洞若观火。本人有一个阶段，将二十多种哲学史对照阅读，不仅对照不同版本中对同一位哲学家的介绍，而且对照不同的、对立的观点，这次阅读虽然进度极慢，但收获很大。

对照阅读、反复阅读、思考阅读、笔记阅读，都是精读的好方法。为什么要记笔记呢？不仅是为了记忆，也是为了整理思路，是"将书中的变成自己的"一种非常好的转化功夫。也是"将比较零散向比较系统转化”的功夫，过一段时间，整理笔记，发现当时的思考和理解相当可贵，幸亏当时记了笔记，而且笔记又帮助你产生了新的体会。其中，自己的思维方式得到修炼和提升。新媒体时代，精读少了，知识面或信息量扩大的过程中容易使头脑成为一个“信息库”，但如果整合不够，就容易成为没有编目的“资料室”，难以实现结构优化。至于辩证、抽象、比较、逆向、联想、跨越、兼并、顿悟等思维的训练就更会有差距。有些年轻人知道的很多，但难以运用，难以形成思路、框架、逻辑结构。其实古人早就指出过这种现象：“学穷千载，书总五车。终生役役而不见其功，茶然被役而不知其所归，可不哀也。”所以说，精读即是研读、细读、深读，虽然进度很慢，收获却是全方位的。

有学生问过我：即使反复阅读、使劲捉摸，还是看不懂，咋办？这种情况免不了的，那就不要较死劲，绕过去就是了。只要告诉自己：撤退不是逃跑，迂回不是放弃。以后再读的时候，或在别的书中看到相同内容的时候，说不定你就懂了。为什么？这就是人的潜意识的作用，还可以说一句，在一定情况下，“潜意识是时间参构心灵”，这话题理论性很强，暂时搁下。但需要说的是，不要因为看不懂而放弃读书，所谓“开卷有益”就包括了看不懂也有收获，你的潜意识不仅让你“无意识”地、不自觉地记住了某些内容，而且悄然地、潜移默化地帮助你整合了许多内容。于是，几番“山重水复”，必将“柳暗花明”。

四曰泛读，出于饱览而泛读。泛泛而读，大致浏览，岂不是与精读相悖？是的，泛读是针对精读而言的，但对于读者来说，也是一种必要的、很好的读书方法。走进图书馆，哪怕是一个普通的阅览室，也会觉得琳琅满目。有人走进爱读书者的房间，发现藏书之多可谓车载船装，禁不住问一句：这么多书读得过来吗？其实善读者往往精读与泛读相结合，甚至大部分图书是享受泛读待遇的。新媒体阅读，大致是以泛读为主的，但依然需要对图书的泛读。哪些书适合泛读？主要不是根据书的“档次”，而是根据自己读书的需要或熟悉程度而酌情选择。同类的书，精读一些之后即可泛读，泛读之中发现重要的或生疏的内容亦可转为精读。一个人知识结构总有核心与边缘之分，相对边缘的即可泛读。其实泛读多了，“其中有精，其中有信”，杜甫说“读书破万卷，下笔如有神”；为《唐诗三百首》作序的孙洙说“熟读唐诗三百首，不会作诗也会吟”。读书量大了，无论是书籍内容本身还是你的心灵，都会有一种精华内容的“自然重复”“自然倾斜”，或曰是一种“自选机制”，这也是许多读书人心领神会的“书中之道”“读中之道”。

五曰捧读，出于喜爱而捧读，或者说是“如饥似渴”地啜读。这是一种心态，或是一种读书的境界。台湾女作家林海音在《窃读记》中描写道：“急忙打开书，一页，两页，我像一匹饿狼，贪婪地读着。我很快乐，也很惧怕——这种窃读的滋味！”“最令人开心的是下雨天，越是倾盆大雨我越高兴，因为那时我便有充足的理由在书店待下去。就像在屋檐下躲雨，你总不好意思赶我走吧？我有时还要装着皱起眉头，不时望着街心，好像说：‘这雨，害得我回不去了。’其实，我的心里却高兴地喊着：‘大些！再大些！’”这是一则令人十分感动的现代人读书的故事。记得笔者年轻时当兵，曾在深山老林伐木，晚上在地窨子里打着手电筒读书，后来在团部机关又收拾了一个偏僻的小仓库读书。记得有一次从附近的中学教师那里借到了古代文学名著，就是《三国》《西游》《红楼梦》等等，那个阶段成了书痴，就连出差的时候也手不离卷。恢复高考时考上大学，发现班里不少同学都有过类似的经历：有的当矿工，每天跑步上下班，为的是多赢得一点时间看书；有的在兵团当知青，晚上打着手电筒看书；有的当兵，夜晚到保留长明灯的走廊里读书。我的体会是，读书读到这份上，心里一定揣着一份强烈的渴望，也一定产生了一种深深的喜爱。

怎样才能爱上读书呢？“读书励志”的途径是很多的，一个有效的途径，就是在读书中热爱读书。只要是好书，就一定有吸引力。不见得“直接吸引”，但一定会“间接吸引”“潜在吸引”，每读进去一分，兴趣就增加一分，再读进去一分，兴趣会成倍增加，原来觉得枯燥乏味的书籍，会变得趣味盎然。书中那些深刻厚重的内容，会与自己的精神世界发生耦合，书籍世界会成为满足自己精神需要的源源不断的泉流。

六曰思读，出于探索而思读。读书，即可读而思，亦可思而读。遇到问题，尤其是百思不得其解的问题，通过读书寻求答案。即使没有确定的答案，或书中的观点、结论你并不满意，也可以获得方法、视角或提法上的启迪。许多问题，前人是有所思考的，即使是新时代的新问题，前人的思考也极有可能是涵盖或涉及的。又或者，同时代的人，在思考同样的问题，如果读到至少是一种交流。所以孔子说“学而不思则罔，思而不学则殆”。比如，关于社会平等的问题，即使在新的条件下以不同面貌出现的平等问题，思想家的论述或争论已经相当深刻。在苦思冥想中，如果读到罗尔斯《正义论》中关于“无知之幕”等论述，自己的思想会得到深化。当然，平等问题没有那么简单，亚里士多德、卢梭、康德、黑格尔等等都有相关论述，罗尔斯的观点也引起了很大争论，读了就会发现，自己的理解至少已经打开了很宽阔的视野。中国传统哲学中，关于平等的思考别具一格，比如老子天道平等的思想，就让我们耳目一新，而众所周知的“人之道，奉不足而补有余；天之道，奉有余而补不足”，理解起来也会更加深刻。这样的思想旨趣或思维修炼，在一般电子阅读中是很难实现的。再比如关于中国传统哲学与现代科学发展，究竟是什么关系？网络上的争论相当激烈，如果读一读霍金的《时间简史》、尼克里斯和普利高津的《探索复杂性》、格林的《宇宙的结构》、卡谱拉的《物理学之“道”》……至少会对于形成自己的看法有很大的帮助。

带着问题读书，将思与读有意识地结合起来，还可以称之为“群读”，就是围绕一个问题而读一堆书。这不仅是研究者写论文、著作的时候运用的方法，日常读书中也完全可以采用，而且往往会出现意想不到的效果。心理学上说的“学习迁移”，大致上就是中国成语中说的“触类旁通”。集中围绕一个问题读书，在另外的、若干问题上都会有所收获，有时原本的问题说不定更困惑了，但其他问题上的解惑或豁然则可能达到“意外惊喜”，所谓“有意栽花花不发，无意插柳柳成荫”。这是另一种意义上的“开卷有益”，也包括了几番努力之后，原本问题在不经意中迎刃而解。这又是潜意识的功劳，印证了王国维所说的那种境界：“众里寻他千百度，蓦然回首，那人却在灯火阑珊处。”

七曰醉读，出于感动而醉读。记得小时候读《红楼梦》，当时不知道鲁迅先生批评过读《红楼》“充当其中角色”，总是不自觉地“设身处地”。开始时读得很艰苦，后来深深被吸引，跟着贾宝玉悲喜交加，随着林黛玉眼泪扑簌。第二次读《红楼》时已经当兵了，依然是“陷进去”。第三次，关注点更多了，加上看了俞平伯、冯其庸、冯文斌等红学专家的文章，就觉得前两次简直白读了，真是有点茶饭不思，还专门跑到北京新建的大观园去“寻梦”。有了这种如痴如醉，如今觉得从这部世界级名著中收获十分丰富。再者，“入迷读书”是进入读书状态的极好的方法，如果因为事务太多而有一段时间没有读书，一时难以进入读书状态，就读文学，巴尔扎克的、雨果的、大小仲马的、狄更斯的、昆德拉的、米切尔的《飘》，包括琼瑶的言情小说，金庸、古龙等的武侠小说，都让我沉迷其中，这种沉浸状态很容易转化为读其他书籍时的专注状态，而文学所激活的形象思维、联想思维等等，也会在教学科研中保持较长时间的活跃、灵动。辛弃疾说“醉里挑灯看剑，梦回吹角连营”，我觉得痴迷沉醉地读书，梦里天地驰骋。

八曰品读，出于审美而品读。品读当然不求快，不求多，而是如品美酒，如品香茗。以审美情趣而在读书中抵达精神自由，是许多读书人所追求、所迷恋的一种境界。泰戈尔说：“撇开人的好恶去观察，世界本性并不复杂，很容易窥见其中的美和神灵。将察看局部发现的矛盾和形变，掺入整体之中，就不难看到一种恢弘的和谐。”——泰戈尔的话，说得极为优美，与老子十分相通，简直是道家美学思想的诗化版本。美在于整体和谐，也在于领略整体和谐的心灵。老子说：“天下皆知美之为美，斯恶已。”泰戈尔说：“空虚的欲望宣扬的美，是海市蜃楼。当我们完美地认识真理时，我们才真正地懂得美。完美地认识了真理，人的目光才纯净，心灵才圣洁，才能不受阻挠地看见世界各地蕴藏的欢乐。”深入地读一本好书，处于排除阻挠、净化心灵的过程中。当你随着萧伯纳鉴赏《少女的祈祷》或莫扎特的《天神交响曲》，随着泰戈尔将目光瞄向《对岸》，聆听纪伯伦的《浪之歌》或劳伦斯的《鸟啼》，体会爱因斯坦的《信仰自白》……此时会觉得，马斯洛所说的“巅峰体验”并非高不可攀。

读书是形象的审美，通过许多作者细致入微、栩栩如生的描写犹如亲眼所见；读书又是抽象的审美，许多作者已经超越了直观，令人没有身临其境而“在场”。读书是语言的审美，风光之美、思想之美、艺术之美、人性之美等等，都可能在语言折射中“涌现”，语言本身的结构美、韵律美、节奏美在作用于内容的前提下与阅读者的心灵交融，升华或造化出一种生存状态。读书当然是一种生存，而且是影响整个生命的生存之一部分，而这时的生存，便是诗意的生存、审美的生存。读书是心灵的审美，是美的领略与美的塑造的统一，读书影响现实的环境，改变着感悟到的氛围，尤其是内在地构制着精神世界；于是，读万卷书也是行万里路的精神之旅，且行且变，变得举止文雅，谈吐高雅，风度优雅，心境淡雅，“腹有诗书气自华”。

除了上述，还可以列出出于写作而查读，即针对写作的需要而到图书馆或网上查找，列出相关的书单，或可以边写边读、查阅而读，这样不仅有利于写好文章，而且就某个问题或某个侧面理解深刻。出于记忆而重读，对于有一定体会的、重要的内容，重新找来阅读，留下更深印象的同时，“温故而知新”。出于充电而追读，即关注出版动向，一些颇有影响的新书，及时购买或借阅，与时俱进，跟上时代步伐。这方面，电子阅读当然有优势，但依然无法代替读书。比如大数据话题网络上已经相当热门的时候，如果读了《大数据时代》《大数据思维与决策》《网络社会的崛起》等书籍，理解还是大不一样的，再读网络上的文章，就会具备一定的筛选、整合的能力。

“问渠那得清如许，为有源头活水来。”对于获取知识、智慧、活力、方法、审美、价值来说，书籍并非唯一的渠道，但一定是重要而持久的源泉。“理想的书籍，是智慧的钥匙。”（托尔斯泰）“阅读使人充实，会谈使人敏捷，写作与笔记使人精确，史鉴使人明智，诗歌使人巧慧，数学使人精细，博物使人深沉，伦理使人庄重，逻辑与修辞使人善辩。”（培根）“书，是人类共同的精神财富，是人类进步的阶梯。”（笛卡儿）“人的影响短暂而微弱，书的影响则广泛而深远。”（普希金）“书籍便是这种改造灵魂的工具。人类所需要的，是富有启发性的养料。而阅读，则正是这种养料。”（雨果）“书中横卧着整个过去的灵魂。”（卡莱尔）“好书是伟大心灵的富贵血脉。”（弥尔顿）“读一本好书，就是和许多高尚的人谈话。”（歌德）……电子时代，这些至理名言没有过时，依然并永久放射出熠熠光彩。

05

心灵探赜

本我疯狂

首先，人不是在一切时候都是理性的；其次，人的理性不是在一切时候都可以支配自己行为的。反而，人可能在许多时候被潜意识所支配。弗洛伊德将潜心研究精神病、神经病和梦的成果推出的时候，让世界吓了一跳。按照弗氏的学说，本我，是与生俱来的动物性的本能冲动，不但具有巨大的能量，而且随时寻找出路以求得满足。自我，在本我和超我之间充当中介，是遵循现实原则的“仲裁者”，是与外部世界保持和谐的理性和智慧的知觉系统。超我，是理想人格在心理结构中的高层存在，发挥限制本我和指导自我的功能。三者之间的平衡一旦打破，失去和谐的精神世界呈现变态。

荣格强调人格的原始统一性和先在整体性，并基于此创造“集体潜意识”的概念。集体潜意识，是生物进化和“文化基因遗传进化”双重发展中获得的心理沉淀。新精神分析流派无疑扩展了对于社会历史文化的关注，代表人物霍妮认为充满敌意的环境所引起的焦虑是神经症的根源。弗罗姆甚至针对社会现实的冷酷强化“社会批判的人类学理论”，锋芒直指当代“文明”。心理学向社会学、哲学的强烈渗透，为人类洞察心灵、自我与社会提供了相当明透的视角。

当今中国需要心理学，已经越来越成为有识之士的共识。但是，抽象出整体的社会人格，接受社会心理学和政治心理学的审视则显然被忽略。实际上，“和谐社会”的追求已然踏入心理学视野，如果缺乏理性自觉，恰恰表明自我认知的匮乏，表明伟大的德尔菲神谕——“认识你自己”，是当今国人迫切需要的昭示。

一

只要不是回避或粉饰现实，就无法否认存在着腐败泛滥，整体的社会人格带有堕落特征，潜意识无须从梦的解析中考证，光天化日之下的随心所欲足以表明疯狂。“人既是生物学上的动物也是社会的产物，既是命运的主宰者也是命运的奴隶，既是理性的也是非理性的，既是驱动者也是被驱动者。”(Krech & Crutchfield)

今天中国社会态象，体现着人是命运的奴隶，既是生物意义上欲望的奴隶，也是物质意义上一切满足欲望手段的奴隶。因而是非理性的，是被驱动者。尤其当一个社会压力型竞争与权力型腐败相结合的时候，许多人会无意中接受着强烈的心理暗示，欲望和焦虑、压抑、失衡、扭曲的结合难以避免，和攻击性、虐待双向性、迷狂性的结合也难以避免。

当荣格创造“集体潜意识”核心理念时，精彩地推出“人格面具”的概念。集体人格的人格面具，是集体精神的外部形象。我们的人格面具本身已经丑陋，也就是集体精神的外部形象，靠涂脂抹粉及各种美容技术已经很难保持鲜美，折射出阴影部分，即精神中最黑暗部分、最动物性部分的猖獗已经打破本我结构的平衡，使生命力中自发性超过创造性，走向堕落。

二

一般来说，自我的功能，是将快乐原理让位给现实原理，本我在自我那里既受到制约又受到保护。自我，是“人格的逻辑面和条理面——假如它要有效地应付现实，它就必须如此”。(查普林 & 克拉威克)

根据社会的集体人格比个人人格结构“升半格”的理论，社会集体人格的自我，应当是社会的规范，主要是文化化的法律和道德规范，也包括各种民俗风俗，总之是被社会成员内在认同并实际遵循的规范。

“如果规定角色扮演的文化规范为社会成员所内在化，那么不遵守这些规范就会导致焦虑。由于这种焦虑能通过角色的扮演而减少，所以遵守这些规范就成为激励角色扮演的需要。”“在基于潜在的个人功能的内在控制中，角色的扮演受到避免痛苦——肉体惩罚或社会惩罚的形式、道德焦虑或未被缓解的需要——的激励。”（斯皮罗：《文化与人性》）

吴思先生“潜规则”的概念非常好，它深刻指出了中国社会规范在社会成员实际认同和实际遵循中的变形和混乱，“明制度”与“潜规则”的分流，是社会集体人格分裂的文化环境，并纳入人格分裂的实质性状态。当失范成为社会行为特色时，当潜规则成为实际发挥作用的心理投射机制和激励机制时，自我的逻辑和条理发生紊乱。自我，实现了与本我的拥抱和密谋，实现了对超我的嘲讽和背叛。自我不再以“中立”的立场仲裁本我和超我之间的冲突。

三

开山鼻祖孔夫子是以自夏至西周的美好社会为参照的，因而绝对不乏美好精华。但是，就在孔子时代，自己思想学说中的价值依据和设计蓝图已经丧失了实现的社会土壤。根本原因在于：公性权力结构（公天下）已经转变为私性权力结构（家天下），故孔子周游列国“累累若丧家之犬”而疲于无果之奔，私性化诸国君主绝无接受其思想价值的内在愿望。周王朝后期家天下的私性王权不仅没有统一和成熟，而且大权旁落，分崩离析，为思想自由提供了天赐良机，诸子百家争相鸣放，但唯法术势、合纵连横等层面上的学说得以获取操作权。但百家争鸣必定使儒墨老庄法等纷纷得以发展，给后世留下有价值的思想文化遗产。

但儒学后来彰显的命运并非其核心价值或基本原理之逻辑延伸，而是在被利用前提下的扭曲变形。大一统皇权在秦时依然看重“经过实践检验”的法术势，甚至“坑儒”。但历史心理学视角揭示的规律表明，即使是私性皇权也必须倚重文化化的规范，即臣民心理内在认可的整体人格“自我”。这关系到政治学或社会学上所谓“权力合法化”问题，在中国历史上称为“道统”问题。被历代史家所称道的西周以前的“公天下”之美好景象成为一种符号，成为寻觅道统之皇权所必用。于是主张“法先王”“克己复礼”的儒家学说时来运转，即可被符号化，亦可被工具化，而这两者恰是意识形态形成的必要条件。并不成熟的秦朝速灭给大汉的启迪通过儒学后继者而充分阐发，通过董仲舒独尊儒术、大宋程朱理学、明朝王阳明三次主要“与时俱进”的推进，在较大程度上成为围绕权力运转的文化。鲁迅说中国历史只有两种朝代：人民做成奴隶的时代和想做奴隶而不成的时代。大一统私家天下的儒学，被扭曲和利用，在一定程度上为帝王集权专制服务，并发挥驯化功能，泯灭自由个性与创造精神。今天“国学”的提法，有着不可否认的合理因素，但剥离、发掘和弘扬儒学中的文化精华，是我们远远没有完成的使命。以“国学”而充填国人超我精神层面，至少在目前还任重而道远。关于超我，必定需要考察宗教起源与发展的心理依据。因为对人类自卑和敬畏的抚慰所必然仰仗的“超越性设计”，使我们今天对精神世界的思考无法逃避终极价值问题。因而，我们必须在精神世界中，从根本上避免进一步走向“本我疯狂，自我混乱，超我贫缺”的严重境地。

超我的缺失与空白，在当今许多有识之士对中国社会的信仰困惑与价值失落的论证中得到充分回应。为了避免本文仅仅带来本人不愿看到的悲观暗示，且用下面一段话结尾：“超越性设计……必须在以下三重意义上证明自身有更高的合理性：（1）它提出一种保存并改进文明的生产成就的前景；（2）它在其根本结构、基本倾向和关系上来确定既定总体；（3）它的实现将在一种制度的框架内为生存安定提供更大的机会，而这种制度又为人类需求和才能的自由发展提供更大的机会。”（赫伯特·马尔库塞：《单向度的人》）

让心灵冲破“自罪”的枷锁

一

与约定的时间一分不差，门铃响了。

我打开门，眼前出现这样一幅心灵肖像：足足一米八的个头，蓬松的头发在头顶爆炸，一身黑色运动服裹在隆起的肌肉上。如果不注意眼睛，一定看不出这个年轻的大学生有什么心理问题。但是，那是一双呆滞、无光的眼睛，躲避的目光犹疑不定。于是可以断定，这就是电话里的求助者。

交谈的开始是困难的。但经过鼓励，打开的话匣子成为一道水渠的源头。

就在刚才，在电话预约了心理学老师之后，他去打了半个小时的篮球，用疯狂的奔跑战胜心理障碍，暂时成为一个能够敲响老师房门的“勇敢者”。

他是围棋、象棋爱好者，小时候经过为时不长的训练，初中时代表学校参赛拿过市里中学生围棋第五名和象棋亚军。他有一种不服输的劲头，篮球场上也是主力。为了练身上的肌肉，曾经一年多每天去健身房。学习比较努力，在高中二年级以前，成绩在班级一直都名列前茅。他有一副矛盾交织的心灵，始终痛苦地挣扎在自己心灵的旋涡中，既努力地表现自己，又往往在最需要表现自己的时候，由于心理原因败下阵来。

看得出，他很真诚，尽量想把真实的自己展现在老师面前。通过他的描述，我认为从总体上给他肯定性的评价是适当的。

“你是个很好的孩子，一直都在追求优秀，这是你的基本面，应当充分肯定!”

这句话的效果，令我也感到惊奇。他的目光闪现出久违的光彩，盯了我足足一分钟，然后泪花闪烁，开始轻轻地抽泣。终于，他抱头痛哭了，就像一个受尽委屈的孩子得到一份渴盼已久的理解，哭得十分纵情，双肩都在抖动。

哭吧，哭出来肯定会轻松许多。

二

梁喆（化名），二十一岁，理科大学生。上高二的时候，和同年级的一位漂亮女生发生朦胧而冲动的恋爱，爱得死去活来。双方的父母都强烈反对，就在他们刚刚信誓旦旦要“坚持住，好下去”不久，女孩的父母找到学校，通过学校施加压力，女孩退却了。他接受不了分离，发疯似的抱着女孩痛哭流涕，被女孩打了一个耳光。一个阶段里，他根本无心学习，毫无理智地对女孩“死缠烂打”，又遭到女孩与父母一起愤怒的痛斥：“没见过你这么没皮没脸的，简直是一个无赖!”

在最痛苦的时候，一向疼爱自己的老爸一反常态，竟然采取了“冷战”。用老爸自己的话说：“你太让我失望了，考不上大学，别指望我拿你当亲儿子!”老妈本来就爱发脾气，这时常常气不打一处来，每天盘问儿子，要掌握儿子的一切行踪、一切细节。温暖的家，因为自己难以饶恕的“罪过”而变得冰冷无情。梁喆似乎经历了从“宠儿”到“弃儿”的感受。

尤其是学校，由于女孩父母的“状告”，也由于自己学习和表现直线下降，他成了众人眼中的“败类”，被撤销了学生会干部的职务，并且被老师说成“变坏的学生”“堕落的典型”。

高考紧张的日子，是梁喆的精神炼狱。他时常精神恍惚，头痛头胀，根本无法集中精力。高考的失败，令父母加剧了失望，也承受了舆论的巨大压力。梁喆似乎没有任何选择的余地，只能按照父母的意愿加入复读的行列。

同时复读的一位女孩很喜欢帅气的梁喆，经常向他询问学习上的问题。梁喆说：“我要不是碰到她，也许死定了。”是她，给了他安慰和鼓励，找到了一点昔日的自信。但是，热情的女孩一再被梁喆所伤害，在母亲“严加看管”之下，他不敢和女孩单独在一起待一会儿，甚至经常不敢开着手机。痛苦之中，他找到自己最信任的一位老师交谈。那位老师大概颇具理论水平，从“思想根源”到“严重后果”以及“恶劣前景”，进行了一番“深刻分析”，使梁喆深深感到自己“大逆不道”。他在那个女孩面前做了一番深刻的“自我批评”，选择了“恶魔告别天使”式的逃离。女孩说：“你的确是个恶魔，可你首先是个懦夫！”

三

无赖、败类、恶魔、懦夫……梁喆在十七岁的豆蔻年华，围绕自己的评价体系骤然发生了巨大的变化，而后在长达三年多的时间里，周围的一切形成一种强烈的心理暗示：你属于坏人！而且，你遭遇的一切都是你自己造成的！梁喆说：我经常想到进了劳教所的一位初中同学，经常觉得自己是个罪犯，经常梦到自己犯下杀人罪而被警察追捕……

自罪！严重的自罪感！

自罪心理，是一种自我评价体系发生严重偏离、因长期自我否定和自我谴责而陷入精神压力的心理状态，通常会表现为抑郁、消极和萎靡不振。在人际关系上会表现出躲避和孤僻；在学习和工作上会表现出懦弱、注意力分散。严重的自罪心理，还会影响人的身心健康，整天精神紧张，神不守舍，陷入失望和苦恼。

一个好孩子，因偶尔错误或某些行为失当，受到经常的、严厉的、夸张的批评，受到融入身边各种氛围的否定性评价，容易导致两种心理畸形：一是逆反心理；二是自罪心理。进一步发展，有可能出现反规范人格或导致真正的堕落。

梁喆上大学以来，与周围同学的关系很不和谐，如果别人帮助他，他会觉得“加重自己的罪过”；如果别人疏远他，他会觉得自己“罪有应得”而更加封闭和孤僻；如果女生对他热情，他会觉得是个陷阱，将会导致更大的堕落；如果老师批评他，他会十分敏感地将错误进行夸大想象，确认自己前途黯淡，不可救药。但是，他毕竟有上进心，有不服输、不甘心落后的心理基础。因此，痛苦长相伴随，一幅扭曲的灵魂使他成为众人眼中的怪物，不可理喻，荒诞不经。

四

首先是宣泄和疏导。两次交流，由具有权威性、亲切感的老师充当认真的倾听者，使他的倾诉成了充分宣泄。及时的诱导和适当的肯定性评价，使梁喆内心积郁的精神压力得到释放与缓解。心灵封闭的窗户打开了，外面不再是密布的阴云，而是和煦的阳光、抚慰的春风，他感受到笼罩内心的寒气稀释在广阔的空间。对外在环境的良性信赖，可以为年轻心灵中固有的活力打开一条寄托的渠道，整个身心会沐浴在一种舒展的幸福中。

其次是认知启迪。梁喆本是聪明的，认知能力没有大的障碍。长期负面评价，使“折射自我”发生严重偏离，心理天平向消极严重倾斜，潜意识结构发生变化，“快乐原则”的追求让位于不为意识所察觉的自我判刑和自我发配。认知启迪需要“反推论”，需要由浅入深地引导受助者将良性的逻辑开端逐步推进，及时帮助和鼓励他增强肯定性认知。他意识到，融化在内心的贬抑是缺乏依据的，自我宽容绝不是自我放纵，而是对于夸张的、偏颇的评价框架的破除和剥离。心理学“自我认知”的原理在梁喆身上发挥了作用，他开始客观地、公正地看待自己。

再次是支持性激励。支持性激励的有效性建立在情感共鸣和认知转变的基础上，通过发掘受助者原本的优点，以及受助以来出现的哪怕是微小的进步，及时给予赞赏、肯定、支持，而支持性意见表述又有理有据、自然而然，绝非刻意作秀。同时辅助以有依据的承诺保证——让受助者充满希望和信心。在支持性激励中，帮助受助者制定一份切实可行的短期规划是个好办法，其中设置一些肯定会得到别人赞赏肯定的、符合受助者愿望和性格的善意行为，在每一步骤中都可以取得别人和自己的双重满意。

然后是人际赞助。心态转变与角色转换之间的互动，都可以在人际关系中得到检验和固化。

梁喆像换了一个人。他原来“挂科”的四门功课全部通过了补考。补考前需要找专业课老师沟通，他经过短暂的犹豫，勇敢地和老师进行交流，不仅获得了帮助，而且给几位老师留下了很好的印象。他开始变得热情、开朗，乐于助人，和原先有隔阂的同学成了朋友。

也许，等他巩固一段，最好是在大三、大四，还应当补上这样一个环节：利用各种表现机会尽可能放开自信与“狂妄”，就像法国作家拉罗斯福科整理《道德箴言录》时，就曾经纵容“狂妄”，任凭自尊需要和自我实现欲望等等挟裹自己埋解的正义感、责任感狂奔，在一种“自我加冕”的自由冲动中设置很高的期许。然后，“毫不客气地尽可能给予当头棒喝、迎头痛击、吹毛求疵、鸡蛋里面挑骨头”，同时从周围的人们那里尽量征寻批评、批判、否定性意见，也不排除鼓励或赞赏。也许，这样的环节可以称作“心灵风暴”，让栉风沐雨后的心灵既冲破种种羁绊的束缚，又接受必要的规范或审视，更重要的是形成心理承受力的坚韧，告别敏感和脆弱。

五

在笔者针对六百名大学生进行的一项心理测试中，有自罪感和自罪倾向的学生，比例竟高达11.5%！因此，下面一段文字绝不是多余的。

自罪和自卑不同，自卑关涉到主观能力条件的评价；自罪关涉到主观道德的评价，甚至关涉到整个人格定位、生命价值的判断。严重的自罪感导致幻灭性的消极心态，是对自我意识的严重伤害，是对生命动力机制、自由意志的自我贬黜。从哲学意义上，可以毫不客气地说，自罪是由生命主体从潜意识层面，针对自己代行了一种不公正、不需要的残酷的精神戕害。反思我们的教育，严苛的道德训诫高度过剩，而当众训斥、讽刺挖苦、戴帽子或“定语宣判”、安插“眼线”、提倡告状、严加看管、偷看日记、窥视隐私，甚至谩骂、体罚等等惩罚手段更是泛滥成灾。心理学家诚恳地告诫：对于青少年，一次严厉的批评或惩罚，至少伴随三次表扬或正面鼓励。可是我们的许多家长、老师对学生、子女在肯定方面极为吝啬，正面鼓励的意识和手段严重短缺。

大学生中，过于内向、缺乏勇气、缺乏魄力、依赖性强、不敢大胆尝试和创新的现象相当普遍。从小学到大学一路走过，不知有多少条条框框，被家长、老师以及教育管理者们“以爱的名义”套向年轻的心灵，个性追求、自由意志、创造性想象力和创新能力被扼杀。或许，施教者们自身有知识、有智慧，但他们的情商，低得可怜。情商直接对应心理学。奉劝我们的教育者们，在承担教育重任时，首先调整好自己的心理，多一点健康，多一点积极，多一点阳光。

（本文曾登载于《学习博览》2007 年 01 期）

心理学视角下的赵易山

从心理学视角来看，青年歌手大奖赛中为歌手综合素质考核担任评委的赵易山老师，值得充分肯定。甚至可以说，他的表现，为心理学教学，以及教育心理学的普及，提供了一个优秀的“模特儿”。

如果说评委的点评，具有导向、评价和教育的功能，是只知其一，不知其二。评委的点评，无疑还具有激励和暗示的功能。尤其是在央视大赛上，后者被大大强化，不可忽视。评委点评对于歌手的参赛心理，对于其今后的事业以至人生，都可能有重大影响。

赵易山评委最突出的特点，就是“换位思考”，他有一种体察歌手心态的意识，简单地说，就是“假如我是参赛歌手会有什么感受”的一种设身处地的意识。

系统研究焦虑的心理学家卡特尔，以及沙伊尔都对焦虑进行过划分，区别出特质性焦虑和状态性焦虑。参赛的年轻选手能够走到直播现场，一般来说特质性焦虑并不严重，但状态性焦虑则几乎难以避免。顺便说一句，参加这样的大赛，对选手进行一定的心理测试或辅导，是十分必要的。赵易山评委以一个教师自身基本素质，几乎是心领神会、自然而然地觉察到并细心关照选手的心态，表现出很高的情商。

选手从赵易山老师那里，从他的眼神、微笑、语言、神态，以及肢体语言和综合表情中，都可以深切地感受到尊重、信任和慰藉，可以有效地化解紧张，消除焦虑，就像焦渴的跋涉者遇到一泓甘泉。

美国心理学家布鲁纳强调学生心理内在动力，强调内在认可与外在奖赏之间的互动，并认为这种动力对于提高认知水平和接受能力相当有效。

如果说参赛者不需要激励，那是假的。

然而评委难道还要承担激励的责任吗？评委就像体育竞技中的裁判，根据规则打分即可。但是，那要看你是否点评，点评了就和裁判不一样。不激励不一定是失职，但会激励显然技高一筹，而且十分重要。

赵易山老师决不会放过选手的任何一点成绩，决不吝啬给选手以及时充分的肯定和赞赏，即使是批评也和表扬密切结合，还经常对选手接下来的考核给予鞭策鼓励。心理学告诉我们，在面对亿万观众的央视大赛这种特定情境中，歌手的缺陷失误等等转化为自卑或压力，甚至转化为较严重心理障碍的可能性比平时大得多。而从赵易山所营造的暗示氛围中，每个歌手都在与自卑告别。在没有心理测试的情况下，行为表情观察是有效的心理管窥。赵易山的暗示与激励作用，就连观众都可以体会得到。

在短短的时间里与参赛歌手进行心理互动，或许是一种更高的境界，赵易山达到了。他可以和歌手共同探讨某音节的问题，可以心同身受地和歌手一起遗憾或惋惜，可以指出问题时与歌手同时会心而笑，甚至可以手舞足蹈地做出动作让歌手觉得他就是多年的朋友。特定情境的心理互动，是心灵与心灵之间同频震颤，其中感召、启迪、激励、关爱的综合效应是相当精彩的。

“师者所以传道授业解惑者也。”

本文还想说的是：当今社会，心理意识将发挥越来越重要的作用。心理学——一个重要的视角，一条重要渠道，缺少她，所谓和谐是很难到位的。

善哉，斯人！

赵易山是搞音乐的，我从他的表现中，欣赏到一曲又一曲优雅、动人、和谐的音乐。

索拉拉老师

北京电视台正在热播的电视剧《网络时代》，成功地塑造了一个年轻女中学教师的形象——索拉拉！

现实生活中，索拉拉式的老师，一定是孩子们的福气！在中学生人群中，在青少年社会化人格形成的关键时期，遇到索拉拉这样的老师，无疑极端重要，将极为深刻地影响他们的一生。可以毫不夸张地说，索拉拉老师身上，闪烁着整个民族的未来和希望之光。

教师的职业之所以神圣，大概有许许多多的原因，其中一项重要因素是，对教师的人格魅力和综合素质有着更高的要求。然而，教师对学生的热爱，却是师魂。教师对学生的热爱，是人类之爱的一种极为生动、精美、鲜明的体现。索拉拉老师那炽热燃烧，而又细腻自然、发自内心的爱，深刻地诠释了“人类灵魂工程师”自己所应具备的灵魂。

为什么教师应当受人尊敬？因为他们从心灵走向心灵，用心灵触动心灵，靠心灵塑造心灵！因而，他们必须坚守人性中最真诚的部位。真诚，是一切教育手段、教学艺术赖以发挥和施展的底蕴条件，是心灵之间沟通的坚实桥梁。年轻的索拉拉老师用彻底敞开的心灵唤起学生心灵的彻底敞开，使封闭孤独的“受伤的小鱼”变成向大海展开胸怀的海燕。她可以泪水奔涌着用拳头捶打学生，“你这孩子，跑哪去了呀？老师都急死了！”她可以把孩子自己的“名言”亲自写在孩子的T恤衫上，再签署上师生共享的"笔名"。她可以让倔强的男孩痛哭流涕地说"我还是第一次遇到大人给孩子道歉，老师向学生检讨"……她是学生们最喜欢的知己、最信赖的朋友、最亲近的姐姐，同时又是他们最崇拜的偶像、最尊敬的老师。

索拉拉老师是懂得心理学的，她的领导——老校长、她的宿友——张静，都是她心理学方面很好的顾问高参。而她自己在这方面也受过良好的教育。心理分析，不可被一般经验、思想政治工作等所取代。我国教师阵容，总体上迫切需要进行心理学方面的培训和辅导。索拉拉老师能够运用心理学的基本知识和原理，能够尊重学生的心理特征和动向，能够分析了解学生出现问题时心理方面的原因，能够掌握心理激励、心理暗示、心理启迪的方法技巧，因而是一位成功的班主任。学生容易出现的自主性问题、情绪问题、人际交往与沟通问题、网络心理问题、早恋问题、学习动机问题，以及自闭、自卑、逆反、忌妒、困惑等问题，她都能够面对，并尽量合理地解决。索拉拉本身也是一位学习成长中的年轻教师，她的探索和追求，具有极为重要的现实意义。

当然，索拉拉是一位十分可爱、个性突出、时代感强、生动鲜活的中学教师形象。以上只是特别强调了她的几个比较突出的侧面。

索拉拉更像一面镜子，一面值得从事青少年教育工作的人以及家长们认真对照的时代的镜鉴。因为，这一影视艺术形象的出现，充分依托了社会现实，具有强烈的针对性和典型性。

我们有充分理由向编导演职人员致以崇高的敬意和衷心的感谢！

如果"鸡蛋里挑骨头"地苛求一下，索拉拉人物塑造方面也有败笔。第一，索拉拉的"成长之源"，除了老校长以外显得单薄。张静的参谋作用显得生硬牵强；从岳主任那里得到的几乎看不出来。虽然索拉拉自己是努力的、进取的，但她毕竟更应当是一个“学习型人才”，她需要指导。如果有真正的专家出现，不仅对于索拉拉的塑造，对于整部电视剧都会增添十分必要的点睛之笔。第二，索拉拉“直觉”作用强调过多，非常有损于人物的丰满及价值。“凭直觉”是对于警察题材影视作品的拙劣模仿，更重要的是直接损害影片教育心理学方面的启发意义。第三，索拉拉与孟总之间情感因素的暗示也好渲染也罢，索与方之间情感游戏的过于拖沓等等，是落入俗套的应景和“娱乐性”追求的画蛇添足。

克服忌妒

忌妒，是心灵中的毒蛇。

忌妒之心是很普遍、很常见的。然而，孟夫子说过“恻隐之心人皆有之”，却没听哪位圣人说过“忌妒之心人皆有之”，不是因为萌生忌妒之心者是小众，而是因为实在上不了“本体论”的层面。就连主张“性本恶”的法家，好像也没有专门在人的本性之中给忌妒以一席之地。因为，忌妒之心即便人人皆有，也往往呈潜伏状，其萌生而发挥作用是需要一定条件的。比如，“同行是冤家”，忌妒者所忌妒的对象往往是与自己有相同追求的人。一个人对弹钢琴一点追求都没有，基本不会对钢琴演奏的高手产生忌妒，反而会在赞叹中欣赏其演奏的美妙乐曲。这并不是说弹钢琴的人之间一定会产生忌妒，但的确比其他人更容易。再比如，一些比较大度、轻易不爱忌妒之人，却可能忌妒比自己强的人。李斯是法家重要人物，当了秦国宰相，成就斐然而且大权在握，连秦始皇他也并不忌妒，但偏偏对另一位法家人物韩非妒火中烧。本来韩非是他引荐给秦始皇的，但韩非才高八斗，显然抢了自己的风头，于是着着实实地做了一把奸佞小人，构陷韩非致死。历史上，庞涓嫉恨孙膑、曹操忌妒杨修、项羽心胸狭窄、王伦妒贤嫉能……许多记载有真有假，有些可以当作文学虚构来看，但其中都可以反映出：遇到比自己强，尤其是在自己的强项上遇到更强的对手，容易产生忌妒。又比如，自己最看重、最珍爱的事物受到威胁，容易产生忌妒。所谓“情敌”，就是如此。莎士比亚笔下的奥赛罗本是战场上的英雄，但狭隘的忌妒之心受到小人利用，杀死了最心爱的女人苔丝狄蒙娜。这里顺便说一句：沙翁的文学启示有着永恒的意义，现在不是许多人在讲“忌妒是爱情的标尺”吗？那意思是说，他忌妒了，说明他爱我。其实，忌妒与爱情不在同一坐标，用忌妒来衡量爱情，很危险，因为许多美好的爱情是被忌妒的毒火给烧裂、烧焦了的。

于是，说“忌妒是心灵中潜伏的毒蛇”，可能更准确。既然如此，忌妒又何妨？我教了九年的心理学，还真好几次遇到年轻学子问我：“忌妒有那么可怕吗？我特别爱忌妒别人，可是克服不了，我只要不伤害别人不就行了？”同样的问题多次遇到，引起我的注意，这些同学其实是因为难以克服忌妒而打算“宽容”自己。潜伏的毒蛇不伤害别人，还是毒蛇，因为它随时都可能，甚至已经在伤害自己。心理学上讲“归因”，也就是对失败也好进步也好等归结原因。归因，是一项十分综合的心理活动，主观客观直接间接显在潜在原因需要全面审视。而忌妒，却一定会让人的归因产生偏差或扭曲，看不到或不承认那些重要原因，或自怨自艾，或怨天尤人，总之，忌妒之心会让一个人潜移默化中走向胸襟狭窄、人格失衡。何况，潜伏的毒蛇总有一天会由害己而害人的。

流行语中说“羡慕忌妒恨”，这“羡慕—忌妒—恨”三者之间或许会因转化而关联，但严格说起来，后两者关联度强，忌妒很容易转化为恨；前者就不一定向后两者转化。平时朋友之间说“羡慕忌妒恨”，其实是运用点夸张，真正的意思是“羡慕死了”，反而加深友谊。如果出于羡慕别人而自己努力，所谓由“临渊羡鱼”到“退而结网”，这羡慕就是正能量，跟忌妒不搭界，更谈不上恨。有人说“忌妒是看到别人优点或长处，看到自己差距”，“忌妒之心是一种动力”，“有忌妒之心表明有进取之心”云云，实在是混淆了羡慕与忌妒。忌妒者，心中必定伴随着厌烦、抱怨、郁闷、焦躁等情绪，而且极易转化为怨恨、敌视、愤怒等情绪，这些消极、阴暗的情绪总是从言谈举止或表情神态中流露出来，就算能遮掩，也会被眼神所泄密。而羡慕，则至少在目光中传递着热情友好。当然更重要的是，两者在内心，以截然相反的价值取向而发挥作用。

其实，更多人是知道忌妒之心的危害的，自己也讨厌自己的忌妒，关键是如何克服忌妒。

如何克服忌妒？这话题可以说很多，这里概括地讲一讲“四个检索”：

所谓“认识你自己”，有许多侧面，其中很重要的是检索自己的需要，由目光短浅转向目标远大。自己所忌妒的，真的是自己所需要的吗？有没有搞错？我真正的目标是什么？一个目标明确、志向远大的人，是不会很狭隘地、轻易地忌妒别人的。所以，通过这样的检索，明确自己的追求，确立自己的目标，这是克服忌妒心理的重要步骤之一。

前面提到“归因”，不光是自己对自己，也包括检索别人的原因，即别人为什么优秀、为什么强于自己？这样，有利于由心胸狭窄转向胸怀宽阔。光看到忌妒对象获得了什么，看不到他获得成就背后的原因，就会觉得命运不公，觉得幸运不属于自己，忌妒往往和怨天尤人相关。其实，有许多“得到”都不是“天赐良机”“命运惠顾”，更可能是“天道酬勤”。当弄明白人家的付出，弄明白真正的原因是什么，可能会擦亮被遮蔽的眼睛，发现人家值得学习的地方，于是有利于将忌妒的对象转化为学习的对象。这其实也是扩展自己的胸怀。经常这样做，不仅能让自己成为大度的人，还容易成为动力强劲的人。

检索自己的不足，由自恋转向自爱，更是深刻的人格修养。忌妒往往和自恋密切相关。“自恋”是一种缺乏理性的本我情结；“自爱”才是通过理性审视的自我情结，“自强”更接近理性设计的超我情结。通过自我检索和审视，发现自己的缺点、不足，从而走出本我的非自觉，形成对自己清醒认知的自我的自觉，进而与自己的理想相结合，达到超我的自强的自觉。忌妒，会远离的。

还有一项检索也很重要，那就是检索自己的优势，由自卑转向自信。忌妒的毒蛇以自卑为巢穴。越是自卑，越是为毒蛇的盘结与出动提供条件。检索自己的优势，会发现自己也不差。就算你的优势还不明显，也会有潜在优势。那就需要面向未来，对自己的优势或潜能比较清楚的人一旦面向未来，自信油然而生。充分自信者，是不会那么容易忌妒别人的。

南方人心理特征探幽

探讨南方人心理特征，首先要搞清谁是南方人。本来，问题很简单，住在南方的就是南方人。可是，中国的南方北方如何划分？由于中国地域广阔，这个问题成了非常有意义的问题。南北划分，不仅是地缘问题，从政治、经济、军事、文化等等角度都是有意义的。这个问题就不展开了。简单地说，长江与黄河之间的秦岭淮河一线，是划分我国南方与北方的分界线。虽然还有许多相当有道理的划分方法，但这种划分是最基本的，也是获得较多认同的。

比较南方人和北方人心理差异，首先要弄清几个认识前提。第一，我们这里讲的是群体心理，我们讲南北差异，讲南方人心理特征，并不代表否认中国人心理人格深层结构中的共性特征。第二，南北心理人格的差异，主要并不构成交流合作、共处共融的障碍，而且，随着社会发展，南北同胞之间心理上的相融性、互补性、适应性正在增强。第三，南北心理人格的确有差异，但应当是互有长短，很难进行整体上的高下之分，更难进行整体上的优劣之分，因而互相学习、取长补短，才是正确的心态。这里将视角主要瞄向南方人，看看他们心理特征方面的优势，目的也在于此。第四，简要探讨南方人心理特征，是就一般而言，就群体而言，实际上往往存在个体差异大于群体差异的情况，也往往存在局部差异大于总体差异的情况。所以，应当作辩证的理解，而不要作绝对的、僵化的理解。

正如著名心理学家荣格所说，文化的最后沉淀物是人格，特别是以集体无意识形态出现的集体人格。文化是一个多元的、集合的概念。我们更多的是从地缘、从历史、从传统讲起，也就是从深层结构和“心灵的文化基因”讲起，而不是仅仅停留在现象的比较上。南方人心理人格特征，应当从以下六个方面来考察：

第一，南方人相比较，情感细腻，情趣淡雅，性格轻柔。北方的高山峻岭、大漠平原等等，一般是雄健高大、粗犷辽阔，尤其是塞北，长长的冬天里北国风光，千里冰封，万里雪飘，漫天皆白。而南方山清水秀，风光旖旎，蜿蜒起伏。这种状况对于人们的心理人格有影响吗？有深刻的影响。南方男性对女性关心细致，体贴入微，猛张飞、黑旋风李逵出现概率较小；北方女孩中小家碧玉、林妹妹也不多。余秋雨在《文化苦旅》中这样描写苏州城：“这里没有森然殿阁，只有园林。这里摆不开战场，徒造了几座城门。这里的曲巷通不过堂皇的官轿，这里的民风不崇拜肃杀的禁令。这里的流水太清，这里的桃花太艳，这里的弹唱有点撩人。这里的小食太甜，这里的女人太俏，这里的茶馆太多，这里的书肆太密，这里的书法过于流丽，这里的绘画不够苍凉遒劲，这里的诗歌缺少易水壮士低哑的喉音。”在一定意义上，我们可以将这段话，读作一种人格化表述。其实，遍布江南的精湛工艺、精美菜肴、精细茶点、服饰点缀、园林景观、轻柔的广东音乐、清丽的越剧、婉约派文学作品……都是南方人心理特征的生动写照。

第二，南方人更加敏感灵活。越是远古，地缘因素对人的影响越是深刻。比如，大禹治水，主要在北方，而大河水系及治水工程是中华民族形成大一统观念的重要影响因素。南方的地理环境，也充分发挥了进入社会文化格局的作用。南方不仅山清水秀，地理环境复杂、变化多端，而且气候上也是气象万千、千姿百态。人们在北方旅行，峥嵘险峻一看一两天，一马平川一走千百里，而南方却像丰富的幻灯片，景色闪动让你目不暇接。北方相同的衣着可以穿个把月，南方一天要换好几次，否则容易上火或感冒。就拿语言来说，北方方言适用面积很大，比如东北话吧，东三省的人互相基本上都听得懂彼此的口音；而南方“十里不同风，百里不同语”，一个县方言会有很大不同。掌握一定规律学北方话容易一些，南方话找规律都摸不着门儿。“人法地，地法天，天法道，道法自然。”长期生活在南方自然环境中，南方人自然而然地敏感、灵活。南方人经商，办法多，点子活，善于转换，许多消费时尚、新潮流，都是出自南方。“南风窗”风华交融，新产品、新款式层出不穷，更新换代也特别快。

第三，南方人更加精细。生产方式的不同，对于造成心理差异起到深远的作用。历史上的中国越是往北，越是地广人稀，肥沃的土地和寒冷的气候，使一年一季庄稼生长期长，灌浆饱满，不需要一年三百六十五天精心侍弄。不光农耕，包括狩猎、放牧等等，“天苍苍，野茫茫，风吹草低见牛羊”，相对来说都属于粗放经济。而南方人口比较密集，一年两季甚至三季庄稼，养殖业、纺织业、手工作坊等在南方都是密集发展，对于改善工具、改良土壤、利用地力、施肥灌溉和随季节变换而进行的微调，等等，生产经营活动长期属于精细型经济。因而，南方人观察、认知、思维、做事，都更加精心细致，缜密周严。在经商、创业中，南方人往往注意细节，滴水不漏，许多精细产品出自南方；而北方在改革开放之初，许多产品被称为“傻大黑粗”。在日常生活中，北方吃饭大盆大碗，讲究填饱肚子，还要大方实惠，就算进了北方人开的餐馆也能感受到这一点；南方人食不厌精，讲究吃出滋味，吃出情趣，如广东吃早茶几十个小碗小碟，玲珑袖珍，可以吃上大半天。

第四，南方人性格更倾向于内敛、含蓄。中国历史上，除了战争、动乱、分裂的时期，只要政权基本稳定，多数情况下都是北方以政治军事为主旋律，南方以经济文化为主基调。所以中国古代先哲老子的道家思想，反而在南方得到更深入的普及。老子强调小国寡民，无为而治，这在秦汉以后的古代社会是难以实现的。“罢黜百家，独尊儒术”，王道霸道，集权专制。可是在南方，“天高皇帝远”，皇权不得不“无为”一些了，民众在相对稳定、平和的生产生活中，崇尚平平淡淡，远离轰轰烈烈。老子用水比喻“道”：“上善若水。水善利万物而不争，处众人之所恶，故几于道。”（至善像水。水滋润万物而不争高下，处于众人都不喜欢的低洼之处，因而最近似于“道”。）一般来说，北方人“山性”为主，南方人“水性”为主。从气质类型上来看，北方人胆汁质、多血质常见，南方人黏液质、抑郁质偏多。南方人性格更倾向于内敛、含蓄，在人际交往上更体现出平和、委婉。然而，道家讲的是“无为，无不为”，就像水，虽然顺流而下，处于低洼之处，但是在一定条件下可以汹涌澎湃。南方人绝不是缺乏反抗精神和变革意识，他们内向的性格倾向，表现于“后发制人”，甚至“蓄之既久，其发必速”。比如苏州城的市民反对迫害东林党，竟然愤起反抗朝廷，矛头直指“九千岁”奸相魏忠贤，后来魏忠贤倒台，全国谢主隆恩，苏州人却只是将反抗中牺牲的五位普通市民安葬、立碑。近现代历史上献身革命的南方人很多，而且“上善若水”“以柔克刚”的性格相当明显。有人说北方人冲锋陷阵的多，南方人运筹帷幄的多，不无道理。十大元帅全部是南方人，而“将军县”也多在南方：湖北红安61位将军，江西兴国54位将军，湖南平江52位将军……这种情况在南方相当多。当然，这和当时革命的总体形势有关，从孙中山到共产党，许多早期革命的起义暴动都发生在南方。所以南方人有柔中有刚、以柔克刚、反抗侵略、反抗压迫、坚忍顽强的一面。

第五，南方人更具开放性。古代历朝历代，都会有许多北方人、中原人为了躲避战乱、追求稳定的生活而靠南下寻求归宿。尤其是岭南一带，可以说自古以来不断积累延伸一种移民文化。中国历史文化心理当中“和为贵”的传统，在南方长期发挥了浸润作用，南方人更多地体现出一种心态的平和、宽容、中和，追求和谐相处。孔子说“君子和而不同，小人同而不和”；董仲舒宣称“大德莫大于和”。岭南一带的广府文化、潮汕文化、客家文化，都是中原文化和土著文化融合的结晶。从宗教上来看，儒道释耶等各种宗教信仰，以及妈祖、关公各种历史上传下来的地域性很强的神灵，从来不发生冲突，就连刘邦和项羽两个死对头也可以在同一间庙里接受人们的膜拜。就拿今天的珠海来说，是一个新兴的移民城市，全国各地方言混杂、风俗迥异的人们和谐相处，南天地北的饮食各行其道，包括西式快餐、韩国烧烤也都很受欢迎。重要的是，南方人从心理结构上，就习惯于接收和悦纳外来文化。他们虽然出于内向性格而没有直言坦露热情，但时间长了就会发现，他们内心没有排斥或歧视，而是心态平和、默默地营造出一种顺其自然、互动通融、和谐发展的社会生态。

中国改革开放早期，曾经出现有“南国风”“新北伐”等说法，意思是南方的改革开放相对要早、要深入。其中有中央政策的原因，也有南方人心理因素的原因。有人说“北方人性格开朗，南方人思想开放”，有一定道理。历史上，海上丝绸之路、郑和下西洋，南方沿海深受影响。近代史上，许多南方人通过各种渠道海外谋生，浪迹天涯，仅就珠海来说，就有不少这样的历史名人。至今，海外华侨当中中国南方人居多。南方人的开放心态，不只表现在向海外发展，还表现在更多、更敏感地接触、吸收外来文化。有人认为，中国是陆地文明，西方是海洋文明，这种概括总体上是对的，但是中国南方沿海一带，在总体上受到内陆观念和中央集权控制的格局中，还是曲折地发展出一种海洋文化。因而，前面我们讲到南方人的内敛和含蓄，和开放性心态并不矛盾，是一种“内向型的开放”“中和型的开放”。南方人的开放心态，值得学习和发扬，为中国深化改革，走向世界，奠定更好的心理文化的基础。

敢不“忏悔”

医生给病人开的药方，或关于治疗的方法、注意事项等，被称作“医嘱”，还没听说叫“医令”的。有的患者满不在乎、我行我素；有的自作聪明、讳疾忌医；当然也有的视医嘱为圣谕。但无论如何，医生并未强迫。够得上下令的一般是上级对下级，或统治者对被统治者，还要看隶属关系和管辖范围。一国的总统对他国的公民，所下的令没有“域外效力”，所谓“铁路警察，各管一段”。法院的判决可以说是一种令，因为有法律效力和强制执行。下令不光要看对象，还要看就什么事儿，公司老板对雇员管得了工作管不了人家私生活。法院也不是什么都判，什么都受理，拿着鸡毛当令箭，太累；越权了自己还违法。这些“常识”并不是人人都懂，尤其到了文学界，容易窜格子。批评家对于作家，其实既不是上级，也不是法官，连医生都谈不上，因为他本来就缺乏一种医生的“合法性”。尤其是当下的医生一定要有相应的文凭，或资格证书之类的，否则不能就职开业，无照行医的“江湖郎中”在清除之列。即便古代，也有标准。“夫医者，非仁爱之士，不可托也；非聪明理达，不可任也；非廉洁淳良，不可信也。是以古之用医，必选名姓之后。”（杨泉：《物理论》）这哪像我们的批评家，拎起来就批。批评家比医生好干得多，不必什么资格，也无所谓仁爱理达廉洁淳良之类，一批，就是了。

医生受人敬重，肯定不是因为他的那点儿“处方权”，恰恰因为他服从医道。西方研究病学的希波克拉底对医生的地位就很“贬低”，他说“医生是医术的仆人”；盖伦干脆宣称“医生仅仅是自然的助手”。

我们的批评家很爱拿自己当医生——我可是把脉行诊，治病救人！只不过医生要是将患者的病历公开出去，——不管是心理缺陷、生理痼疾、致病原因（尤其是某种与患疾有关的劣迹），“医嘱”还真就成了“医令”，因为“处方权”扩大为“话语权”，借助于舆论的“强制执行”，着实力度陡增，只不过患者可能吃不消。即便有的患者立马由原来的讳疾忌医变成噤若寒蝉，用药开刀、痛改前非，只怕会闹出别的毛病，例如精神分裂。有的批评家是不甘低下去当艺术的仆人或艺术规律的助手的，因为他们爱下令，不像柏拉图说的医生给予病人的是“忠告”。批评家怎能惨到医生的份上，他们俨然是上帝，而且所下的令至少也符合上帝代言人的身份和口吻。比如，“你应该忏悔！”

说到忏悔，最近看到两篇文章，头一篇文章的作者认为中国传统文化中最不缺乏的就是忏悔精神，另一篇文章的作者恰恰相反，认为中国人历来缺乏忏悔精神。头一位作者一定是将“上天言好事，下界保平安”的祷告、赔罪道歉、跪地求饶、低头认罪等等拿来当作忏悔精神了。

这些都是世俗的、功利的、带某种具体目的的，而忏悔不是。跪在教堂里烧再多的高香也无济于事，因为不是地方。后一位作者其实就是冲某作家拿忏悔说事儿的那位。他说中国人历来缺乏忏悔精神，可谓一语中的。但显然他也没搞清什么是忏悔，否则他就不会咄咄逼人地让人家“忏悔”。当他说“忏悔有许多层面”的时候，很像在说修女也能当模特，或唱着圣歌去参加流行歌曲大奖赛。

世界上最著名的《忏悔录》有三部，作者分别是奥古斯丁、卢梭、托尔斯泰。对“上帝之城”的深刻向往是在奥古斯丁时代所能达到的最富理性的虔诚。“上帝才是人类幸福的唯一源泉”——忏悔是面对上帝的。而子民在上帝面前人人平等，“基督为我们的罪恶只死一次”。

基督死了，无人代理。牧师将手轻放在教徒的头上，口中念念有词时，千万不要以为他说的是“圣旨到——××接旨！”他不过是在营造或加重着一种神圣的氛围，宣喻着此时此地适合于忏悔，而忏悔者只要是真诚的，就一定是自愿的。

着眼于宗教文化价值的时候我们不至于误解上帝，上帝是终极价值的化身。基督教精神与西方“元文化”——形而上思维对生命意义的高度抽象和极致考察、追求“至高无上”性的哲学精神有相通之处。

以《我为什么不是基督教徒》那犀利的小册子挑战基督教的罗素，并不一般反对宗教精神。他嘲讽卢梭的《忏悔录》“一点也不死心塌地尊重事实”，表明了他对忏悔的苛刻，然而他对奥古斯丁《忏悔录》的评价足够高。剥开最初犹太教的狭隘和中世纪宗教法庭的专横，我们会发现基督教圣坛侧翼忏悔精神与宽容精神的和谐并立。中国传统文化缺乏精神权力和世俗权力泾渭分明、分裂对立的历史，同样缺乏形而上的超越生命、直逼永恒的精神氛围，何方神圣，在将“忏悔精神”呼唤到何处“风水宝地”，实在耐人寻味。

“上帝死了”——尼采做出“如是说”时，同时也为西方基督教精神崩溃之后造成的信仰空缺而痛心疾首。正是他试图倡导“酒神精神”和“日神精神”以求对终极价值和“至高无上”性信仰的填补。实际上他是选择了最接近或最佳的“替补力量”——对艺术和美的追求。审美的真谛是自由；自由的精髓是审美！通向终极价值的道路和标志终极价值的峰巅之间，无论要经过多少山重水复，终归是要撞触到一起的。现在又该回到我们的话题了：作家自由创作的意志和权利，与艺术和审美规律之间的一致性无论怎样云遮雾障，必然内在地水乳交融。

“反思”，尽管与忏悔不同，但却是追求真知和至美过程中的有效途径之一，无论渗透着宗教式的虔诚，还是交织着人性中求知需要的冲动，总之是要以人类所追求的价值体系为参照系的。批评家所应关注的，是作家的反思或不反思所造成的思想与艺术价值认识水平在作品中的体现。浩然、余秋雨也好，郭沫若、张爱玲也罢，他们的政治历史、生活经历、道德表现……体现在作品中时尽可“奇文共欣赏”或“疑义相与析”，自己不肯或尚未披露的，最好当作“隐私”来尊重。否则，话语权力或舆论压力在客观上会造成对其自由创作权的影响以至剥夺。“从知识分子到普通人，从‘文革’以及近代史上这些悲惨事件的参与者或没有参与者，都应该进行忏悔。”此话从“历史综合”或客观判断的角度不错，且切中肯綮。——红卫兵一进入作品都成了先知先觉：“红海洋”在“反思”或怀旧中变成了芳草如茵的江南绿岛：“人文观照”成为特定历史阶段的另一种粉饰；被扭曲的“反思”缺失着自我否定，成了省略第一个否定、直接以第二个否定造就自我肯定的“否定之否定”魔术。这些文人的悲哀，如今又演绎着与市场经济直接较劲的某种非辩证的“价值取向”。——关乎此，已有不少文章论述。但在这里，我们必须强调的是，真正痛定思痛的、对“文革”（或包括近代史等）的反思，起码会反思出这样的结论：谨防政治标准、道德标准等对艺术标准的僭越；谨防世俗权力对精神权利的侵犯；谨防社会人际关系对创作行为的干涉。反思的关键绝不在于“账面”的清理，而在于清除造成“欠账”以至于“呆账”“恶账”的机理和文化价值。距离“请君入瓮”式、“以其人之道还治其人之身”式的“清算”贴近一分，便距“忏悔精神”的真韵拉开千里。歌德进入魏玛宫廷，于他政治上和人生上都极不光彩，但人们宽容而欣慰地接受了《浮士德》。宁可容允我们的作家悠哉地沉湎于他的自我肯定，决不取代上帝迫使他完成否定。当这明智的选择不再使批评家感到痛苦的时候，将是我们的批评家与文学艺术的共幸。至于“起码要有个忏悔的态度”，令人联想到公开道歉、谦虚谨慎、服个软儿、给个说法等等，此类的“忏悔精神”，我们不仅自古有之，简直是源远流长。

果然需要乎？却又何苦。作家们往往不太精通法律，尽管有的在作品中写得头头是道。就像足球场上的队员被对方有意撞倒，非拽着人家打官司，其实离起诉远着哪，那不过是违反了“游戏规则”。除了这种拿着棒槌叫真（针）儿，作家还一逼就急。台湾诗人余光中忿忿然曰：“我们目前的批评，很有一点‘战斗文艺’的精神。也怪不得，只要在名作家之中找到一个嫌疑犯，所有批评家立刻呼啸而至，不审不问，不用证人，就可以将他高高悬在吊人树上。”余光中甚至将这种“批评家”称作“作家谋杀团”中的“职业凶手”。话说得好过分，但他说得对，逼作家还真不是个办法。其实，人无完人，如果真的调查取证充分一点，会发现许多作家都可能躺在坟墓里时，觉得愧对墓碑，就像高尔基也不能幸免一样。活着的时候是不是灵魂不安，“浮生若梦”“秉烛夜游”，那是人家自己的事。你可以评论，但无权干涉，更不宜用种种可以起到强制作用的手段。

讲啥也别讲道理？

有一个帖子，我看到的时候被转发了七十九次，估计还会被转发多次。这帖子说：

“跟恋人讲道理，是不想爱了；跟老婆讲道理，是不想过了；跟同事讲道理，是不想混了；跟上司讲道理，是不想干了……人生在世，有许多地方是没道理可讲的，讲啥也别讲道理。”

这帖子有没有道理？我看是在讲歪理。因为这帖子本身就是个悖论，如果真的“讲啥也别讲道理”，那这个帖子根本就不该发。因为“人生在世，有许多地方是没有道理可讲的”本身就是一番道理，“讲啥也别讲道理”也是一番道理。所以可以问一句：“以子之矛，陷子之盾，何如?”结果是“其人弗能应也”。在这里，相应的问题是：既然“讲啥也别讲道理”，那你为何还要讲这番道理？

当然，会有人说，这帖子是在调侃，何必当真呢？酒桌上调侃，可以不当真，可调侃在网上阅读量、转发量超大的时候，谁能保得齐没有人当真？当真的人恐怕不在少数。因为，此帖在很大程度上“当真”地说出了很多人的心里话。

不愿以讲理的方式为人处事的人生态度，肯定是一种消极的态度。如果一个人抱定了不讲道理的宗旨，由着性子来，不管三七二十一，肯定行不通。因为周围的人一定会用种种道理来检验你、评价你、对待你，如果你真的一定要“浑不讲理”，那就真的是不想混了、不想干了。所谓“有理走遍天下，无理寸步难行”，说的就是社会终归有制约人的行为的道理。

其实，人生在世，不可能压根儿就不讲任何道理。不是讲大道理，就是讲小道理；不是讲真道理，就是讲假道理；不是讲硬道理，就是讲软道理；不是讲正道理，就是讲歪道理……

当一个人“就是不讲道理”的时候，其实已经落入了某种道理。如果自己有自己的一套道理，不愿意去探求、认同、遵循根本道理，这种人从长期来看，是一种故步自封。追求“天下大道”的真理，的确很不容易，甚至很艰难，许多追求真理的人还会付出惨重的代价。但是，人从根本上来说是一种理性动物，必然要追求意义和方向。讲局部的道理不讲总体的道理，那叫目光狭窄；讲一时的道理不讲长远的道理，那叫短期行为；讲光鲜虚假的道理不讲深刻根本的道理，那叫浅薄浮躁。比如，不讲坚守底线的法理、不讲行为规范的伦理、不讲人格健康的心理、不讲尊重别人的情理、不讲社会正义的公理、不讲生态环保的哲理……不能遵循事物根本规律，无论是个人还是群体，无论是企业还是政府，甚至整个人类，都最终会受到惩罚。

当然，社会有种种“潜规则”，有种种有理讲不清、不讲理反而畅通无阻的现象。但是，这样的现象也在遵循一种“道理”，比如《厚黑学》中的一部分内容，比如《资治通鉴》中的一部分内容，以及许多教人如何圆滑、如何讨好、如何投机取巧的“处世哲学”就给潜规则提供了一定的理论依据。所以，所谓的“不讲道理”，无非是给潜规则让道。但是，中国从古至今，虽然潜规则不绝于史，虽然当下社会潜规则有愈演愈烈之势，但终究不得人心。

社会生活中的每一个人，尤其是中国，最需要的就是学会讲理！不能讲礼而不讲理，不能讲利而不讲理，不能讲钱讲权讲势讲人情世故而不讲理！这件事与每个人密切相关，每一个人都做一点努力，做一点争取，做一点坚持，才能赢得一点维护利益和权利的社会空间。积跬步以至千里，聚沙成塔，集腋成裘，才能使中华民族走向新的文明。

老子说：“孔德之容，唯道是从。”又说：“道冲而用之，或不盈，渊乎似万物之宗。”天下基本规律之道、核心价值理念之德，是终将发挥作用的硬道理、大道理。

说得有点远，再拉近一点。就说“恋人”或“老婆”吧，如果她讲理你不讲理，才是真的不想爱了，不想过了。如果她实在野蛮女友或刁蛮公主毫不讲理，那你还是得讲理，因为你如果放弃讲理，就无非是两种情况：一是舞动拳脚，二是一味迁就。那么所谓的“爱”也好“过”也好，全都得玩砸了。所以，你还是需要动之以情，晓之以理。这才叫想爱、会爱，想过、会过。

“讲啥也别讲道理”，应该是“不讲啥也得讲道理”。

女人应不应该有事业心

许多男人认为女人不应该有事业心，种种原因概括起来可以说是出于男人的偏见。许多女人也认为女人不应该有事业心，以为女人有了事业心岂不是像男人一样，因而缺少了“女人味儿”，会丧失女人的魅力。这种观念实际上是对于“男人的偏见”的妥协，在一定程度上反映了自古以来男尊女卑观念的影响。“男主外，女主内”，“男人事业型，女人生活型”“男人闯社会，女人守家庭”等，都是这种观念的变形反映。

当然，许多女性可能不认为自己受过什么传统观念的影响，只是看重生活的美好、情感的满足、家庭的幸福，以为干事业会影响情感生活。更何况，“干得好不如嫁得好”的说法也并非空穴来风。其实这恰恰说明，历史上形成的评判标准，比如“女子无才便是德”，比如“三从四德”等等，已经潜移默化在人们的文化基因中，至今还在许多人，包括许多女性的潜意识中发挥作用。

男人也好，女人也好，首先是人，其次才是性别。女性解放实际上是人的解放，甚至包括男性的解放。尽管人类划分为两性，尽管两性的性别差异一定会在社会分工中体现出来，但是，只要人类社会存在一天，就不可能将男性与女性的鸿沟，固化为社会和家庭的鸿沟。母系社会自不必说，古代、近现代的历史上，从来没有，也不可能完全实现“女人回家”。尤其是现代社会，女性在许多领域发挥着重要作用，有些甚至是不可替代的作用。如果信奉“女人不应该有事业心”，如果真的将女性都撤回家庭，那岂不是真的要塌陷“半边天”了？

其实前面这些论证，还都不到位，因为探讨事业心问题，仅仅从

"社会—家庭"这种二元结构的视角出发，是很成问题的。无论男人女人，即使投身社会、参与社会，甚至有较高的社会地位，也不一定有事业心，反之，就算"家庭主妇""贤妻良母"也可能很有事业心。这涉及对"事业心"的理解，本文后面会提到。

以上是从社会的角度来看的。从个人角度来看，当女人没有事业心的时候，大概其生理需要、安全需要、爱和归属的需要不会受到太大影响，但是尊重的需要、求知的需要、审美的需要、自我实现的需要等更高层次的需要就一定会受到严重影响。比如，尊重的需要，放弃了事业心的女性，或者在事业上只是混碗饭吃、并不投入的女性，总有一天会发现，自己很难赢得尊重，甚至自己老公、自己子女对自己的尊重也日益淡化。不乏其例啊。又比如审美的需要，当一个女人放弃追求，时间久了，就一定难以脱俗，其审美鉴赏力和文化品位是很容易滑向低庸的。实践感知能力和思维理性，都是审美领略情怀的内在支撑，需要人格社会化的与时俱进才能保鲜。"全职太太"也需要有自己的追求，否则即使每天润肤美容、气功瑜伽，也很容易留滞在附庸风雅的层次上，终将感受失落。至于自我实现的需要，就更谈不上了。

如果一个女人本来就没有意识到高层次的心理需要，这本身就是一种人格意义上的悲剧。如果一个女人已经意识到或逐渐意识到高层次心理需要，却又无法满足，就会品尝空虚、悔恨等等心灵的痛苦。

再从两性关系来看，爱情是两个独立人格之间平等的心灵交流和情感互托。当女性将事业心让渡给男性的时候，实际上暗含着丧失人格独立的危险，也蕴藏着失落人格平等的隐患。而这些，早晚会引发心灵的失衡。

其实，如果放弃偏见，无论男人还是女人都会看到，事业心已成为越来越多现代女性真正的美容霜，打造出魅力无穷的巾帼风采。

最近刚刚看了一期央视"艺术人生"节目，歌唱家王宏伟从小失去父亲，母亲靠着一个月32块钱的收入培养了五个孩子。她发现小宏伟有很好的歌唱天赋，就千方百计保护他的嗓子。这位坚强的母亲被请到节目中，当她介绍说，她就算再苦再累，也要把孩子培养好的时候，赢得了热烈的掌声。她是一位普通的农村妇女，也是千千万万普通女性的代表。

她，有事业心吗？这里涉及一个很重要的问题，就是对“事业心”的理解。所谓事业心，并非指的是要拥有一份职业，或努力干好工作的愿望；也并非是指拥有一定地位和一定收入的愿景。事业心的内涵，是一种追求感、成就感、价值感。是一种通过追求、通过努力而对社会有所贡献、实现自身价值的独立、进取的精神状态。因而，事业心是一种心理动力，是一种精神支柱。从这个意义上，就更有利于加深理解为什么女性要有一定的事业心。我们完全可以说，王宏伟的母亲，有着强烈的、明确的事业心。

一个人的心理动力不能单一，单一就会贫乏，难以持久。更因为，一个人的精神支柱不能单一，精神大厦的支柱必须是“四梁八柱”的多元、雄浑的结构。这样才能保证精神大厦的雄伟、坚强，才能抗击任何风雨雷电。生活没有对女性进行特殊关照，有时，女性可能承受更多的考验。当一个女人有了事业心的时候，她一定会更加坚韧，更加顽强。

“自由之女神引导我们飞升！”家庭是爱情的港湾，灵魂的别墅，生命的后台，这里的确因女性而真正温馨。然而，这些既然不是男性唯一的归宿，也就不应当是女性的窠臼。当女性在更广阔的空间引导人类的时候，包括男性在内的人类才获得更多的和谐与自由。

06

人生感悟

蒙泽思教诲

去过于光远先生家里的人，都会对他的书房兼客厅留下深刻印象。三面都摆满书架，各种书籍琳琅满目，还有隔板上、地面上到处堆放的一摞摞的资料、文稿。于老经常坐在书桌后面与人交谈，俨然一位在思想和知识海洋中遨游的老船长。

那次我怀着惴惴不安的心情将写就的论文《论决策思维方式》交给于老，他乐呵呵地说："嗯，好，一定拜读！"我说："于老，耽误您的时间很不好意思，但很想得到您的指教和点拨！"于老笑着点点头。完全没想到的是，我竟然接到他的电话，说那篇文章有新意，紧接着就提出一些他的看法。我当时觉得，在于老的身上，除了对年轻人关心鼓励之外，还有一种只要进入思想学术探讨，只要看到值得探讨的问题，就立即进行交流的热忱。这使我深受感染和启发。我在于老指导下认真做了修改，这篇文章以"岱凌"的笔名发表于《天津社会科学》1993 年第二期，后来被人大复印报刊资料刊发。

于老思维十分活跃，关注和研究的领域相当宽阔。1990 年到 1998 年期间，我曾有幸多次到于老家里直接聆听教诲。

印象比较深的一次，是他给我提了一个问题："你知不知道关于'左'和'右'的划分，最早起源于什么？"我回答："好像模模糊糊地记得和法国大革命有关。"于老用他特有的微笑而沉思的表情，对我说：

这好像是一种说法。法国大革命，激进的雅各宾派在国会中坐在左边，保守的吉伦特派坐在右边。不过需要查一查，好像还有别的说法。这个问题搞清楚很有意义。因为，只是用激进和保守，来划分左和右，好像不太全面，也不太合适。除了共运、中国，国际政治中也讲左和右。到了今天中国搞改革，左和右的问题，还是激进和保守的问题吗？没那么简单。这个问题值得好好研究。

于老这段话，我这里之所以没有加上引号，是因为我只记得大意，不敢说是原话。但我相信我的记忆基本是准确的。因为，当时我深受触动，觉得于老对问题的思考不满足于现成的、一般的说法，他喜欢追根探源、深入思考；思路十分开阔，跨度很大；同时又在关注现实。

和于老这次谈话，促使我对“左”的意识、“左”的思维和行为方式长时间地关注思考，并在头脑中形成“中国左文化”的概念。

于老认识的年轻人很多，学生、弟子无数。但于老的秘书胡冀燕女士对我说：你是不用事先预约就登门拜访的少数学生之一。这让我很受感动，但也提醒了我，拜访于老，要事先预约一下。但没想到的是，于老再次主动给我打电话，关心我的工作问题。因为当时我是“无业游民”，于老曾经表示过这样的意思：要吃饭，就要做事情、有工作。但你啊，尽量做一点离搞学问不太远的工作，能不荒疏才好。（行文至此，想到于老对后学的关爱指教，流泪了！）

曾经在于光远先生家里听他亲口讲自己的故事：“文革”期间，在当时的政法干部学院礼堂召开批斗于光远大会，与会者都发了门票，唯有批斗对象于先生没有。他到学院门口，门卫不让进，他就调侃说：“不让我进，这会就开不成了。”十几分钟后造反派头头匆匆赶过来，催促于先生进门。于先生笑着对门卫说：“怎么样？我没说错吧？”讲到这里，于老风趣地说：“‘文革’中我可没少挨批斗，算是悲剧情节；可这一次，是一次难得的喜剧情节！说完哈哈大笑。”（后来我注意到，在于老所著的《文革中的我》一书中提到了这件事）每次，我都会觉得，于老对待年轻人，他自己就会忘了年龄，显得十分年轻。我常常怕耽误他宝贵的时间，而他自己却好像忘了时间，很热情很投入地和你谈话。

清楚记得于老提到“哲学就是聪明学”这个话题。他对于“聪明”问题，既有学理式的思考和研究，也有生活中的感悟和体会。一次，他饶有兴趣地问我：“小刘啊，你知道我现在研究什么问题吗？竞赛的问题，博弈的问题。人与人也好，企业也好，国家也好，其实都有竞赛关系。而竞赛中就有智慧，有大智慧！”他还十分感叹地说：“年龄不饶人啊，长篇大论是阵地战、攻坚战，搞不了喽。不过，小打小闹还可以。值得我们思考的问题很多，思考的问题记录下来，还可以。”从于老关于聪明问题、竞赛问题的谈论中，我觉得深受启发，其中包含许多不曾被专门论述过的精湛的思想。对于一位年近八十的老人来说，孜孜不倦地探索和写作，这种精神本身就是对我极大的激励！我问于老：“可不可以考虑作为思维科学方面的著作来结集出版？”于老笑着说：“谈不上思维科学，就叫聪明论、竞赛论就可以了。”

我和《中国小百科全书》副主编和出资人之一的李红旗谈了这件事，李红旗立即联系出版社。国际文化出版公司决定出版这本书，定名为《漫谈聪明学，漫谈竞赛论》。李红旗告诉我，需要一篇“出版说明”，建议由我来写。我当时感觉就是：为于老的书写出版说明有点自不量力。很不自信地给于老打电话，却得到他热情鼓励。我立即写出初稿，送给于老审阅，并请他提出修改意见。于老说：“写得不错嘛，就这样，不用改了。”书出得很“聪明”——两本书并作一本书，正反面都是封面，一面是《漫谈聪明学》，另一面是《漫谈竞赛论》，前者是横排，后者是竖排。

1995 年 7 月，于老八十华诞。会场很大，高朋满座。于老在讲话中，竟然提到我和李红旗，并对出书的事情表示感谢。当时我坐在离门口很近的地方，张显杨老师大老远走过来对我说：“在平，这件事做得好！”其实，这是一件非常小的事，可两位老师竟然如此看重，让我很受感动。如今，张显杨老师比于老早走八天。两位老师在同一个月驾鹤西去，令人唏嘘不已。

特别值得一提的，是于老对《中国小百科全书》编纂与出版的热情支持与悉心指导。90 年代初，小百科工作如火如荼地铺开，我作为副主编之一，第四、七两卷主编之一参与了这一项目。团结出版社社长张宏儒和副主编之一冯涛（华夏出版社资深编辑、书法家，已经于四年前英年早逝）就小百科的主编一事和我商量，我们一致认为于老是最佳人选。如果能请到于光远先生作主编，将使这一典籍工程的质量得到保障和提升。冯涛与于老也是相识的，但决定由我事先联系一下拜访于老的事宜。于老听了简短的汇报以后，爽快地应允面谈。张宏儒先生和小百科副主编、主要编委一行八人如约来到于老家里，于老先是和大家一一握手，然后谈笑风生地唠唠家常，营造出其乐融融的气氛。在他翻阅我们带来的材料时，我们坐在书房里安静地等待着，时间过得很慢，我认真观察着进入阅读状态的于老，再次联想到一位娴熟、沉稳、大气的老船长。

于老抬起头来，面带笑容，问了一连串的问题。当他了解到小百科的工作，虽然邀请到许多科研单位、著名高校的专家学者参与编写，但从一开始就没有要国家一分钱，基本上是一种体制外，或民间的行为，显得很高兴。他说："中国的百科全书事业相比而言是落后的，与我们这样一个文化大国的地位很不相称。法国的百科全书派、狄德罗那些人，贡献很大。他们的编修工作，实际上反映了当时世界上先进的思想，推动了启蒙运动，推动了科学的发展。对许多国家而言，一部或者多部百科全书，既代表这个国家的科学、思想水平，也是它宝贵的精神财富。我是《中国大百科全书》的倡导者，也曾经很努力地推动大百科的工作进展。但部头太大，进展很慢，到现在也没有出齐，资金投入不少，时间拖得很长，后面的出来了，前面的都过时了，也该修订了。我们国家需要百科全书，需要不同档次和种类的百科全书。《中国小百科全书》，这个名字就不错，定位不错。民间出资、组织，民间立项，搞典籍，搞百科，是一件大好事！如果你们信任我，我愿意当这个主编！"

小百科从上马到展开，在当时难度很大，风险不小，而且遇到种种阻力和非议。于老的这番话，让我们受到深刻的鼓舞。用今天的话说，为我们注入了强大的"正能量"！

于老作主编是认真的。他多次与我们座谈研讨，甚至要求亲自写点词条。我们实在不忍心更多地打扰他，每次送少量的、有代表性的稿件让他审阅。有一次我单独向他汇报、请教，提出了两个自己比较困惑的问题：第一个问题，我所负责的第四卷（人类社会卷）、第七卷（思想学术卷），有不少词条莫衷一是，很难定论。第二个问题，小百科策划的体例要求，每个词条开头首先是定义，然后再展开阐述。这个难度很大，稿件中相当多没有这样做，或者定义陈旧、偏颇。于老对这两个问题的解答点拨真是得心应手。关于第一个问题，他说：这就需要编修者的功夫，但要多看参考书，抓住基本共识，并且捕捉到最新成果，甚至捕捉到趋势，有点“超前预测”。关于第二个问题，他说：概念是一种思维，可以叫作概念思维；定义是概念思维的表述，牵扯到语言的选择运用。既要抽象，又要系统；既要概括，又要抓住特点。就是说一个事物，你要抽象出它的本质，要概括得全面，不要漏掉基本要素，还要抓住它区别于其他事物的特殊性。（大意）

这真是让我有醍醐灌顶之感。在我后来的工作中，这两个“难点”逐渐变成了“兴趣点”。小百科的工作紧张而艰苦，但对我来说是一次很大的锻炼提高。而于老的教诲，让我受益匪浅。

回想起来，第一次见到于老，是1989年年初，当时我是中国人民公安大学政治学教研室主任，受民间研究所的委托，联系并参与组织了在公安大学召开的“首都学者纪念改革开放十周年研讨会”。会议规模不小，会场很大，当于光远先生出现的时候，引起会场一阵小小的骚动，许多年长、年轻的学者纷纷和他打招呼，他很谦虚又很潇洒地向大家挥手致意。这时旁边的人小声议论：“大家风范啊！”我不是于老的“嫡传弟子”，交往次数并不多、时间也不算长。但在我内心深处，他是我的恩师、良师！

“蒙泽思教诲，承恩记博怀！”

于光远老师，您走好！

注：2013年9月26日，于光远先生仙逝。得知于光远先生逝世的消息之后，怀着沉痛的心情写下这篇文章。后来接到于光远先生的女儿于小东女士的通知，本文被收录于纪念文集《改革的黄金年华——我们眼中的于光远》一书。该书由人民出版社于2016年9月出版，恰值于光远先生逝世三周年。

快乐猪问题

做痛苦的苏格拉底，还是做一只快乐的猪？这是英国哲学家穆勒提出的问题。以前只是觉得哲学家提出这样的问题很有意思，后来越来越意识到这个问题既重要又现实。曾经有人问我这个问题，我不假思索地回答："当然做苏格拉底！"因为我不想像猪那么傻。可听了我回答的朋友同样不假思索地回我一句："你真傻！"后来在课堂上将这个问题问过学生，学生中许多人也是选择做快乐猪。——看来，这问题没那么简单。

为什么拿苏格拉底和猪作比较？显然，其潜台词是：聪明智慧容易痛苦；反之，容易快乐。苏格拉底是著名的智者，因为思考的深刻而痛苦，而且丢了命。屈原也聪明，连天都"问"，痛苦地投入汨罗江。还有许多超人的天才、非凡的大师、聪明的智者，都经受过忧心忡忡、痛不欲生、悲愤交加等等猪类不可能体验到的痛苦。

猪很快乐吗？不得而知。但猪一般情况下没什么痛苦，大概可以肯定。傻吃蔫睡，无忧无虑，鼾声如雷，身宽体胖。猪是被驯化、饲养的动物，却无须像牛马驴骡骆驼等一样被役使，甚至不像阿猫阿狗之类至少要发挥一定的"功能"，比如看家护院、充当宠物、捉老鼠等等。猪唯一的"任务"就是长膘，在许多人眼里，这足够"快乐"。

钱钟书却认为："假如猪真知道快乐，那么猪和苏格拉底也相去无几了。"精彩！猪其实并无享受快乐的意识能力，猪只不过是不那么痛苦而已。这就说明，快乐和痛苦只可能统一在同一主体身上，而不可能分割开，不可能快乐属于猪，痛苦属于苏格拉底。如果猪真的能意识到快乐，也一定会痛苦，因为它会意识到迟早被屠宰，尤其是听到同伴被捆绑、被宰杀时的嚎叫，怎么快乐得起来？王小波笔下那一头特立独行的猪就很可能比一般的猪都聪明，可当它站在屋顶上长啸的时候，一定充满悲愤的痛苦。

不仅仅知道痛苦才能品味快乐，而且快乐往往是从痛苦中诞生的。人本主义心理学家马斯洛深谙此理。他认为“自我实现者”——卓越的优秀人物有一种共同的心理感受——“高峰体验”，那是一种巅峰状态的快乐，是可遇不可求、常人难以企及的愉悦。“存在爱的体验，也就是父母的体验、神秘的海洋般的或自然的体验、审美的知觉……这些以及其他最高快乐实现的时刻。”这是马斯洛的描述，一种多么令人艳羡、向往的心灵幸福。而根据马斯洛考察和研究，能够享受这种“高峰体验”的人，没有笨蛋。当然，更不可能是快乐猪。

被认为快乐的猪还有一种“优势”，就是一旦吃饱喝足，也就心满意足，而养猪人一般都尽力满足其“基本需要”。苏格拉底式的智者却总是孜孜以求，上下求索。“我只知道一件事，那就是我什么都不知道。”——这是他的名言，看来一辈子都难以知足常乐。“无欲则刚”，“宁静以致远，淡泊以明志”——无欲无求的快乐猪难道不值得偶像一把吗？快乐猪的确容易满足，但那是因为没有精神追求。这样说也许认真观察过猪的朋友不会同意，因为猪往往表现出很拼命地吃、很纵情地睡、很投入地发呆。但是猪无论怎样聪明地充分地表现它的蠢笨以至有可爱之处，总是离精神追求相去甚远。“则刚”是什么？“以致远”“以明志”是什么？都是精神追求。人追求基本需要的满足谁都无可否认，“民以食为天”，否认了可谓伤天害理。但人有“过剩欲望”，即所谓贪得无厌，到了这份儿上精神追求或低俗或被抛弃，为过剩欲望而疲于奔命者终究不可能快乐。看来，古人的谆谆教诲，与快乐猪无关。

有精神追求就快乐吗？钱钟书说：“发现了精神是一切快乐的根据，从此痛苦失掉它们的可怕，肉体减少了专制。精神的炼金术能使肉体痛苦都变成快乐的资料。”转痛苦为快乐，变忍受为享受，不是虚妄的，而是人将意识用于自我、做自己心态主人的一种主观能力。但必须指出的是，痛苦与快乐的品尝与转换，并非一直都是与这种主观能力的运用直接相关的。无论是运用这种能力过程本身，还是过程的结果，无论是意识还是潜意识，都可能品尝到转化的发生。而更大的可能，是“无心插柳柳成荫”，是在潜意识中实现“柳暗花明”，是潜移默化地营造了心态的和谐，精神的通畅，从而品味到内在的、深刻的愉悦与快乐。

当一个人受到肉体的专制，物质条件、肉体刺激、感官反应等等肯定“助纣为虐”。只有精神追求，才能使心灵真正从痛苦中解放出来。同样是教师，站了一上午，口干舌燥，汗流浃背，有人不胜其苦，有人深享其乐。后者看到学生关注的目光，听到学生热情的掌声，立刻觉得欢欣鼓舞。所以，痛苦与快乐和精神追求的价值取向有关。失恋、失意、失落、失败等等突然袭来，一定痛苦，但有人愈挫愈奋，痛苦中升华；有人一蹶不振，痛苦中沉沦。取向不同，生命体验大相迥异。

悲剧精神，涉及的问题相当哲学。简单地说，那是一种痛苦与快乐在灵魂深处深刻地对立、统一的崇高境界。《诗经》中《王风·黍离》中的“知我者，谓我心忧；不知我者，谓我何求？悠悠苍天，此何人哉？”屈原《离骚》中：“不吾知其亦已兮，苟余情其信芳。”（没人懂得我无所谓，只要我内心感情美好而芬芳）唐人陈子昂“念天地之悠悠，独怆然而泣下。”……这些悲剧精神的诗话独白，谁能说仅仅在表达精神追求中的痛苦，而不是流露着痛苦与快乐交织、转换？这个世界总会有一些人，必须到痛苦的深处才能完成人格结构的基本平衡，才能构筑心灵的底蕴。裴多菲说得好：“悲哀？是大海。快乐？是大海里的珍珠，当我将它从大海里捞出，也许就在中途毁灭。”而大海里的珍珠是璀璨精美的珍宝，有人处于探索和追求而不愿意逃离精神的苦海，而奇异的珍珠就会与他们相伴。因为，他们实现了悲天悯人、忧心如焚、孤独悲怆与至深美感之间的统一，享受到生命与宇宙精神相通时的灵魂震颤。他们是天使，是耶稣的同道或兄弟，以受苦受难为生命的真谛。纪伯伦的赞美无疑是献给他们的：“他的气息好似云蒸霞蔚，使整个天际充满了蜃楼美景，栩栩如生，壮观，绚丽。”

对一只猫的歉疚

近来宠物倍加得宠，可不知怎的，养狗的多，养猫的少。按说，狗和猫之间无论评功还是选美，都是大抵相当的罢。可“狗是忠臣，猫是奸臣”的说法大概深入人心，狗偏偏在宠物的行列里风头出尽。

好像当初选定十二生肖代表的大会，猫就无幸参加，据说问题出在猫祖先身上，不过也说明猫祖先拙于走上层路线，“臣”既当不成，何来“奸”?“不管黑猫白猫，捉住耗子就是好猫”——猫必须建功立业。

而狗既可狂吠，亦可摇尾，如今舶来品种更连走路都是姗姗舞步，总之狗们表达忠心的机会是很多的。

我所住的小区里狗尤其多，且品种、国籍、毛色、形体十分繁杂，足可以开狗博览会。小黑、冬冬、丽丽、壮壮、贝贝、查尔斯、鲍比、MARY……主人们唤着这些名字时俨然个个慈父慈母。我分不清谁是谁，但知道全在靓妞、帅哥、心肝、宝贝等级之上。

只是在对面楼上窗口，常出现一只猫，距离不远，其实很清晰的。

我白天伏案时，院子里静得很，似乎只有那猫在与我对视。不知为何，我直觉她属猫界母系，只分不清是贵妇人还是美少女，看她态度娴静、轮廓端庄，敢断定不出此二者之左右。

然而我们之间默默对视的关系很快被打破了。

那天听厨房里窸窸窣窣，过去看时，一只金黄色的动物噌地窜出来，令我一惊。在通小院的门口处，那只猫肥肥胖胖，眼睛闪着诡谲得意之光，明明是在气我，此时她在我眼中分明是一“悍妇”。我欲捉之惩之，她转身从门下部钻出，原来纱门被她破开一个洞。我打开门追出去，“悍妇”早已跳到隔壁院中。隔壁空无人居，院中有一井口，下面通往管道层。悍妇见我翻越栅栏，即刻奇门遁甲般消失于井口中。

此猫系彼猫乎？我连忙跑到窗前去望，对面那扇窗口果然不见猫影。此猫即彼猫无疑矣！后来那猫临窗，显得既悍且泼，缺乏教养，再看那目光，充满戏弄挑战的敌意。更加“是可忍，孰不可忍”的是，此事又接连发生几次，我用胶条修补的纱门屡遭破坏。不过最后一次我发现该悍妇脖颈上被主人系一根绳，长足丈余，我不禁窃喜，知惩罚报复时机已到。果然，悍妇跳入井口时，绳之一端露在外面，我屏住呼吸，蹑手蹑脚接近井口，突然伸脚踩住绳头。那悍妇敏感得很，井内发出“喵呜——”一声惨叫。哈哈！汝区区一猫类，自不量力，与吾较量！不过君子之惩小人，安用动刑。我只将绳头拴在旁边井盖的铁环上，便再也不作理睬。倒是闪出一念：猫主人大概会着急。转念一想，找来再作理会。我已准备好腹稿：贵千金屡番破门而入，私扰民宅，还望严加管教才是！

惩罚行为发生在上午，下午大雨倾盆。我突然想起“在押犯”，到门口去看。只见“人犯”浑身湿透，蜷缩在翘起的井盖下面，面对着我，满眼忧伤。那副可怜兮兮的样子，令我觉得她不是什么贵妇人或美少女，其实是个打工妹，还有点儿寄人篱下的意思，否则主人为什么要以绳系之？但不管怎样，罪不可赦，至少这“拘留”是必要的。

且不宜马上放了，印象不深，不足以接受教训，改邪归正。

夜间被雷声惊醒，外面是暴雨。时值春季，凉意袭人。“喵呜——”一声猫叫被雨水冲刷得格外清晰。糟了，傍晚雨停时怎么忘了把她放了？那毕竟属于宠物，其主人一定以为她被人掳去。哼！活该——我不知是诅咒那猫还是猫主人。

清晨，雨停了。我推开院门，发现一幅悲惨的情景：那猫半身着地，半身被绳子吊挂着，有两条腿被绳子勒得向上翘起，样子很难受。

一定是她在雷声中从栅栏窜来窜去，绳子绕在栅栏上，最后那一窜被过短的绳子勒在那里，动弹不得。夜里那一声叫，大概就是被勒住时发出的哀鸣。她这样待着，已足有四小时了吧？——我决定立即给她松绑。

新的发现使我心里咯噔一下，她不仅受了姿势难受之苦，还受了皮肉之苦，身上竟有小孩儿巴掌大的一块毛皮脱落，露出血红的肉皮，一定是绳子或铁栅栏刮蹭所致。——这太过分了，简直是罚过其罪。

这就是那只秀气端庄、矫捷灵敏、聪明得有点狡猾的猫吗？真没想到，一只被拴住的猫，一只丧失了自由的猫，竟会变得极为愚蠢，笨拙得使自己受到加倍的伤害。我动了恻隐之心，甚至在自责。在我解开绳子的时候，猫一动不动，她应该知道自己重获自由的，可她的四肢似乎麻木僵硬，眼睛也不看我，显得呆滞无光，似乎痛苦使她无意与人作任何交流，包括哀怨和屈辱。

再见到那猫，已是第三天，她出现在惯常待着的窗台上，但不是那种很美的端坐与观望的姿态，而是趴着，似乎在睡，似乎在养伤。

偶然与妻提起此事，妻却说："哦，明白了，怪不得咱家里再也没闹耗子了。"妻的话使我一惊，接着醒悟。我们家是闹过耗子的，不仅在好几处发现过鼠屎，而且通往灶台的煤气软管被耗子咬开过洞，上面鼠齿印确凿。幸亏我们及时发现，请人更换了。那猫，我需要冷静分析：第一，我家闹过耗子确实无疑；第二，我家近来毫无耗子踪迹确实无疑；第三，闹耗子现象消失的时间恰自猫之光顾始；第四，……还用再分析吗？结论是明白的，诚如妻所说："那只猫功劳可不小！"

我仔细回想，猫之光顾的确没有任何劣迹，连来不及收拾的桌上的剩菜也没碰过，连垃圾袋也没碰过。她好像很有教养，只是为了追踪耗子才义不容辞地进入邻家，也才开罪了我。

可怜的猫！可怜的猫类！有所谓"猫通人性"一说，然而"人通猫性"吗？猫服务于人时无法说明，无法得知如何得到批准、怎样才算礼貌道德文明，于是便要忍辱负重，还要蒙受不白之冤而无法分辩。

只尽义务而无法享受权利，原因是猫与人根本不是同类，毫无平等可言。猫之功过，猫之得失宠，猫之受奖罚，全在于人如何看待她。况且，即使人对她有了深深的歉疚——就像我现在的心情一样，她又如何感受得到呢？我根本无法表达，她也根本无法接受任何平反昭雪、赔礼道歉，或者"精神赔偿"。

没有渠道，没有机会，而我竟可以自我饶恕：猫是猫类，何以享受人的权利？猫或许就没有“精神伤害”“精神损失”一说，我于是也就没有什么责任或义务。我想过向那猫的主人道歉，结果会有二：一是“没关系”；二是怪罪我甚至让我“赔偿”，但那猫还是不知道的，她只是财产，或只是宠物，总之不是人。幸亏猫不是人。但我不敢说人不是猫，至少不敢说所有的人不是猫。我只敢说：但愿。

那猫又在窗台上与我对视了，可我觉得我根本读不懂她。

（本文最初发表在《榕树下》网站，后该网站请专业播音员朗读，录音版出现在网络上。）

漫话人与狗

养“宠物”的越来越多，而且表现出其乐融融、洋洋自得，看的人便也钦羡起来，因未养宠物而自惭形秽。如果你探究一下：为什么养宠物？答者必会滔滔不绝，辩解加炫耀，再加上争取同类的动员，总之千万别拿这问题去激活养宠物者的话匣子，除非你闲得无聊，除了听答者动情的回答以外实在无事可做。

本来，“宠物”涵盖面甚广，例如波斯猫为代表的猫类、鹦鹉为代表的鸟类、“黑龙”为代表的鱼类……信鸽千里寻主，蟋蟀顽强征战，斗鸡好勇斗狠，都可令养者乐此不疲，潜心专意。然而，如今所有这些“宠物”们都失宠得厉害，唯有狗，备受垂顾，独领风骚。大熊猫尽管有国宝的桂冠，金丝猴尽管有名贵的头衔，但在争宠中显然势单力薄，无法进入千家万户，无法享受“家庭的温暖”。由此观之，人之喜爱狗，并非出于喜爱动物，许多喜爱狗者并不喜爱一般的动物。人之喜爱狗，实际上出于喜爱自己，也很难归纳出喜爱人的结论，因为除自己外，爱狗者是否也爱别人，完全要另当别论了。

我不敢轻易养狗，是因为我觉得自己的心理条件不够，主要是对狗缺乏耐心，也生怕没有足够的时间，那就养狗不成，反而虐待了狗。我住的楼房后面一栋楼，顶楼住了一养狗专业户。说他专业，是因为他不仅养狗，而且卖狗，并因此而发了财。大概因为他的狗鸣吠不止，左邻右舍不堪惊扰而与他吵了一架，他一气之下将两只大狗圈在顶楼平台上，自己一家人干脆不过来住。于是两狗之吠更加疯狂，只是吠声中平添了几分哀怨。而能够听出这哀怨之声的偏偏就不是我。我的邻居中有一老外，老外和他的中国太太就不止一次地说："这狗多可怜，怎么能这样对待狗呢？"这使我深受触动。再看老外家的狗，简直就是一极和睦的家庭成员。我自忖我缺乏对狗的耐心与尊重，选择精美的狗食、裁衣、美容、洗澡、看病，再加上种种情感培养和品格教育，我想我是做不到的，所以我养狗肯定养不出水平，还是不养的好。

以此反观那顶楼的专业户，也缺乏爱心，狗尾是他的摇钱树，狗吠是他炫耀的方式。可惜，那狗对主人意图的理解有误，鸣吠之中竟然流露哀怨，对主人可谓不忠不孝。

关于狗"忠诚"的说法，普遍流行，深受认同，这大概是狗受到偏爱的原因之一。狗之对于主人的忠，据说足以令主人感动。忠，无非一是忠于职守；二是忠于感情。前者的淡化是明显的，因为既然当"宠物"来养，已无所谓职守了。如今防盗门盛行，狗们是否彪悍、凶猛，堪当捍卫门户的重任已不重要，狗们的时尚是玲珑、乖巧，还可以是笨手笨脚、呆头呆脑、憨态可掬、傻得可爱，总之看家护院的"职能型"动物已不再风光。所以后者更为重要，也就是忠于感情。比如，从不与主人吵架顶嘴，甚至必要时逆来顺受，甘当出气筒；不轻易离家出走，不当叛徒。再就是思想单纯，不过分奢求，等等。也许还有许多对主人尽"忠"的优点，是我这不养狗的局外人所体会不到的。仔细考察，的确如此，狗的娇气或矫情，是人培养出来的，狗们并无此天性。而至于不当叛徒一说，我还有些怀疑，假如主人有所虐待，别人施以恩惠，狗是否能立场坚定而不改换门庭？没有试验，不好妄断。

无论如何，说狗"忠诚"，是将狗赋予人性，再以人道观之量之，发现狗比人好，"优点"甚多。这是一种比附，带有文学色彩。但说得多了，成了哲理，有人得出人不如狗的结论。但狗遵循的毕竟是"狗道"，再好的狗，也只是"狗才"，而非"人才"。若硬将狗道作为人道来衡量人，以培养狗才的标准来培养人才，终究是违反人性的。我这样说有较真之嫌，可现实中令人发现，这个真不好好较一较还真不行了。以对狗的偏爱，而影响到对人的观察、评价，以至于影响到对人的要求、筛选、培养等等，到了什么份上，至少值得审视一番了。

据说在餐厅就餐，“吃不了兜着走”的风气，兴自西方，而与狗有关。那兜走的袋子，最初就叫“狗袋”，英语是“dog bag”。初兴这种做法时，是将残羹剩肴装袋拿回去喂狗。而当初有教养的人才有狗，所以“吃不了兜着走”是一种有教养的表现，而决非“抠门儿”。如今中国也视此举为文明，视故作大方而浪费为不文明，虽然这种时兴在中国尚属初级阶段。如此看来，“养狗是一种文明的表现”的说法颇有道理，而且能给文明做贡献。然而，当初西方有教养的人养狗，与当今中国养狗的人有教养，这两者之间完全没有必然的联系。说狗是主人的一面镜子，此话颇有道理。狗的表现，折射主人的家境与品位，往往全面而准确，八九不离十。不信可以观察，狗穿的衣裙、戴的项链、挂的铃铛，以及狗的卫生状况、表演招数，等等，实在与主人长脸还是跌份直接相关。再看仔细点儿，狗们在花坛草坪撒欢打滚儿、拉屎撒尿；狗们横冲直撞、狂吠不止……我亲眼看到过七十多岁的老人为了躲避突然冒出来的狗而从自行车上摔下来，扭伤脚脖子，也亲眼看到妇女被狗吓得尖叫、儿童被吓得大哭。这些狗主的“教养”主要表现在语言上，他们会说：“养狗是一种文明的表现”——话虽不错，却有点像自嘲。明明没有雅到位，偏玩儿“雅兴”，就好像刚会拨两下电子琴就到演奏会上弹钢琴，观众不满意，演奏者偏偏以为观众不懂得钢琴的高雅，冲着观众喊：“你们知道吗？弹钢琴是一种很高雅的艺术！”这就是自嘲，因为观众不满意的是他的演奏水平太低，并不是对钢琴艺术有意见。

写给亲爱的

榕树下的根号叁、何从、小蔡都给我回过 E－mail，而且全都在开头称我“亲爱的”。

——亲爱的！绝对是品尝一口鲜蜜、一杯美酒那种感觉，那种沁入肺腑、融进血液的甘畅舒怡。

我并非一个情感饥渴者，并非是久旱逢甘露的一株枯草或一根朽木。即使在我最挫折、最痛苦的时候，也会听到“亲爱的”——那浸透了亲情、蕴含着真爱的呼唤，来自亲人、恋人，来自前世注定、今生耦合的至爱亲朋。然而，网上那“亲爱的”，仍然让我激动，让我感触颇多。也许，是因为她更像代表一种人际关系的音符；也许，是因为这音符与种种噪音形成了鲜明的对照。

不知为什么，我总是觉得，这三枚纯金锻铸的方块字，比“my dear”更含蓄丰润、比“darling”更浓郁古朴。虽然三个字组合的词组也许是经翻译而舶来，而且其中还包括了一个汉字中使用率绝对第一的“的”字，但她毕竟前可追溯到毕昇，后可传承于万世，不啻东方古韵与西方新律的珠联璧合。

我与根号叁们素昧平生，甚至不知道他（她）们是男是女、贵庚几何，但他们用既平常又自然、既珍视又尊重的态度对待我的“东东”，对待我冒昧的提问和生猛的建议，对待我这个他们同样不知年龄、性别、身份等等“附加值”的网友，我看到一种很“异常”的正常，一种很“特殊”的普通。

以往给一些“正宗”媒体投稿，往往惴惴不安，时常泥牛入海。经电话或信函再三询问，得到的最礼貌的答复往往是“很好，但不适合在本刊发表”，“有新意，但请原谅我们的刊物有具体要求”，“请保留适当的内容，修改后寄来”……虽然我已逐渐揣摩到一些媒体的“口味”“特色”“模式”“规范”等，拙作也屡受垂青，但面对种种功利需求、模式筛选、风格界定、政策标准，我心痛地怀念着那些激情或灵感的代价、那些探索或尝试的牺牲。

像一次温暖的握手，像一记亲切的拍肩，像一曲清脆的早笛，像一抹舒心的春风——“亲爱的”从辽阔的网际飘然而至。

我并未与芳容的惠顾、秋波的青睐彻底绝缘，也并未与酬金的诱惑、名气的撩拨真正告别，但我还是更加珍爱，甚至带着一种唯美主义的心态来领略这或真纯或真浓的“亲爱的”。

只要看看文学网站点击次数的迅速攀升，看看大量“东东”的与日俱增，看看抄袭行为受到唾弃，看看分类、编排、网页制作中的精心呵护，看看根号叁们耐心的答复、及时的沟通、热情的相约、真诚的道歉……就会感到与“亲爱的”结缘，的确是人生的一种“艳福”。

需要补充的是，“正宗”媒体也有许多编辑诚恳而负责，我不仅衷心地感谢、尊重他们，也建议网站编辑向他们学习许多东西。

亲爱的根号叁、亲爱的何从、亲爱的小蔡、亲爱的你们那一群：谢谢你们默默地耕耘着一方自由清新的网络空间；谢谢你们使“榕树”逐渐根深叶茂、花繁如春；谢谢你们刷新编辑与作者、读者关系的立意和追求；谢谢你们让一种氛围和价值在网上升腾……

请听我也唤一声：亲爱的!

（本文最初发表在《榕树下》网站，后该网站请专业播音员朗读，录音版出现在网络上。）

我和学生的三种关系

我是一名六十多岁的老教师，有幸所上的都是公共课程，所以大量接触学生。老师和学生之间就是师生关系，这一点跑不了。和许多年轻老师不同，谁也不会把我当学生，在校园里到哪儿我都是老师，而且还是个“资深”。

可是还有三种关系，让我的生命像变奏的乐曲一样时常发出优美动听、多姿多彩的声音。不用戴立体声耳机，也深深体会到罗丹说的“不是生活缺少美，而是缺少发现美的耳朵”。（好像说错了，应该是眼睛吧？不过在这儿，说成心灵可能更合适。）

第一种关系是长辈和孩子的关系。经常觉得学生就是我的孩子，“这不就是我的孩子吗？他（她）父母没在跟前，我暂时代理一下”。课堂上我甚至倚老卖老地说过“我就替你们的父母告诫你们提醒你们劝劝你们……”其实内心真的经常不由自主地升起这种感觉。当我这样感觉的时候，就会发现这些孩子们要多可爱有多可爱。简直是无条件地可爱。比如有人在课堂上睡觉，心里会说好可爱的孩子啊，睡得那么香。如果大家有笑声或者掌声，睡觉的同学醒了，我会觉得有点对不起他，唉，孩子，你能不能以后早点上床，别在白天那么疲劳啊？比如有人在课堂上吃东西，我心里就暗暗地说：慢慢吃，别噎着！时常有男生、女生在电话里或当我面哽咽、号啕、泪流满面，这时我清晰地觉得这就是我的孩子，要不是拿我当自己的长辈咋会哭得这么到位？还记得八年前，那位女生谈话以后临走擦干眼泪，到门口又回过头说：“老师，我可以叫你一声老爸吗？”她走以后我都哭了。当然，最近这两年，我越来越觉得自己是爷爷级别的了，没办法，自然规律老是为我升级换代。不过怪怪的，叫我“平爷”的不太多，叫我“平哥”的倒不少，真是乱了辈分。

第二种关系是互为师生的关系。如果有什么问题，尤其是电脑啊、上网啊，还有就是现代数字生活以及网络语言等等，当你请教学生的时候，发现会得到非常热情耐心，甚至细致入微的解答。有时在微博上向同学们请教问题，他们之间为了解答得更准确，还会发生争论，我只好从中去比较选择某种答案。可爱至极的小老师们！课堂上我也会请教，表面上是提问，实际上很想从他们那里得到一些启发。果然，有时他们的回答让我思路突然扩展。哈哈，上当了吧孩子们？姜还是老的辣！还有就是当他们用微博评论或私信、手机向我提出问题的时候，我经常需要好好查一查、想一想，然后就有收获。教学相长，教学相长啊。记得有一次一位学生说：“我能用学到的计算机知识帮到心理学老师，心里很自豪！”是啊，自豪吧孩子们，老师也为你们感到自豪。

第三种关系是朋友关系。貌似网上有一条比较火爆的微博，说是有一位和我年龄差不多的老大爷很时尚地善用各种网络语言，马上有同学评论说“刘老师有过之而无不及”。是啊，什么“帅呆、酷毙、雷人、传说中的、内牛满面、鸭梨山大、灰常、神马都是浮云、弱弱地问一句、亲们、土豪、躺枪”……本人信手拈来，驾轻就熟。不过有些新出的“新型成语”我就不会而且“不太感冒”，但发现许多同学也不感冒，顿时找到感觉，和同学们心灵是相通的。可惜啊，流行歌曲我就不行了，偶尔唱一首老歌，也能找到客串歌星的感觉。常常有学生跟我一点都不客气，一点都不外道，说起话来就好像多年好朋友，这时候代沟早已烟消云散。无论是课堂上还是课外，凡是出现这种情景，也就是跟同学之间找到一种朋友的感觉，就会给我带来莫名其妙、意想不到的快乐。跟年轻的朋友们在一起，我年轻，我时尚，我与时俱进、快乐多多。

我这把年纪不需要评职称，评先进评优秀得奖金等基本与我无缘。可是，孩子们给我的晶莹剔透的微笑、比甘露还甜甜的问候、时常来点爆爆的掌声……是上帝也颁发不出来的奖赏。不过，还有更高的、更珍贵的奖赏，那就是各地毕业生频频传来的发挥潜力智能的信息。再过些年，那时我真的退休了，那还不得桃李遍地、彩霞满天啊！“莫道桑榆晚，为霞尚满天。”回想起讲课这些年，虽然不是每堂课都讲得满意，但每堂课都付出了热情真情和激情，那么还有什么可以阻挡幸福的乐曲在心中悠悠奏响呢？

教师节——五味酒

又到教师节，这是一个令人感慨的节日，身为教师，岁月的酸甜苦辣共同酿造了一瓶陈年老酒。如今花甲已过，银发斑斑。节日前夕，对酒当歌。

第一味酒：忏悔与道歉

“文化大革命”开始不久，刚满十五岁的我加入了红卫兵。河南大学附属中学，当时名叫开封师院附中。这是一个师资队伍强大、教学实力雄厚的重点中学。南下串联的北京各高校的大学生们，以及开封师范学院的大学生们具有极强的煽动力。我所在的中学“文化大革命”的烈火很快就熊熊燃烧。令人始料不及的是矛头很快指向了曾经教过我们的老师。清楚地记得我曾经参加过批斗老师的大会。开始很不理解，看到昔日我们所尊敬的、亲切可爱的老师一个个颜面扫地，内心很不是滋味。但一种革命造反的激情很快被动员和激荡起来。曾经当过我们班主任的一位老师，红卫兵在一起凑凑，竟然找到他许多“生活不检点”“作风不正派”的问题，加上上纲上线，以我和另外两名同学为主，写出贴满教学楼大山墙的大字报。大字报一出，自尊心很强的老师真的被我们“批倒批臭”了，很长时间抬不起头。随着武斗升级，我也扛起了枪，参加了武装红卫兵战斗队。虽然没有直接上化肥厂以及街头等武斗一线，但被分派去保护学校农场。稻米快熟的时候。一些郊区农民去偷稻穗儿，一位被“下放”到农场的老师告诫我们：农民生活很苦，又没有大规模地抢，只是偷一点稻穗，别那么较真。可是有的生猛的红卫兵小将不仅朝天空放枪吓唬农民，还骂他们。农民被激怒了，傍晚，附近村庄的农民举着火把，蜿蜒成长龙，将我们农场团团包围，水泄不通。其实我们只有三十多名同学，都是身单力薄的中学生。危急关头，还是那位鬓发斑白的老教师站出来，把责任揽到自己身上，声泪俱下地向农民说好话，甚至给他们下跪。农民中一位老者，大声说“不看僧面看佛面，这位先生不容易，撤吧撤吧”。一场一触即发的大规模流血事件被避免了。这位老师是教高中的，我虽然没参与过对他的批斗，但平时将他当成“改造”“专政”的对象看待，并不尊敬他。而正是这位可敬的老师，在关键时刻忍辱负重地保护自己的学生，其中包括曾经批斗过他的学生。

我还随着高中红卫兵参加过一次“抄家”行动。后来才知道，那个所谓的“资本家反动家庭”，有一位资深的老教师，在被我们抄走的家产中，有一份他用多年心血翻译的莎士比亚文集的手稿。那份手稿，被上交“红卫兵战果展览”之后，多年没有找回。

虽然是初中生，但是，心里原本是有是非观念的，内心有良知的声音。可是，良知被“捍卫毛主席革命路线”，“打出一个红彤彤的新世界”，“解放天下三分之二受苦受难人民”等等“革命造反”的激情所冲击和淹没。拿着盲目崇拜当信仰，拿着冲动当勇敢，参与了错误的行为。直接经历“文革”一年多，我于 1968 年 3 月摘下红袖章带上红领章，入伍当兵去了。四十多年过去了，内心无数次自我谴责。又逢教师节，把这些写出来。算是一次公开地向历史忏悔，向老师道歉！也希望年轻一代能够接受我们沉痛的教训。

十年以后，1978 年 3 月，我跨入吉林大学校门。尊师重教已经成为一种比较自觉的意识。但还是有不够尊重老师的事情发生。由于参与学生会工作较多，生活严重不规律。身心疲惫，上课困倦，常在老师的课堂上睡觉。记得大三的时候，一位教近代史的老师很生气地批评我，并且在期末考试时扣了我 15 分。然而，正是他的做法，促使我到医院检查，发现了较严重的植物神经功能紊乱。我曾经两度住院治疗，每次一个月。后来高度重视医生对我的提醒，坚持锻炼身体，坚持生活规律等等。现在回想起来，大学期间在课堂睡觉的次数真是不少，对老师很是不尊敬。这里，也想对给我上过课的恩师们表示道歉，并且，对近代史老师还要表示感谢，是他的批评和扣分，促使我改变生活方式，至今受益匪浅。

二、第二味酒：忧愤与沉痛

在人类文明发展的历史上，教师，是一个令人怦然心动的美好词汇，代表着一个无比高尚的职业，象征着由一群“人类灵魂工程师”组成的神圣阵容。教师，是无法用物质意义和实用价值加以衡量的、需要精神世界领略其内涵的角色。因为，她是人类珍贵文化遗产的传承者，是智慧宝库与知识殿堂中有效信息的传播者，是人类尚不知晓的神秘领域和未来命运的探索者，是“万物之灵”新生代之灵魂的塑造者……由历代为人之师者沿袭下来的文明传承——教师的人格、教师的尊严、教师的精神品位，体现着超越性的圣洁，树立着楷模性的风范。

无论一个社会在一定的阶段出现任何变化，只要教师阵容坚守着文明发展的取向，这个社会就一定充满希望。也正因为如此，如果教师的人格扭曲、灵魂堕落，价值迷失，将意味着一个民族、一个国度惨重的悲怆。

然而，今天，当我提到“教师”的时候，当我自己意识到自己是一位“教师”的时候，当我环顾四周而感受“教师”在社会评价深处的实际地位和真实形象的时候，眼中流泪，心中淌血！

柏林大学的治校思想是：“大学的最主要的原则是尊重自由的学术研究。”施莱尔马赫提出：“大学的目的并不在于教给学生一些知识，而在于为其养成科学的精神，而这种科学精神是无法靠强制的，只能在自由中产生。”斯坦福大学校长卡斯帕尔认为学术自由是一所大学不可或缺的灵魂。洪堡认为大学应独立于政府，独立于一切国家的组织形式。他说，科学的活动是一种精神活动，与任何较严密的组织形式均格格不入，国家的任何介入都是一种错误。

蔡元培等先贤确立的大学校长与政府之间的关系准则是：国立大学经费来源于政府拨款为天经地义，而政府不能以大学经费来源于财政拨款就对大学事务随意干涉。傅斯年说：“教育如无相当的独立，是办不好的。政府的责任第一是确立教育经费的独立，不管是中央还是地方；第二是严格审定校长，保障他们的地位。”夏承枫认为：“大学为最高学术机关，应有校政自治学术自由的精神。政府对于大学的管辖，应有其限度。教授治校为近代大学行政的普遍现象。即使集权的法国，近亦取消高等视察员，许大学有相当自由。大学应有完整的教授制，健全的评议机关，俾渐能趋于自治一途。大学以学术为中心，不同的学说在同一大学可以并存。”

蔡元培校长坚决主张：大学校长不是一个行政长官，而是一个学术研究的组织者、领导者。他既没有服从上级的义务，也没有裁定学术思想的权力。他的最大职责在于提倡思想自由，维护学术尊严，争取教育独立。蔡元培在《不愿再任北京大学校长的宣言》中说：“我绝对不能再作那政府任命的校长。……我绝对不能再作不自由的大学校长：思想自由是世界大学的通例。”他主张：大学教员所发表之思想，不但不受任何宗教或政党之拘束，亦不受任何著名学者之牵掣。后来，蒋梦麟校长在北大继续坚持学术自由原则，提出大学“当以思想自由为标准”。

今天中国的教师，在很大程度上是不能有自己独立思想的教书匠，甚至是不能有自己独立人格的芦苇，随风摇曳，心灵漂泊。蔡元培 1917 年任北京大学校长后，大刀阔斧的改革中包括一条：提倡学术自由、兼容并收，规定凡在学术上有高深造诣者，不论其他条件，均可登大学讲台执教。以“学术自由”“兼容并包”为灵魂的北大，如今最让国内外仁人志士痛心疾首之处，就是学术氛围的僵死化、官僚化。而北大只是典型代表，大学校园里普遍通行的是官员和准官员（官僚化的“学者”）主导学术命运、宰制教师队伍，在这样的整体机制下，教师在学术上怎能独树一帜，在思想上怎能旁逸斜出，在人格上怎能特立独行，在教学上怎能精神自由？行政级别、权力意志、意识形态取代了实事求是的科学精神，取代了自由探索的学术氛围。“敢不摧眉折腰事权贵，看你如何开心颜。”

三、第三味酒：讽刺与悲剧

“尊师重教”，是中华民族的光荣传统。重教必须尊师，没有尊师，重教只能是谎言或空谈。尊师决不仅仅是对教师职业、地位、贡献的尊崇和认可，而且是对教师所从事的“传道、授业、解惑”伟大事业的崇尚，是对人类文明价值的肯定和珍重。荀子将尊师之道、教师地位，与国家兴衰相联系，既是衡量兴衰的标准，也是决定兴衰的要素：“国将兴，必贵师而重傅”；“国将衰，必贱师而轻傅”。这样的传统，不因皇权的采纳利用或贬抑排挤而沉浮，几乎在两千年中始终薪火延绵。《礼记》可以谆谆而嘱：“师严然后道尊，道尊然后民之敬学”。王安石可以侃侃而谈：“君不得师，则不知所以为君；臣不得师，则不知何以为臣。”清儒张履祥可以振振有词：“师也者，有父之亲，有君之尊。”

而近代著名教育家、担任清华大学校长十七年、被誉为“终身校长”的梅贻琦，更是从理念和实践上将尊师传统发扬光大，他的话今天听来尤其振聋发聩：“一个大学之所以为大学，全在于有没有好的教授。孟子说：‘所谓故国者，非谓有乔木之谓也，有世臣之谓也。’我现在可以仿照说：所谓大学者，非谓有大楼之谓也，有大师之谓也。”他认为：“勿徒注视大树又高几许，大楼又添几座，应致其仰慕于吾校大师又添几人。”

然而今天的大学校园里，潇洒的是按照官本位尺度衡量出来的官员。学识渊博叹何用，满腹经纶即无能。在带“长”的官类面前，教师的地位等而下之，教师的颜面黯淡无光。优秀的大学校长匡亚明先生主持开学典礼，一定要让教授们坐在主席台上，今天的大学里教授们如果无职无权，哪里有此殊荣？更有甚者，教师们被种种待遇问题、职称问题、住房问题、岗位考核、科研经费申报、学术成果发表、生活负担等等问题搞得灰头土脸，狼狈不堪。

当一种庸俗的氛围准则内化成为教师的人格结构，进而支配其行为的时候，“斯文扫地”已成了一場糊涂的讽刺性悲剧。在一部分教师中，出现了违背良心，噤若寒蝉，甚至阿谀献媚的人，“人主好辨，佞人言利；人主好文，佞人辞丽”；从取悦讨好到自我贬损，从阿谀奉承到学术献媚。当教师的精神人格，在权力的傲慢和金钱的贵重面前自惭形秽、相形见绌的时候，其实是一个民族、一个国家的耻辱！

四、第四味酒：反思与考问

“权力不能倾也，群众不能移也，天下不能荡也。生由乎是，死由乎是，夫是之谓德操。”这是荀子《劝学》中的论述。这话是说给士人的，当然也是说给教师的。在荀子看来，士可以分为“通士”“公士”“直士”“悫士（诚实严谨之士）”，此外则是小人。“言无常信，行无常贞，惟利所在，无所不倾：若是则可谓小人矣。”（《荀子·不苟》）“天行健，君子自强而不息”，“路漫漫其修远兮，吾将上下而求索”。这些脍炙人口的名言，首先成为士大夫的修身准则。孟子倾情赞美：“天地有正气，杂然赋流形，下则为河岳，上则为日星，于人曰浩然，沛乎塞苍冥。”“吾养吾浩然之气”，古来士大夫们以德操和气节，为中华民族值得骄傲的精神体魄支撑起骨骼与筋腱。

近代，蔡元培弃官南下，从事教育，以治学严谨、尊重科学和人才、决不趋炎附势而著称，不愧为“学界泰斗，人世楷模”。陶行知“捧着一颗心来，不带半根草去”，“千教万教教人求真，千学万学学做真人”的箴言，是他身体力行的写照。胡适以“勤、谨、和、缓”为治学四字诀，诲人且律己，不愧为著名教育家。梅贻琦倡导：“清华在学术上的研究上，应该有特殊的成就，我希望在学术研究方面向高深、专精方面去做。”

然而，当今教师中一部分，在学术上早已是祖训和准则的叛逆。假论文、假著述、假成果层出不穷，古时“山中贼”可以不是“心中贼”，而如今的“心中贼”早已兼职“文中贼”，还有伪造数据、伪造素材事例、拆装论文多次发表。教授，本是一种学术身份，也是一种人格身份，相当于古代的大儒或大学士，但如今出现了许多根本不给本科生上课，甚至连研究生都常年看不到自己导师的怪象。博导、硕导就像“磨坊主”，博士硕士是一群打工仔、打工妹，替主人上课、整理资料、当文字秘书，还要将自己的文章归于主人。一些官员为了带上“博士帽”，既不认真上课，更不亲手写论文，博导们睁一只眼闭一只眼，甚至主动讨好，从导师变成了奴婢。朱利安·班达在《知识分子的背叛》中说：“知识分子的价值被认为在不同的环境、时间、地点以及在现实中相关的其他条件下是不变的。这就是当我说它们是抽象的时候，我所要表达的意思。它们是抽象的公正、抽象的真理、抽象的理性。”但是，今天，教师，即使从抽象和整体意义上，还能够担负起这种抽象吗?

由于古代帝王需要道统，故而并不彻底摧毁理想人格，而以士大夫阶层为主的社会力量的认真的坚守，使理想人格成为中华文化精神结构中坚实而恒久的内核。西方社会追求终极价值的传统体现在人文、艺术、宗教等领域的“超人”设置，使市场和金钱“赢家通吃”的本性在教育圣坛面前遭到顽强抗拒；自由精神和民主制度设置有效地制约了权力，互掣性权力结构使权力必须在一定制度框架中运行而不能通行无阻地向一切领域渗透。

但是，一旦金钱有机会和权力联手，就一定会肆无忌惮地泛滥；而一旦权力可以和金钱密谋，就一定会在连金钱也力所不及的部位去“赢家通吃”。不幸的是，中国目前的确出现了这样的情况，于是，教育就再也无法保持“净土”，精神的“诺亚方舟”开始了不可避免的坍落。

教师是伟大的天使群落，但是今天的我们发现：考问我们灵魂的呵斥声压倒了教堂里赞美诗的旋律。

第五味酒：坚守与希望

本人曾在一篇博文中说：“在不少高等学府当中，还是有一批老师，青年、中年、老年教师都有，始终在坚持独立思考，在坚守教师的神圣。他们本着对学生负责、对社会负责的理性精神，尽量提高教学质量，并尽量地抵制官僚化和教育腐败，而且在授课内容和方法等方面进行着艰难的改革实践。这样的老师占多大比例我由于缺乏统计资料，很难说。但可以肯定并非凤毛麟角。近年来，甚至有增多的趋势。有时看到他们的论文著作，听他们的讲课，看他们的实际作为，内心会有一种莫名的感动。”

在全国大中小学，在许许多多的学校里，或多或少都会有一批对得起“教师”这一神圣称谓的教书育人者。许多教师默默耕耘，诲人不倦；许多代课教师、乡村教师在忍辱负重、条件艰苦的情况下履行职责；许多教师以各种方式抵制官僚化，坚守着人格高贵的尊严。这是中国的希望，是中国教育改革的希望。

本人在博文中说：“年轻学子当中，也有一批，以上大学作为扩展视野，学习知识，提高独立思考能力的机会。而且，许多年轻人的批判意识和思维，就是在大学里得到形成和提升的。这样的同学有多大比例我也不好说。但从他们身上可以看到改革的潜在力量和中国的希望。”

对酒当歌，人生几何。慨当以慷，忧思难忘。斟满酒，举金樽。饮下五味交织的陈年久酿，心中升起的，依然是希望。

那一蓬勒杜鹃

“老师，请为我们的舞蹈写点什么吧，最好是朗诵诗。舞蹈有音乐伴奏，另有一位同学朗诵，我们在朗诵和音乐中翩翩起舞。”

准备参加文艺汇演的同学向我提出这样的请求。可舞蹈是什么主题呢？

“勒杜鹃之舞。”

不错的想法，挺有创意。很快，电子邮箱中出现了这样的文字：

勒杜鹃又称三角梅，别名：九重葛、三叶梅、毛宝巾、勒杜鹃、三角花、叶子花、叶子梅、纸花、贺春红、南美紫茉莉等。为常绿攀缘状灌木。喜温暖湿润气候，喜充足光照。勒杜鹃在广东花开四季，中秋时节最为旺盛。她不拘地势，不畏风雨，光彩夺人，热情率真，刚柔并济，朴实无华，生命力强盛。学名：Bougainvillea spectabilis Willd，以“热烈、奔放”为花语。珠海市市花。

我立刻答应了，而且挥笔而就：

勒杜鹃女郎

你从哪里来
勒杜鹃女郎
青山绿水是你的故乡

却来打点海岸蜿蜒的长廊
依偎着珠海青山起伏的臂膀

你从哪里来
勒杜鹃女郎
梅花的姐妹　用娇美演绎坚强
夜阑时　泪痕般喷洒阵阵馨香
风雨中　锦缎般铺展片片阳光

你从哪里来
勒杜鹃女郎
从隆冬一路摇曳
再为全部春天打点端庄
从千家万户含笑启唇
再为整个城市唱响奔放

美丽的女郎　勒杜鹃女郎
你牵动回眸　是翩跹舞动的妖娆
为无数心灵的画卷　描绘芬芳

演出很成功，获奖的小舞蹈家们来感谢我。可她们不知道，我痛快淋漓地答应她们，除了支持他们的活动、肯定他们的创意之外，也是另有原因的。

记不清是参加什么会议了，来到另一座城市，住的宾馆虽然临街，却临的是个窄街道，周围被高楼大厦层层包围。我从不愿意用“钢筋水泥的森林”来形容都市楼群，因为它只有高度和密度，却没有森林中新鲜的空气和浓淡分层、蓬勃葱茏的绿色。

那天下午写会议材料，头昏脑胀之际推开窗户。我住的是九层，但几十层高、千篇一律的楼妖楼怪们穷凶极恶地傲然着，当然也就封锁着我、压迫着我。从缝隙望出去，还是高楼。将脖子仰到接近90度，才看到天空，而天空阴云密布。“这样的会议为什么一定要在大城市召开？”我嘟嚷着，随即想起那句话：“抱怨是快乐的敌人，经常与郁闷结盟。”对了，这句话是我在课堂上讲的，而现在我特需要用来自我教育。

蓦地，眼睛被点亮，心灵接受目光通道传输的信息，一下子豁朗起来。——不远处的斜上方，一家阳台上漫出一片火红，苍翠欲滴的绿叶依依陪衬着。好漂亮的花啊！那么烂漫，那么艳丽，尽情地喷薄着活生生的鲜亮和生机。再看，她肆无忌惮地纵横着，已经开拓出一大片红色根据地。

仔细分辨，我认定是勒杜鹃。虽看不清花瓣，却分明认得她那野性和娇美浑然一体的姿态，那不管不顾、只要生长就一定要面积、要空间的性格，自信自傲地营造出一片片、一团团、一蓬蓬气势和阵容。这分明是一种挑战：管你什么高楼大厦、钢筋水泥、框架结构、森严壁垒，我是大自然的原创，我骄傲，我蔓延，我生长，我蓬勃，在我恣意汪洋的妖娆面前，你们匍匐吧！果然，座座楼峰都猥琐起来，似乎发出自叹弗如、自惭形秽的哀叹。

那一篇锦簇竟然会摇动，像一群少女扭动腰肢、拨摆群裾。没有风啊，难道是错觉？我喜欢这种错觉，或许是只有勒杜鹃才能创造出来的静亦非静、动从静出的歌唱感、吟咏感、舞蹈感。我意识到，这才叫生活！好像是罗丹说的：“生活中不是缺少美，而是缺少发现美的眼睛。”我猜想，罗丹一定是一位大饱眼福的人，因为他善于发现和捕捉美。不过此时的我却感觉到，人的眼睛，竟然连着饥渴的胸腔肺腑，时刻需要美的浸润与滋养。

回到珠海，很惊讶以前怎么没有发现随处可见的勒杜鹃？据说，她是这个城市的市花。我突然觉得自己很幸福，因为，我一直感谢这种不算名贵，却独具特色的芳族奇葩，感谢她带给我的那次一见钟情的艳遇。感谢她，让我心灵更紧密更亲情地依偎、亲近伟大的自然。

我与二胡

看到这个题目，人们或许以为作者是位二胡大师，起码是具有较高水平的演奏家。误会了，本人只是一个水平很低、相当于初学的爱好者。用这个题目，只是因为有点故事，故事中有点感触。

按说，与二胡亲密接触真不算晚。家乡是千年古都河南开封，早在小学四年级，参加市里少年儿童的“小银燕艺术团”，我本来报名、考试都是冲着曲艺队的，后来又客串话剧队、合唱队，乐器队的老师大概觉得我乐感还不错，物色到我让我学二胡。当时我也算个听话的好孩子，家里支持买了一把二胡。没有专门的老师，完全是自己瞎捉摸。能拉点曲子的时候，参加了突击排练，是为了演出。记得很清楚，专门练一首曲子：聂耳的《金蛇狂舞》。这是一首很欢快的曲子，演出是二十多人的民乐乐器合奏，其中大概有三把二胡，我在并不熟练，尤其是基本功不扎实的情况下参加了排练和演出，而演奏扬琴、笛子、琵琶、三弦儿、唢呐、打击乐等等乐器的同学个个是高手，我心里始终有点“滥竽充数”的感觉。

演出结束，我落了个“会拉二胡”的名声，但心里从未坦然过。家住河南大学家属大院，几个玩伴有时会在一起“玩儿乐器”，带来许多欢乐。直到上初中，好像还在全班同学面前“显摆”过。父母意识到我这样没有系统训练、缺乏扎实基本功是不可以的，于是联系了河南大学艺术系的王寿亭教授，请他对我指点，王教授看看我，说这孩子可教，并鼓励我一番，爽快地答应了。王寿亭，可是大名鼎鼎，任何演出场合他一出现，就引起掌声雷动，他鹤发童颜、气度非凡，一派艺术大师的范儿。而且，他教学有方，弟子众多，深受尊敬。早在 1962 年就编写了二胡练习曲，他根据自己多年经验和研究而定的二胡演奏指法影响广泛。况且，以往每次遇到他我大声说："王伯伯好!"他都会点头微笑，还会拍拍我的肩膀。在我心目中，这是一位和蔼可亲的长者。然而，政治气候突变，日益风骤雨急。王教授一切教学活动被叫停，一面被批斗，一面受"革命群众"的指派参加宣传"文化大革命"的演出，眼见他头发全白，皱纹加深。就这样，我失去了向大师求教的机会。

"文革"开始时我初二，成了一名"红卫兵"，和我同在一个"战斗队"的，有一位高二年级的学长，叫林承训，多才多艺，精通乐器，尤其是手风琴。有一次我跟随高二三班一拨师兄师姐组成一支宣传队，奔赴安徽砀山，主要是各种文艺演出。临行，我问林承训要不要带上二胡？他说不用，有手风琴就可以了。记得另一位高中同学说了一句：二胡不适合伴奏革命歌舞。当时觉得他们说的特别有道理。"文革"期间，二胡荒废了。

1968 年 3 月，我入伍参军。部队文化活动很活跃，但我在基层连队，备战备荒，三支两军，野营拉练，军工军农，"兵无三日之闲"，基本没有机会"深造"。军民联欢时，当时农村大批知青，其中不乏高手，我的水平是上不了台面的。记得有一次参加师部直接抓的展览，宣传科科长觉得我是个文艺人才，要调我去师部宣传队。我问他可不可以学二胡？他说当然可以，你会得越多越好！我心情激动了好一阵，但团领导坚决不放人，宣传科长只好放弃。我再一次与亲爱的二胡失之交臂。

恢复高考，我考上吉林大学。有一次在宿舍听到二胡声，我立刻跑出去看，原来是同班叫宋力学的男生，在走廊尽头的窗口演奏，真好听啊。小宋见我对二胡情有独钟，就将手中的二胡递给我，我克制不住试试手的冲动。可是，弓弦都不听话了，出来的全是噪音。完了完了，武功全废。

二胡已经是与我渐行渐远的老朋友，是少年时代的一个梦。然而，无论何时何地，只要有了二胡声，都会倍加关注，刻意聆听，甚至在观看乐器合奏演出时，眼睛也会一直盯着二胡。我知道，她对我总是有一种远远的召唤，我对她一直有一种悠悠的眷恋。

半个世纪过去了，岁月如霜，染我一头白发。学校工会举办教师二胡培训班，这消息竟然让我思绪翻腾。报名之后，网购了崭新的二胡，捧在手中的一刹那，真是与老朋友久别重逢的感觉！任课的王渝波老师是年轻的80后，自幼学习二胡，又毕业于中央民族大学二胡专业，她对演奏的刻苦钻研和精益求精是显而易见的，而且教学有方，极为耐心。偶尔演奏一曲《赛马》，指法灵活，弓法精妙，音符跳荡，旋律飞扬，如万马奔腾，嘶鸣萧萧，太美了！我知道，接受专业、系统培训的机会终于来到了。“同班同学”——另一位老教授于慧春当年在很艰苦的条件下自学成才，多年坚持不辍，看他端坐持琴，运弓娴熟，稳重老辣中透出悠扬，堪称我们的“助教”；谷峰老师虽是初学，却热情帮助大家，堪称“课代表”。班里年轻教师居多，五六十岁的老教师也不少，大家学习热情高涨，课上琴声悠悠，课下情意浓浓，平时勤学苦练。我发现，老朋友回到身边时，是穿越时空对我的温情问候，是不计岁月带我重温旧梦，让我重返少年，青春焕发。

毕竟饱经沧桑，此时的我对二胡有了新的理解。打开电脑，欣赏《二泉映月》《江南春色》《听松》《竹韵》《雨碎江南》《江河水》……悠扬婉转，如泣如诉。二胡独具特色的韵味、源远流长的历史，在乐器家族中独树一帜。我觉得，如果说提琴是春之声，二胡就是秋之韵，内在深沉，婉转迤逦，圆润柔美。二胡是深受人们喜爱的传统文化中的一朵奇葩，饱受东方哲理和审美情趣的浸淫。外弦为阳，内弦为阴，内弦外弦，如春秋两幅楹联，对仗于音位，互动于旋律，悬挂于岁月，荡漾于心胸。动情而专注地欣赏二胡曲，犹如聆听历史的流淌，人生的诉说，天道的演绎。

这次，我会从基本功起步。但我知道，不论我达到什么水平，二胡的神韵，都会融入我以往的和今后的人生。

我的“编缘”与“边缘”

“编缘”与“边缘”谐音，这两个词儿都和我相当有缘。后者的意思很明白，前者是“有缘当编辑”，或者“与编辑工作的缘分”。

先说编缘。对于编辑，打小就不陌生。在我上小学的时候，母亲是河南人民出版社的编辑，许多熟悉的叔叔阿姨也都是编辑，常常看到大人在大摞大摞的稿子上面孜孜不倦，还常常去看一位美编叔叔画画儿，叼着烟卷，用笔入神，觉得很神奇。但在我的内心，好像从来没有想过自己将来做编辑。

然而，在出版社院子里成长的经历，似乎冥冥中已经做了安排。从上小学，就是黑板报的小编辑。在公安大学执教的那些年里，多次参加大型丛书、工具书的编撰工作，尤其是作为副主编之一参加过于光远先生主编、团结出版社出版的《中国小百科全书》的编撰工程。在很大程度上，这种工作就是编辑工作，大量的审稿、改稿，经常开会讨论研究，也经常得到专业编辑的指教和辅导。就在这项工作完成之后，我先后担任过《中国合作经济报》理论部主任、团结出版社第五编辑部主任，成了一名名副其实的编辑。记得在报社工作的时候，结识了一位资深老编辑，他工作极为严谨认真，善于发现病句、标点符号错误、注释不规范、逻辑不严谨等等，尤其是对所有引文都要一一对照核查，好像头脑中安装了一套程序，明察秋毫。我还发现，他在报纸版面设计中不断独出心裁，颇有创意。我和这位老编辑成了无话不谈的朋友，他的诚信敬业、一丝不苟，让我十分敬佩和感动。记得当时写了一首诗，还发表在《诗刊》上。

老编辑

烟雾
烟雾
从黄褐色的牙缝里夺路而出
第一万次梳理
光秃秃的头顶
那几丝银白色的哲学
在红点红圈红杠的游戏中
喜滋滋地咀嚼枯燥

玩弄墨水的密云
切割框架斑驳华章
戳乱机理缝补裘衫
不知者嗔怪你遮拦太阳
甚知者泣零你雨露滋润

佯狂晃动
镜片后面原本狭小的缝隙
自鸣得意地豪放文采
在杂草上侍弄桑田
埋头于别人收割的耕耘

灯光如酒
畅饮夜阑和衣醉卧
为妙笔而击案
称绝时手舞足蹈

黄金散于他人而不复返
紫气移于异方而无以呈祥
挥洒无情如铁多情如雨
流霞般光阴低吟

磁性之梦成一叶扁舟

吸牢百世长河

浪入沧海

（见于《诗刊》1998/7）

当时怎么也没想到，二十年后，这首诗竟然成为我的“自题小像”。

2005 年，我受聘于吉林大学珠海学院，再次站在讲台上。本以为，在退休之前，这一定是我最后一份职业了。但没想到，机缘巧合，就在我退休返聘之后的 2014 年，我成为学校的学报编辑部负责人，担任学术刊物《珠江论丛》的常务副主编。这次“重操旧业”，让我深深感叹自己的“编缘”何其深厚！一说到“缘”，容易让人联想到冥冥之中的命运安排，而命运中，又有主观和客观的多重因素的组合。有时我想，服从命运的安排，也许并非完全是消极的，其中有没有一种“道法自然”的人生智慧与境界呢？比如，我会反思：我与编辑工作“重逢”，其中是否包含了我对这份工作的热爱呢？答案是肯定的，她对我一直有一种深深的吸引，我对她始终有一种难以割舍的情怀。

反思，使我对于编辑工作的理解更加深刻。著名思想家里夫金在其名著《同理心文明》中说：“印刷技术普遍提高了人类的识字率和文化水平，让一代又一代人掌握了有效的交流工具和新的工作及社交方式……在交流方式变革与能源革命的共同作用下，人类意识也发生了根本性的改变。中世纪晚期和近代早期，一种新的世界主义诞生，为人类进入历史学家所说的人文主义时代奠定了基础。”广义的编辑工作包括编纂与编写，其历史源远流长。狭义的编辑工作与印刷术的诞生与普及紧相伴随，印刷术作为一种伟大变革，其历史作用当中，绝对少不了编辑工作的功绩。根据我的观察与理解，影视、网络及数字化媒体迅速崛起，传统纸媒和印刷术受到挑战的今天，编辑工作的地位并非淡化，而是强化。大量作者或写手的涌现，绝非意味着编辑的隐退，恰恰呼唤着每个人都应当是对自己文字负责的编辑。当影视或多媒体、各种广告中错字别字非规范化语言频频出现的时候，更意味着专业编辑的匮乏与重要。文字语言是人类重要的文明成果，是人类大踏步走向新的文明的重要工具，那么，编辑工作就是对人类文明精华的珍爱与呵护。

再说“边缘”。对我来说，与“边缘”也十分有缘。长期在珠海，相对于原来在政治经济文化中心的北京，是“边缘”；我现在所在的吉林大学珠海学院是一所民办大学，相对于原来所在的重点大学，是“边缘”；现在做编辑，相对于原来的教学岗位，以及各种写作和著书立说，又是“边缘”。看来，“编缘”与“边缘”之间的姻缘好像也是一种“命中注定”。

由于师资紧张，教师课程多压力大，组稿有一定困难，我会经常组织研讨，或与教师认真策划论文选题，甚至探讨十分深入的问题。90%以上校内来稿，我都会与作者深入交谈，探讨文章的修改与提升问题；60%以上校外来稿，我会通过电话或网络进行这样的交流。经常收到作者在文章发表之后的反馈信息：通过论文的写作与讨论、修改而明显提升了教学与科研的能力。这让我体会到，虽然教学与科研，是高校工作的中心，但学报编辑部的工作，关键不在于是不是处于中心，而在于是不是紧紧地围绕中心、服务于中心，甚至参与中心、融入中心。

有人认为，编辑工作之所以“边缘”，因为它只是技术性，而缺乏创造性，是在别人原创基础上的润色加工。但我的体会完全不同。编辑工作绝不同于一般的技术性工作，仅就文字功力本身而言，其中学术含量、文化含量、思想含量就相当大。对于一些文章的润色加工，至少需要语言学、文学、美学、逻辑学的功底，否则很难发现一些问题，甚至会出现编辑的修改补充，成了鹊占鸠巢，或狗尾续貂。学报设置了动态栏目，涉及哲学、文学、语言学、教育学、经济学、社会学、管理学……每个学科中又有杂多的分支，既可能与传统经典相关，有可能极为新颖甚至超前，编辑需要大量阅读与思考。尤其是稿件内容在档次、境界、视角、方法论等方面的问题，需要与作者进行交流探讨的时候，自己需要发挥“学者型编辑”的功能。创造性，是一个十分生动而丰富的概念，在一名编辑努力让自己视野开阔，思维活跃，观念新颖，信息通达，目光敏锐的过程中，其工作中的精神活动一定蕴含了主动性、思辨性、开拓性、创造性。

我所在的“吉珠”，多次在民办大学排行榜上名列前茅；《珠江论丛》从脱颖而出到今天获得越来越多的认同。时代的变化很快，信息革命、网络技术的迅速发展，已经创造了这样的条件：只要你关注，只要你保持目光与视野的敏感和内心的与时俱进，就不会“被边缘”。“边缘”不是命中注定，人是不会“被边缘”的。只要不是“主观边缘化”“自我边缘化”，失落感或边缘感就会化于无形。关于编辑是“替他人做嫁衣裳”的说法，相当流行，我也多次听到好心朋友用这样的话对我提醒和劝阻。比如有人告诫我：你再努力，署名也是别人的，编辑的署名永远是边缘的。是啊，“埋头于别人收割的耕耘……黄金散于他人而不复返，紫气移于异方而无以呈祥”——这又怎样呢？我并不认同所谓“人往高处走，水往低处流”，这是假古训；真古训是老子的“上善若水，水善利万物而不争。处众人之所恶。故几于道，居善地，心善渊，与善人，富善信，正善治，真善能，动善时”。说得太好了！一个人是否边缘，不在于地缘，不在于人缘（所处的社会位置），而在于内心的价值追求！

有时候，自己的诗句也可以经常地激励自己：

流霞般光阴低吟
磁性之梦成一叶扁舟
吸牢百世长河
浪入沧海

07

观察覃思

摊 点

什么是摊点？学究一点说，是最简单、规模最小的商家，是无店铺的最基本的个体经营单位，是拥有微量资产而合法从事零售业、服务业的个体工商户……通俗点说，是所有大中小城镇甚至遍布城乡的最生动、最活跃、最方便、最灵活的商贩。用这么多“最”，可能有人不同意，那就看一看、想一想，平民百姓谁不经常光顾摊点？谁不亲近、依赖摊点？

摊点一般够不上知名品牌、驰名商标、“老字号”，但却是许多民间技艺、传统风味的传承者、普及者。比如，磨盘大的煎饼旋转几十圈再涂抹一番立马喷香扑鼻。摊点丰富多彩弥补短缺，如针头线脑、扣子拉锁、皮筋儿顶针儿、修鞋补包、特色小吃、青菜鲜果……生活中许多犄角旮旯被摊点填充得有滋有味。值不得用大块时间费大功夫花大价钱进大商场的所急所需，遛个弯儿搞定全靠摊点。摊点是普通民众谱写生活的标点，演绎生活的伴奏，品味生活的佐料。

摊点提供新鲜时令和特色品种，给人以目不暇接和出人意料，摊点让你谈判砍价货比三家挑挑拣拣先尝后买百问不烦临时赊账……当然，我指的是“主流摊点”。一些摊点坑蒙拐骗，哄抬物价，缺斤少两，缠客强卖，是摊点中的“非主流”。

摊点还与时俱进，普及知识，比如有的摊主高呼：“高科技无土栽培绿色蔬菜”，还有高手这样叫卖：“马季、罗京、高秀敏、候耀文明星大腕儿太可惜，千好万好不如身体好，有钱有名不如有健康!”

千万不要以为我对摊点有什么研究，充其量不过是“回眸一瞥”。这一瞥，让我发现自己对摊点的了解相当肤浅。而且，还要感谢那一声唤，引起我“蓦然回首”。

“大哥!”很亲切很熟悉的声音。回过头，便看到了颠颠儿妈。

这么多年过去了，颠颠儿妈还记得我，还这么热情，真的让我很感动。

当年我是颠颠儿一家早餐点的常客。摊点没有名号，但这家有一个活泼可爱的男孩儿，名叫颠颠儿，这名字自然地成了名号。安徽人做的包子很受欢迎，我到过不少地方，做包子早点的安徽人分布很广。做这个营生很辛苦，颠颠儿爸妈起得极早，天刚放亮，我这种晨练一族来到路边儿的时候，热气腾腾的包子已经出笼。颠颠儿爸是高手，包子馅儿味道好极了。这儿的粥品种不少，甚至有地道的八宝粥。还有馄饨、蒸饺、馒头、油条、豆腐脑……不得不赞叹两口子的勤奋、能干。

开始，我对卫生不放心，自己到大锅里舀点热水烫一下碗。以后每看到我来了，摊主便主动地烫碗再给我盛粥，这让我心存感激。可过一阵，便发现这点“最惠国待遇”取消了，知道他们太繁忙，我没在意。后来才知道，他们一到水烧开了，就把所有的碗浇烫一遍。原来，“国民待遇”普遍提高了。

颠颠儿总爱左冲右突地奔跑，那条狗为他助威。客人都喜欢颠颠儿，因为他虎头虎脑，又总是甜甜地笑。问他为什么起得这么早？颠颠儿妈说：“这孩子，一有客人就激动。”原来，他好客，幼小心灵充盈着对客人的欢迎，对人们到他家就餐感到骄傲。天生的一个未来的经营者!

就餐的人中有不少是冲着颠颠儿妈来的，她丰腴又苗条的体态，永远微笑的表情，大方热情的态度，以及清脆的声音，魅力飘飘。颠颠儿爸典型一帅哥，帅气中的憨厚、坦诚可能更加动人。颠颠儿爸话不多，却很爱问，记得我讲过狗不理包子的故事，还讲过一位北大厨师刻苦自学英语过六级的故事。关于这两个故事，他反复地问好多次。他并不打算把包子做成狗不理，也不打算学英语，但他肯定受到一种激励，因为他内心有自己的愿望。

他们不仅卖早餐，中午和晚上还要卖小炒、盒饭。我劝他们：“赚钱别太玩命，赚点就行了。”颠颠儿妈说：“赚不了多少啊大哥。上税、上卫生费、交水电费，房租又贵。他妹和我弟都上学，指着我们哪。颠颠儿就要上学了，更不得了，愁他的学费呢!”小小摊点，支撑着一大家子人的生计和希望。这是他们起早贪黑、付出巨大辛劳和热情的动力。

出了趟差，差不多三个月，回来发现颠颠儿家的早餐点不见了。问旁边的摊主才知道，颠颠儿死了！颠颠儿爸得知消息的时候，将刚刚蒸好的包子整笼整笼往地上摔，然后发疯似的打老婆。颠颠儿妈也不躲，坐在地上被打得鼻青脸肿。

“你们咋不劝劝?”

“劝了，”旁边的摊主说：“颠颠儿妈说：‘让他打啊，我该打，是我害死了颠颠儿，是我让他回老家上学啊!’……你没看见，哭得，那叫一个惊天动地。”

“好好的孩子，回老家上学，咋就没了?”

“说是放学路上，河水涨得厉害，淹了孩子。”

有两年没见过他们，再后来我去南方教学，一晃六七年过去了。

这次遇到颠颠儿妈，意外中也有惊异。她该有三十五六了，可显得很年轻。岁月要经过心灵的过滤，才在外貌上留下痕迹。

“还在摆早餐点吗?”

“改卖鱼了。大哥，就在那边儿，我们的鱼摊儿。让他爸给你挑两条新鲜活鱼啊!”

突然注意到她扶着自行车把的裸露的双臂上，清晰地留下蓝色的刺青，一边一个大字：“忍”和“拼”。很难说这反映了什么样的文化熏陶，或什么样的信仰。但我知道，“忍”其实是一种承受，承受生活重担和压力，承受一个母亲的丧子之痛，承受丈夫的迁怒和自己对自己的怪罪。倏忽间，我把她和许多巾帼英雄联系到了一起。颠颠儿妈突然冒出一句：“欢欢，五岁了，我们的女儿!”

后来，远远地，我观察过那鱼摊儿。摊位不小，在众多摊点中已算得上“发达国家”，与周围“发展中国家”相比俨然有点气候。颠颠儿爸壮实多了，一副中年男子汉成熟、干练的派头，在侍弄着透明的玻璃水箱，里面的水产物游得很欢实。

那一定是欢欢，好漂亮的小女孩儿！“欢欢，颠颠儿，别跑远啊！”听着清脆的声音，我才知道那条狗继承了颠颠儿的名字。是一条老狗了，可还像当年对待颠颠儿一样撒着欢儿。

我祝福他们。祝福欢欢，该能够在北京上学了吧？该能够像她的父母一样坚韧、勤奋、热情吧？

我祝福这座城市。一个城市能够充分容纳、善待摊点，是真正和谐的标志。

这里是北京五环外一个庞大的社区。清晨或傍晚，放眼望去，固定的和临时的摊点延绵不绝，密密匝匝，一片火红兴旺。我在想：也许，一个城市，能够让摊点有序而健康地发展，才能走向真正的繁荣。

大道至简

李克强总理政府工作报告中提到："大道至简，有权不可任性。"不仅场内获得热烈掌声，而且网上好评如潮。这一现象至少说明：顶层与民众，思想理念都在与时俱进，而且朝野有所沟通，可以点赞。

"大道至简"，耳熟能详，应当说在中国传统文化中确有一席之地。但是，究其出处，却并非易事。搜索一下，许多人给出的出处有点"任性"，比如不少人说出自《道德经》，但这些朋友很可能并未真正读过《老子》（《道德经》）。还有的列举了不少书目，里面都有提到"大道至简"，但却是引用或引申，非出处也。多少靠点谱的，是《周易·系辞》："乾以易知，坤以简能；易则易知，简则易从；易知则有亲，易从则有功；有亲则可久，有功则可大；可久则贤人之德，可大则贤人之业。易简而天下之理得矣。天下之理得，而成位乎其中矣。"里面也没有"大道至简"的原话，然而，所谓"易"，有简易、变易、不易多重含义，说《易经》中含蕴了"大道至简"的思想，是可以的。

有记载说达·芬奇说过这样一句话（也有的认为是达·芬奇的老师、文艺复兴早期佛罗伦萨著名艺术家安德烈亚·韦罗基奥说的）："Simplicity is the ultimate sophistication."这句话如果稍微拐点弯儿翻译成"大道至简"，应当是可以的。如此看来，"大道至简"，有点普世价值的意思。

还是回到中国传统文化，无论后人如何提炼或归纳出来，但如果说"大道至简"思想渊源出自老子，应当是不会错的。在《老子》（《道德经》）当中，"大道"这个词儿多次出现，而且，老子是讲道的，"道"虽然自古有之，但作为哲学概念被提出来，老子是始作俑者。而且，"大道至简”更为准确和深刻的理解，也应当从老子那里发掘。

不过，对于这个“简”字，可不能做“简单化”理解，不是今天理解的“简单”那么简单。因为《老子》开篇就说“道可道，非常道”，道，不是那么容易把握和表述的。而且，老子多次讲“玄而又玄”，“谷神不死，是谓玄牝”，“众妙之门”……可见，道，是非常玄奥、神秘的，因而无比深刻。深刻到什么程度？超越了人们认知能力和表达能力，就连老子自己，也是勉勉强强为之取个名：道；而且勉为其难地给个形容词：大，于是“大道”，或“天道”，作为一个影响深远的概念就产生了。

那么，为什么说“大道至简”的思想，在道家哲学那里蕴含其中呢？

看看老子的话：“为学日益，为道日损。损之又损，以至于无为，无为而无不为。”对于学习来说，是日益增进的；对于悟道、循道来说，却是日益减损的。而且“损之又损”，当然是越来越“简化”了。简化到什么程度？“以至于无为”，很清楚，老子思想的核心是“无为”，引申一点，就是“道法自然”。所以，这个“简”，是针对“为”而言的。

对于老子的“无为”，做出解释的太多了，其中也就包括了误读误解，比如将“无为”解释成消极的无所作为而进行批判否定。怎样理解“无为”呢？核心是“道法自然”。

现在道家研究方兴未艾，国内外许多学者对于老子“无为”的思想做出的解释或阐发很有说服力。早在道家哲学重要著作之一的《淮南子》中，对“无为”就做出这样的解释：“所谓无为者，不先物为也；所谓无不为者，因物之所为。”其实就是说，要“道法自然”。再举个例子，李约瑟先生就相当中的地将“无为”解为“不违反自然而为”，他还援引了希波利图斯给魔鬼下的定义“抗拒宇宙过程的人”，继而对《管子》的话十分感冒：“其功顺天者，天助之；其功逆天者，天违之。”本人曾撰文指出：“而‘无为’状态，正是一种基于自身准确定位的谦虚与清醒的状态，是真正坦荡而开阔的状态，是与道相协调的状态，因而是未被修饰、未被污染、未被扭曲的初始状态、本真状态，是‘无不为’真正的始发点和坚实的基地。”因此，“老子的所谓‘无不为’，是一种超越状态，是一种价值引领并实现价值的追求、创造、进取状态，是在依托和尊重总规律，并与总规律保持和谐基础上，人类改造和利用自然系统、改造和完善社会系统、改造和发展精神系统的状态。”

“大道至简”，还包括多重意思：比如“不争”的意思：“夫唯不争，故天下莫能与之争”；比如谦和的意思：“不自见，故明；不自是，故彰；不自伐，故有功；不自矜，故长”；比如简朴的意思：“为天下谷，常德乃足，复归于朴”；比如返朴归真的意思：“反者道之动”，“归根”，“复归于无物”，“乃复至于大顺”，“配天”，“复归于无极”，“复归于朴”，“知其雄，守其雌，为天下溪。为天下溪，常德不离，复归于婴儿”；比如关于美的意思：“朴素而天下莫能与之争美”（庄子）；比如反异化的意思：“载营魄，抱一，能无离乎？专气致柔，能婴儿乎？”……别小看婴儿，虽然他很幼稚很简朴，但却孕育着无限生机。

“大道至简”，的确是“至简”地韵味无穷。

还是回到李克强总理的讲话。“大道至简，有权不可任性”，这提法为什么有创新？将传统文化精华与时代需要和社会现实结合起来，赋予新的含义，尤其是与权力问题联系起来，很有针对性地为深化改革提供源远流长、寓意丰厚的哲学依据。当然是创新，我们这样说，并不过分。

从道家哲学来看，制约权力的思想是丰富厚重的。对道家哲学很有研究的刘笑敢先生说：

“无为”不是对“有为”的简单否定，而是辩证的否定、补充和提高。比如，我们制定法律，似乎是“有为”，似乎是对“无为”的否定，然而实际上，我们所享受的法律所带来的利益不是法律本身，而是法律所造成的整体的秩序与和谐，是无须终日在监督之下的自由，是政府得以在法律框架内“无为”的好处。法律是“有之以为利”，大多数人在大多数情况下不必担惊受怕则是“无之以为用”。法律之“利”带来的是保障自由空间之“用”，是“有为”之利带来的“无为”之用。法律之“有”本身并不是法律的目的，法律所追求的是在法律之上、无须法律干预的自由空间。老子讲“有”、“无”的真意和深刻性正在于这更高更普遍的层次上，是砥砺人类之思维，充实人类之智慧的利器。（刘笑敢：《老子古今》，北京，中国社会科学出版社，2006 年版，169 页。）

联系到李克强总理曾经强调“敬畏宪法”“敬畏法律”，可以进一步理解为什么“有权不可任性”是“大道至简”的题中应有之义。

简政放权、大幅削减砍掉行政审批，是当前改革极为重要的举措，谁能说老子两千五百年前关于“我无为，而民自化；我好静，而民自正；我无事，而民自富；我无欲，而民自朴”的思想，对于今天的改革没有启发昭示的意义呢？

十八大以来的反腐败既得民心，又顺天意。老子早就发出告诫：“将欲取天下而为之，吾见其弗得已。夫天下神器也，非可为者也。为者败之，执者失之。凡物或行或随，或噤或吹，或疆或剉，或培或堕。是以圣人去甚，去奢，去泰。”意思是：统治者夺取天下的欲望和按自己的意志治理，终究是要失败的，因为治理天下的“神器”不在于主观意志和任意而为。天下事物，是主动还是被动，是消极还是积极，是强胜还是挫败，是巩固还是毁损，绝不是凭主观意志可以主宰的。急功近利者终会失败；任意而为将失去天下。因此圣人应当消除奢侈享乐的欲望、避免自高自大而走极端。——这简直是“有权不可任性”的古代经典版本！不仅针对“奢”“泰”，而且针对“甚”，针对自以为是、任意妄为、追求政绩、主观意志等等我们需要痛下改革之刀的种种弊端。

大道至简，有权不可任性，还包括这样的意思：“我无为，而民自化；我好静，而民自正；我无事，而民自富；我无欲，而民自朴”，老子被学界称为典型的“反向思维”者和具有批判精神的思想家，他的言论在今天看来，依然振聋发聩。

大道，即天道，以宇宙间万事万物运行变化发展中昭示人们的“玄机”为参照系。今天中国全面建设小康社会，并不是仅仅达到几项经济指标就算实现目标，所谓“全面”，包括平衡、和谐、顺畅、公正。老子曰：“天之道，其犹张弓与？高者抑之，下者举之，有余者损之，不足者补之”；“天之道，利而不害”……“大道至简”中遵循天道的思想，对于今天关注和改善民生来说，“现实意义”非凡！

至简与至奥，一步之遥却互相转换。这正是“大智不割”，“大巧若拙”，“大象无形”，“大音希声”，“行不言之教”，“其中有精，其中有信”……的玄妙吧？或许有人会说：这样来解读，是牵强附会地“赋予”古代思想家并为包含的意思。错了！第一，所谓“博大精深”就包括在“大道至简”之中，正如尼采说老子道家思想像一口水井，可以源源不断地汲取智慧；第二，“道法自然”这样境界极高的哲学思想，本来就具有广泛的启迪意义；第三，古人言简意赅，但提供了思维框架与体系、提供了思想资源，我们当然应当在新的时代“创造性转化”，或曰“反本开新”，诚如汤一介先生所所呼吁：“‘反本’与‘开新’是不能分割的，只有深入发掘传统哲学的真精神，我们才能适时地开拓出哲学发展的新局面；只有敢于面对当前人类社会存在的新问题，并给以新的哲学解释，才可以使传统哲学的真精神得以发扬和更新，使中国哲学在21世纪的‘反本开新’中‘重新燃起火焰’。”

“大道至简，有权不可任性”，不仅是2015开春之际的火爆话语，而且应当成为载入史册的经典语言。当然，更应当成为落实和透入改革实际步骤的醒世恒言。

假日经济

社会变革频率加快的时期，某种事物刚刚诞生便需要立即转型，实在不乏其例。而最为典型的新近事物，莫过于“假日经济”。也许，“假日经济”给人们带来的新鲜与刺激才露端倪，其“优越性”和“高效益”刚刚营造着激动人心和欣喜若狂。然而，泱泱十三亿人口大国，全国性大幅度延长节庆假日，决非小事一桩。牵涉面之广、影响之深远，与包括公民在内的各种社会主体利益相关之密切，不可等闲视之。视其在“国策”等级上有一席之地亦不为过。现实往往比某种事物的初期效应，尤其是比人们的心情和感觉更为冷峻，而讲效益的年代无疑更呼唤理性。

“旅游潮”“消费热”“城乡反串”“参观大军”……以及各种名目繁多的假日活动，构成蔚为壮观的假日景象，其中虽有政治、文化的意义，但经济意义则是社会和媒体关注的重心。数字表明，经济效益的确可观，给久拖未愈的“内需不振”“消费疲软”注射了一针兴奋剂。然而，几乎所有媒体在欣喜之余，都表达着一种无奈——旅游部门需要“做好准备”，空运客运需要“转变观念”，科技馆亟待扩充容量……长城脚下，汽车延绵数十公里难以蠕动，上不去、下不来的游客到了长城也难成“好汉”，感叹“花钱买罪受”。

华山狭窄险峻的山路上，远道而来的游人露宿山腰，忍饥受寒，许多人半途而废。名胜美景拥挤不堪；车站机场人满为患；交通要道水泄不通；大小商场人头攒动。别无选择的假日出动，无可逃避的排队等待，使多少人乘兴而出，扫兴而归。冷静地想一想，“假日经济”，真的需要如此的代价吗？这究竟是利大于弊，还是得不偿失？

在极为集中的假日里掀起人潮，本来就是人口众多的大国之“忌”。让商家或有关部门做好“接待”“容纳”“保障”，谈何容易。更遑论让消费者满意、轻松、潇洒、欣慰。科技馆参观者比平时多几十、上百倍，比以往高峰期陡增好几倍，你让它再盖几个馆吗？而管理和服务呢？展品和档次呢？一种无法让消费者满意的“假日市场”，其真实、内在的价值究竟如何评估？即便是景点、馆所、铁路、航运、商场等等真的扩大了，则是更大的得不偿失。以华山为例，再开一条上山之路，不仅耗资颇巨，而且平时是浪费，更重要的是破坏了“自古华山一条路”的特色，毁损自然、消殒天趣。软件上的“奇峰兀起”已是比例失调，硬件上的“局部肥胖”更不可取。当“假日经济”牵动更多社会层面的时候，本来就缺乏和谐的经济生活会更加畸形。高度集中、过分密集的假日现象，还造成社会机体运转的梗塞，在极大范围内牺牲效率，实在是“难以承受之轻”；交通滞涩本身就是时间的浪费；难以遏制的垃圾、废气、噪声、尘土等污染不会随着假日的结束而立即烟消云散。至于游览的意趣、参观的收获、休闲的美好、亲情的韵致……这些度假生活中本来的题中应有之义，即使不被“剥夺”，也至少被大大冲淡。

假日，你的本色是什么？你不应该是浪漫、温馨、和谐的“小夜曲”吗？而眼下，你不过是挪移着都市的红尘和嘈杂、平日的紧张和焦虑。——这还是假日吗？

还是回到经济上，算一算账：集中假日的需求是畸形的。本来某种货物积压，假日里却临时“短缺”，厂家连日赶产也供不应求，如果假日是分散的，从容不迫的。销售应该更多。景点容纳不下的人流，“溢出”部分实在可惜。许多人对“大潮”而生畏，或因买不到机票车票而却步。有一些部门，别人放假他们忙，无法度假；值班者也会牺牲假日。一方面，消费者得不到应有的享受；一方面，大量“资源”没有得到充分发掘，造成双重的浪费。从需求来说，子女寒暑假需要陪伴、孤独的老人需要探望、妻子想精心美化家居、丈夫想外出旅游、家乡父老呼唤游子、远方旧友渴盼团聚……这么多的需求，非要被固定的“七天”给“框住”，流失了多少需求和消费的张力。

延长假日，使公民的“休假权”得以实现，然而，完全可以将假日的支配权交给单位、企业和个人。——即交给市场经济和社会生活的实实在在的主体，这样才能使“休假权”的实现真正到位。每个公民每年有二十多天假期，可以一次或两次休假，由个人与单位、企业协商安排。这样的假日对个人来说，由刚性变为弹性；对单位或企业来说，由完全被动变为相对主动；对商家或有关部门来说，由难以招架的“洪峰”变为从容接纳的“河流”；对于社会来说，由畸形变为协调。个人根据需要，使假日安排得有条不紊，丰富多彩；商家把握假日消费的脉搏，自然会将销售、服务、管理、接待搞得有声有色。单位或企业不必要停工停产。任何部门或行业都尊重职工个人的休假权，体现了总体上的公平，扩大了消费面。而价值规律这只“无形的手”将会更好地发挥资源配置的作用。这时的“假日经济”才是成熟的，这时的“假日”，才会以其本来的韵律，弹奏出“小夜曲”动人的颤音。

假日，本来就是双向的机会。诚如萨缪尔森所言：“你如何衡量一条马路或一个公园的价值，如何衡量保健或安全管制的价值？正如学生的时间分配也可以运用机会成本得到解释。”消费主体对假日无支配权时，机会成本的提高在所难免；商家同样在付出高额的机会成本。高峰式、集中式、拥塞式“假日经济”机会成本的昂贵，原因在于它仍带有计划经济的余威，制约了价值规律的作用，以及需求的弹性。

眼下的“假日经济”亟待转型。如今，集中与分散、共性与个性、“有形的手”与“无形的手”之间的辩证关系被演绎得越来越奥妙神奇。拒绝拥挤，摈弃紧张，对“高峰”和“大潮”说不——我们应当用和谐、自然、舒缓来打点社会生活。也许，真正成熟的“假日经济”，会为经济运行注入真正持久、健康的生机与活力。

她这样维护尊严

网络上疯传有关信息和图片，天津工大一名女生被一名男教师骚扰。本来，看这种消息很气愤，想说的话很多。但是，这里却仅仅说一下那位被骚扰的女生，笔者认为，她应该是90后吧？年轻学子面对突袭式的、意想不到的骚扰以及明显的侮辱和威胁，竟然有令人敬重的表现，值得说一说。

那位教师究竟会受到何种处分？事情严重到什么地步？目前天津工大官方表示，已经停止了该教师的工作，调查有结论之后依法规处理。但是，如果网络上传出的图片是真实的，从其中反映的对话来看，这名教师灵魂猥琐、人格低下是显而易见的。不仅用什么“在教师群里已经公开了你来陪我”这样的下三烂语言去侮辱对方，而且用“你敢不敢告”这样的挑衅性语言耍无赖，许多话语中还暗示出威胁。一个教师，如此对待自己的学生，早已不是什么斯文扫地的问题，而是变态到肮脏！

但是，那位女生的表现却相当不俗：“实话说，我是很尊敬你的，没想到你是这样的人，但是祝你一切顺利。”——这样的表述，在外人看来，是以最理性、最具人性尊严的方式，给对方以一剑封喉的严厉回击！当然，这里指的是某种效果，而不是这位女生的主观意图。

人格的尊严和灵魂的卑劣，已经完成了一次极为鲜明的对照！

做人是要有一点神圣性的，这位女生在一定程度上体现了这种神圣性。不仅仅面对骚扰和侮辱捍卫了自己女性的权益和尊严，而且实现了一次尊严的“自我捍卫”，因为她没有任何谩骂、同档次的反击，体现了人格上的高屋建瓴。

之所以对这位女生的表现给予很高的评价，一是真的难能可贵，二是当下社会迫切需要这样有水准的“软实力”。

中国传统文化中有一道亮丽的风景线，就是先哲对于人格追求有大量论述。其中老子是以“圣人”如何如何来表述人格构想、人格设定的。虽然我们无须做圣人，但人总要有一定的神圣性，不仅活得要有尊严，而且要有尊严的自我实现。这位女生做到了，值得尊敬！

“精神美化法”之破译

要是给杀人越货的罪犯安个“自我利益实现者”或者“为他人解除财产负担”的“罪名”，他心里一准儿比较舒坦，不光是听着叫人受用，而且对此“罪犯”刑警何以追捕？法官何以宣判？——也许有点荒唐，给杀人的强盗这样包装确属罕见。而现实生活当中却有类似的、更甚的荒唐。

说起为恶行进行美化的历史，可是源远流长，中外都不乏这种“智慧”。黑社会里火拼，一帮帮首欲将另一帮老大除掉，所用的行话很有“人情味儿”，比如“送他上路”。话要是这么一说，就显得很义气。更够“江湖”的是，被杀者为杀人者美化，视死如归地说“你要是够朋友就来个痛快的”；对方当然很够朋友，慷慨宣称“我就成全了你!”于是，白刀子进去红刀子出来。

“色情服务”虽然加了“服务”两个字，还是有点生硬，“三陪小姐”“按摩女”——好听多了。二战刚结束时人家日本管这叫“卖春”“伴伴女郎”，听起来都有点甜美了。一位伴伴女郎在警署为自己辩护：“我这不过是打短工啊，有人打工用脑袋，有人用手，至于我用身体的其他部位，那是我的个人自由。”这种“打工论”虽然聪明得可以，但美化却不够，比起“防波堤论”就略逊一筹。一群在战时卖淫的妓女在受到庭审时一番辩护更精彩：“正因为我们用自己的肉体筑起了防波堤，才使更多的良家妇女免遭战乱中敌军官兵的糟蹋，我们是做出了自我牺牲的。”你看，她们还真有点伟大起来了。这种技巧似乎比阿Q的“精神胜利法”奥妙一些，可谓“精神美化法”，化丑恶为美好不是比化落败为胜利更直接地“化腐朽为神奇”吗？我们来看新潮的“三陪”们遭遇要好得多，因为有的地方官员替她们实施“精神美化法”，比如“为搞活地方经济做贡献”“增加税收”之说就堪与“防波堤论”相媲美。记得有学者说中日文化相通，我看这例子就是个佐证。

“地方保护主义”虽在挨批之列，但奉行此道的地方大员肯定觉得所批无关痛痒，暗自窃喜也说不定。本来嘛，“为官一任，造福一方”，封疆大吏对自己所辖实行“保护政策”，这“错误”犯得多么美好。此等“精神美化法”不仅化丑为美，还有化过为功之妙。要是某大员自我检讨说自己有“地方保护主义”，令人怀疑他在文过饰非。

书生们对假冒伪劣的顽强难以理解，其实造假贩假者并非艺高胆大，不过有恃无恐而已，有保护伞罩着也无须怎么“地下”；外面产品不准在本地流通，本地市场本地保，功莫大焉。可气的是“地方经济”这东西恁地不知好歹，越保越差，倒是放手开放地区反而发达。看来“化丑为美”实在与阿Q一般是停留在“精神”上的。尤其是生态破坏、资源浪费、环境污染严重地区，新闻单位（比如焦点访谈）调查时，当地府衙竟向责任人通风报信，以便“坚壁清野”，保护得可谓及时到位。虽然窝赃的尾巴露了出来，人家并不窝藏尾巴，顺势往上一挑成了旗杆，上面扬一面“地方保护主义”的旗幡，摇晃得很骄傲呢。至于本地“刁民上访”或出现“举报分子”，整治他们也忘不了摇摇旗，定他们是“破坏政府形象”“影响安定团结”。这“地方保护主义”可真是个不可多得的好词汇，“地方”一词就妙不可言，地方发生的一切都在保护之列，甭管保什么，保的是“地方”！司马昭真是不幸，当时要是有这么好的词汇，他那点儿隐私也不至于“路人皆知”而得不到“保护”了。

阿Q还魂，鸟枪换炮。当初“精神胜利法”是挨打中自我麻醉，那是傻帽；如今“精神美化法”是挨批中自我陶醉，乐此不疲，津津有味——你在批我哪？明明是在夸我嘛！

两种“精神法术”毕竟有相袭之处，那就是自欺欺人。市场经济的深化与古代商鞅式的“废井田，开阡陌”或晁错式的“削藩”完全不是一道劲儿，任何隐形的藩篱必然要被冲掉的。只是为了使代价降至最低，人们须要明白，所谓“地方保护主义”应当破译为“地方祸害主义”或“私利保护主义”才准确一些。

造假的“公开性”

前些年读过不少金庸、古龙的武侠小说，后来武侠影视也时常光顾。记得金庸先生说过，他写小说是参照史书典籍的，但在他那素材和想象力都极为丰富的作品中，还没见过门派林立的江湖上有这样的事发生：武林中有某种机构，专门从事武功包装作秀，不是为了宣传，而是为了欺诈，比如说参加武林大会，由该机构选派武林高手代替武功低下或根本不会武功的人参赛，当然是收钱的，该机构从中牟利。——这事儿好像不可能发生。尤其是，该机构像镖局一样公开亮出旗幡，招揽生意，并且财源广进。——这事儿就更不可能发生，至少林林总总的武侠作品中还没见过。因为，如果这样写了，很难于史有据，就算想象出来，也很难处理一个困境：江湖有江湖的规矩，这样的机构肯定为同道所不齿，压根儿开办不下去。也就是说，黑道也好，白道也好，暗地里玩猫腻，很难公开地标明我是欺诈者。

公开，透明，是社会舆论对于政府决策、管理和立法、执法行为的一种呼吁。这应该是朝向现代社会、民主政治的一种努力，相当可贵。可是，相比之下，这种阳光政治或阳光司法，好像还需要期待，另一种“公开”“透明”却奇葩绽放。

美国国家工程院院士，美国艺术和科学院院士，中国网格超级计算机发明人陈世卿先生，于2015年10月发微博称：“东方网11－5：49名中国留学生申请材料造假，其中16人遭新西兰遣返！中国学生在中介帮助下申请论文代笔、伪造推荐信和成绩单。很多美国高校开始一对一考核申请者。任何人的作弊和造假，都可能会影响他所在的学校或城市的留学申请诚信记录，进而影响其他人，但许多人对此并不在乎。”陈院士最后总结一句：“影响中国形象！”

这里所说的“中介”，其实是一种“学术掮客”，关键在于，中国内陆许多人都熟悉，他们绝不是“潜伏”“刀尖上行走”的“地下工作者”，而是堂而皇之，公开透明，在许多大大小小的网站上亮出幡子、打出招牌的。其主营业务也公开透明：你出钱，我替你写论文，或者写著作，并且保证你发表，所发表的刊物也公开透明，包你发表的大作获学位也好，评职称也好，报成果也好，甚至出国留学也好，全部有效。这些“中介”当然也分三六九等，有的骗钱宰人，有的十分注重“品牌效应”，讲究信誉，“枪手”中不乏熟练工、高级工，或曰“江湖高手”，造出一篇论文手到擒来。更甚，枪手群体具有跨学科、跨专业之优势，你学什么的？你需要什么论文？行啊，咱这儿无不搞定。

林子大了，什么鸟儿都有。市场经济，金钱至上，行行出“创业”，路路有“创新”。这路子，可不是三年五年，其长期性、广泛性、稳定性堪称“朝阳产业”。其“产业化”程度也不可小觑，从上游到下游，从管理到宣传，产业链条环环相扣，气势如虹。问题在于：为什么在中国可以堂而皇之，而到了国外就遭堵？对于陈世卿院士披露的国外遣返中国留学生的信息，许多有识之士扼腕长叹：太丢人了！看来，阳光下的公开透明的行当，并不见得就一定灿烂。时间长了，容易溃烂——从学术领域到整个精神领域的溃烂。刚刚看到北京晚报报道：百度称半年打掉虚假网页2100万个！百度公布互联网八大高危领域：理财类、充值类、医药类、网购类、订票类、售后类、快递类和中奖类。仅2011年全国就有6000万网民因网络欺诈受到损失，金额超过300亿元，30%的网购者曾遭遇钓鱼网站攻击。令人想不通的是：究竟国外的太阳比中国的更亮？还是中国环境污染，雾霾太多，阳光被遮住了？

中国反腐败自政坛始，强腐豪腐大腐小腐纷纷落马。治理环境有望。溃烂是有人制造的，制造者分不清阳光与雾霾，拿着雾霾当阳光，自以为畅行无阻，迟早要付出代价的。——出来混，总是要还的。

婚礼变奏

盛夏来到这里纯属偶然，但却导致惊喜。这是个袖珍城市，很近的四周，青山环绕，绿浪翻卷，绝对是一般城市所不具备的巨大天然空调。该城虽小，却承载着一个古朴厚实的名字——敦化。

正当本人满怀惬意地漫步市中心，观赏设计精美的建筑、干净整齐的街道，不料，高分贝音乐摇而且滚地由远而近。但见挂满气球的豪华轿车一辆接一辆招摇呼啸，又故意放慢速度，绕街心转盘三匝，然后扬长而去。大为扫兴，神清气爽被断送，心旷神怡被恶损。噫吁嚱！“大德敦化”、渤海故国、敖东明珠……心绪中充塞的激情韵味被雷空。

我知道这种事纯属正常应该司空见惯心存祝福不要吹毛求疵神经过敏……然而第一，该婚礼车队与良辰美景极不协调，街上的人撇嘴嘲笑不以为然如我辈者颇多；第二，各种轿车二三十辆噪声大作，用得着那么摆谱吗？第三，千篇一律，太俗。

本人绝非对婚礼有偏见者，反而多次参加婚礼，并勉为其难主持过婚礼，当然，也就对婚礼颇有感触。首次参加的婚礼是当兵时某排长与新娘子在连队食堂唱歌背语录发几把喜糖。读研毕业时同班同学结婚以茶代酒，众同学吃西瓜好像献了一首诗。以上可谓节俭型。有学妹嫁老外，去教堂举行婚礼，悠扬的进行曲中祈祷祝福宣誓，可谓圣洁型。朋友在婚礼上作诗、接对联，可谓传统型。亲友中有新婚夫妇陶醉于湖光山色者，属旅游结婚先行之举，堪称浪漫型。曾经就职的学校两位青年教师结为伉俪，校长、系主任、教授们祝词幽默简短语重心长，这样的婚礼属于典雅型。

成功的婚礼是或精彩或淡雅或清新或隆重的礼仪形式，在恋爱与婚姻的结合部，用喜庆的和美好的情趣，为爱情方式的转轨作一次庆典，为婚姻生活作一个启程，为未来预留一次难忘的记忆。

婚礼让亲情友情为爱情祝福，为悠扬绵长的音乐演奏一段序曲，为温馨美丽的诗篇标下一段题记。婚礼可以是嫣红的屏风，可以是澹云绡幔，一定与真诚相通，与神圣为伴，与审美结缘，与善意联姻。

无疑，在婚礼中，爱情才是主基调，一切形式的象征与渲染，都应当围绕主基调而演奏旋律。

1929 年 6 月，被称为“绝配才子佳人”的吴文藻和谢婉莹在燕京大学临湖轩举行婚礼，由司徒雷登主持，少不了宾朋相聚，共花费了三十四块银圆。“洞房”由于没找到住房而临时选择了北京西山大觉寺。婚礼的简单与温馨浪漫相得益彰，传为美谈。也是那一年，梁思成与林徽因在加拿大温哥华举行婚礼。新郎父亲梁启超特意告诫：结婚不要奢侈。新娘头上戴的是自己设计制作的花冠，身上穿的是棉布礼服，然而他们自己给自己赠送了最难忘又最有意义的厚礼——选择 3 月 21 日，那是宋代为李诫立的碑上显示的唯一日期。这是对先辈建筑大师的纪念，也是对自己生活事业双馨的祝福。吴晗在清华大学做教员时，爱上患有严重肺病、骨结核病而且常年躺卧病床的才女袁震，他们经过重重阻力和种种艰难而走向结合，结婚时仅仅在报纸上刊登一则启事，便完成了被称为“旷世之恋”的婚礼。婚礼，往往因为简朴而赢得人们由衷的敬重，远离奢华的同时屏蔽了烦忧，更在抛却劳民伤财的同时避免了疲惫和困窘，反而为浪漫和温馨铺开了舞台，为典雅和圣洁让出了空间，为爱情的幸福做出最好的注解与铺垫。

低俗型、从众型、奢华型、虚荣型、权贵型婚礼的兴起大约是近二三十年的事。攀比媚俗、一掷千金、露富斗富、铺张炫耀、恶搞爆炒、暴殄天物、聚钱敛财、装神弄鬼、警车开道、车队浩荡、惊扰四方……这些还是婚礼吗？是打着婚礼招牌而对爱情的冒犯和亵渎。多次听朋友说：最怕收到“婚礼庆宴”“答谢婚宴”之类的请柬。去了就要“随份子”，多了拿不起，少了拿不出手，更重要的是浪费时间。还有跨地区、跨省市盛情邀请，需要长途跋涉，鞍马劳顿。是不是“至爱亲朋”？标准很难定，反正请柬给你了，去了你就不是也是，不去你就是也不是。当然此事不该较真，难道一般朋友同事等等，别人结婚如此重大关节你就不可以表示热情祝福吗？可以啊，可如今生活数字化，打电话、发彩信、致邮件不可以吗？网络婚礼更可以“海上生明月，天涯共此时”，千山万水、远隔重洋而共时共景，连天仙嫦娥都会艳羡，何苦定要以十万、几十万、几百万的钞票数额作档次级别？定要以几十桌、上百桌，以及车队长度、轿车品牌、高官满座、名流如云为隆重标志？何苦定要追求鸡鸭鱼肉、乳猪全羊、满汉全席、美酒佳肴？近年婚礼丑闻层出不穷，闻一位新郎之父听说车队有奔驰和桑塔纳，老汉怒喝：“这不是奔丧吗？是婚礼还是出殡!”又闻一位新娘之母坚持“人家某某五辆宝马，我闺女才一辆宝马就想接走？没门儿!”

婚礼的策划操办社会化、专业化，是好事也是趋势，无奈婚庆公司良莠不齐，鱼龙混杂。有的主持人满口污言秽语，以俗充雅，以丑为美，把婚礼糟蹋得一塌糊涂。看来这一行当需要专门培训，统一考核，持证上岗。

最恶俗的是权贵型婚礼，本人的朋友曾受邀前往，回来不胜其苦地描述一番，令人作呕。新娘父亲是个县太爷，新郎父亲是个副局长。双方暗自进行斗富斗势大 PK，大小官员排座次时发生争执，一片乌烟瘴气。主持人见势不妙，力图调和，被副局长一方当场羞辱；县太爷一方更损，塞给主持人一红包高喊“同喜同喜!”主持人一看里面只有五毛钱，当场“撕票”，然后开始冷嘲热讽。新娘见状，跑到外面号啕大哭。悲剧！闹剧！滑稽剧！讽刺剧!

林语堂所推介的 17 世纪诗人张潮，著有《幽梦影》，警句连篇，其中有曰：“美味以大嚼尽之，奇境以粗游了之，深情以浅语传之，良辰以酒食度之，富贵以骄奢处之，俱失造化本怀。”噫吁嚱！可续之：婚礼以恶俗毁之，爱情以虚荣损之，失造化之本怀重矣!

国耻麻痹症

前些年有个说法火了一阵子："千万不要相信河南人"，不知道是不是基于河南人的"省耻"。最近又有个说法比较流行："不是老人变坏了，而是坏人变老了。"佐证这种说法的实例不绝于缕，比如碰瓷，比如某老人不检点，比如救助老人的年轻人反被诬陷，等等。对于如今正在变老一族，不知道是不是一种"代耻"。对于这些，本人虽然不是不屑一顾，但也并不当真，因为这些说法不管有什么"依据"，总是在以偏概全。

可是在泰国旅游的时候，有一件事却让我许久都耿耿于怀。

在景区吃饭，老板说"money!"明明刚看到西方老外先吃饭后付钱，我就问吃完饭再 money 不可以吗？对方态度坚决，一脸没商量："money!"而且把手伸到了眼前。后来当地导游告诉我：凡是中国人吃饭，必须先付钱。不过，以前不是这样的。至于原因，导游让我自己去想。

同行的旅友对这种鲜明的"差别待遇"，无不感到深受刺激。可只能憋气窝火——怨不得别人，原因显然在自己的同胞身上。我立即想起一个词儿：国耻！

这种小事儿，跟"国耻"联得上吗？是不是我联想太丰富了、心理太敏感了？或许是。我认为，自己并非一位某种意义上的爱国主义者，但类似的敏感却好像和植根于神经的文化意识有关似的，经常冒出来。当看到国人在海外炫富而丢人现眼；当看到"中国大妈"在国外剽悍抢座被警方逮捕；当看到不少中国留学生因论文造假被外国遣返；当看到某国商场内苹果店门口，大批中国人熬夜排队等候购买，一边等一边打麻将、买夜宵，还有国人冲进店里并发生肢体冲突，警方出动……不知为什么，总是冒出一个词：国耻。

有人说中国人患有“国耻敏感症”，或许是吧？可根据我的观察，反而深以为太多的国人患有“国耻麻痹症”。这事儿，要看你怎么看。

“勿忘国耻”，是一个十分有号召力的口号，这口号在中国兴盛是有道理的。不少国家都有被侵略、被践踏，甚至被灭亡的经历。而中国，是一个历史悠久的泱泱大国，历史上曾经极为辉煌，近代以来屡受屈辱。比如日本侵略，罪行累累，像南京大屠杀等屠城屠村、细菌部队、集中营等等等等，不仅应当牢记，而且应当将这样的记忆纳入振兴中华的动力结构。也有的国家专为别国制造国耻，强势铁蹄践踏他国国土、残害他国国民、侵略掠夺行为也是一种耻，但似乎说起国耻，往这方面说的不多，只说被侵略、被践踏的国家蒙受国耻，国耻制造国似乎还挺荣耀。拿破仑风光过，后来耻了，但他曾率军耀武扬威地征服占领过西欧中欧大片土地，弄得法国人至今提起这位英雄非常提气。我不知道这算不算国际社会上一种典型的“不以为耻，反以为荣”。德国也耻过，那是一种恶劣的耻，后来的德国总理多次忏悔道歉，算是“知耻”，但要是它没战败呢？比如历史上的大罗马帝国、大英帝国之类，似乎提起来也都威风凛凛的，我不知道这算不算国际社会上的“成王败寇”。至于日本，总体上也有“国耻麻痹症”。比如侵略别人的历史，总是那么扭扭捏捏地不愿承认，或者用自己的“荣”来代耻、遮耻，这种心理上的“荣辱与共”其实是一种麻痹。还有，挨了两枚原子弹，具备了各种意义上的耻，但给人感觉好像日本人不怎么当回事儿，立马向扔原子弹的美国服软。如果说日本投降跟被炸有关，可后来的服软却不是被动地服，而是主动地、发自内心地敬服、佩服、膺服——你厉害，你老大，向你学习行不行？还真就虚心使人进步地学习上了，还真就学得有模有样。怎么评价先不说，反正有点麻痹。

当列强的国耻，与被列强欺辱的国耻，毕竟不一样。前一种是“不道义的强”，后一种是“被道义的弱”。要道义，但不能要国弱而“被道义”，于是，中国的“勿忘国耻”多年振聋发聩。可关键的关键，是为什么弱？翻开中国积弱的历史，我们看到太多“国内的不道义”，当国内的不道义在列强那里“被道义”的时候，民众的屈辱，总是在一定程度上包含了替国内不道义买单的痛苦。

在头号发达国家美国，似乎很难听到“勿忘国耻”的口号。或许，独立战争之前蒙受过“国耻”？可独立战争的“雪耻”雪得挺彻底、挺漂亮。1776年是美利坚建国的开端，1783年美国独立，这期间是中国乾隆后期，离“国耻密集期”不远了。打那以后，美国频收“国荣”，中国屡遭“国耻”。拿美国和中国比较，有点不那个，因为许多人总是在艳羡美国的地缘优势。不过，打开“大国兴衰”仔细琢磨，还是可以得出一个结论：在“内国耻”和“被国耻”之间，内国耻更重要；在“内道义”和“被道义”之间，内道义更值得反思。

为啥近代史上，那个小屁孩儿一般的美国总是荣得厉害，老爷爷一般的中国总是耻得邪乎？中国是个耻文化发达的国家，讲究了几千年的礼义廉耻，“知耻近乎勇”，但更重要的好像是知耻而后明，知耻而后智，知耻而后达。国耻往往不在因果链的前端。“靖康耻，犹未雪；臣子恨，何时灭？”岳飞写《满江红》的时候，正是壮怀激烈却难以施展抱负的时候。后来遭奸人陷害。大宋蒙耻，民众受难，臣子含恨，史家大都明白，若非内患，岳家军何以难平外寇？近代甲午之战，国耻也，却中了早在二十年前俾斯麦“中国和日本的竞争，日本必胜，中国必败”的预言，不是铁血宰相能掐会算，只是他抓住了因果链的前端。

如今中国国力强大，今非昔比，世界进入“和平发展新阶段”，“被国耻”虽然依然有可能，但机会不多。可是国际社会挺能整，又整出个“软实力”，据说是哈佛教授约瑟夫·奈提出来的，搞得沸沸扬扬。全称“文化软实力”。文化，一定要“化”，啥叫化？一是传播普及，二是接受认同，三是筛选沉淀，四是整合创新。“化”什么？传统文化精华，先进文化。但是真的说白了，约瑟夫·奈也没什么新鲜的，中国老祖宗早就说过“得道多助，失道寡助”，“修之于天下，其德乃普”，“以道莅天下，其鬼不神；非其鬼不神，其神不伤人；非其神不伤人，圣人亦不伤人。夫两不相伤，故德交归焉”。问题在于，“软实力”提出来，各国之间还挺当真，软实力竞争，是文化较劲，是“化”的比较，也可以说是每个国家都被天下盯住“内国耻”，看你的“内道义”，看你的民生，看你的国民素质文明礼貌，看你的政府廉政，看你的环境生态，看你的文化教育，看你的思想理念，看你的科技创新与贡献……比如说，二战战败国日本，竟然在包括思想、修养、礼仪、文化、体能、道德、公民意识、教育水平等在内的国民素质上，连续三十多年被联合国排名世界第一，中国倒着数名列前茅。看到这种状况，如果无动于衷，甚至不屑一顾地排斥抵触，那就不要只是义愤填膺地高喊“勿忘国耻”了，否则，不是虚假，就是幼稚。因为，真正的勿忘国耻，必须是对于因果链的前端不那么麻痹，从而作实在的功夫，方能荣耀，方能雪耻。

今年过节不收礼

为什么有教师节？为什么过教师节？因为教师职业的崇高，因为无数从事教育事业的人以纯洁、正直、高尚的品行赢得了世人的尊敬，因为教师是“人类灵魂的工程师”。传道、授业、解惑，以师德高尚而为人师表，这是古今中外教师的普世价值！

在这样的节日里，学生对老师表示尊敬、感恩、祝福，是人间最美好的情感表达；师生之间的情谊，也是世上最美好的人际关系之一。所以，以各种形式、活动、信息让教师节丰富生动，很必要。但是，教师从学生那里或家长那里收受礼品、红包，许多礼品价格不菲，许多红包数量不小，甚至接受宴请、旅游邀请等等，却与教师节内涵格格不入，说得不客气一点，是对教师人格、教师尊严以及教师节的严重亵渎！这样的风气越来越严重，已经引起社会舆论的强烈不满和谴责。

或许，送礼可以“激活内需，拉动经济”，但这种极为可悲的“动力”夹杂了多少腐败和不公！愈演愈烈的送礼之风，本来就不是什么值得提倡的“民俗风情”，其中有攀比，也有无奈，有虚荣，也有利益交换。收受礼品，没有什么值得骄傲的，靠送礼搭建起来的人际关系既低俗又脆弱。这种风气的蔓延，让我们整个民族的尊严都在降格。

“学生送礼是自愿自觉的，有什么不妥？”果真如此吗？尤其是那些家境不好、经济上捉襟见肘的家庭，给老师送礼表面看真的很“自愿”，但夹杂着怎样的无奈？这种家庭中的学生内心会怎么想？他们长大以后会怎样“怀念”自己当年的老师？答案不言而喻。即使家境比较富裕的，甚至官二代、富二代的家庭，会发自内心地敬重收受礼品红包的老师吗？

礼品和钱款档次悬殊，老师还能公正公平地对待学生吗？就算你能，而别人怎么相信你？怪不得学生和家长在暗自比较送礼的档次，怪不得越来越多家长担心送的少或不送会“被老师记住”，怪不得神圣的教师节越来越变味儿，快成了“宰人关”。

“为什么有权的可以，教师就不可以？”其实，有权的也不可以，可以了就是搞特权，就是腐败！其实，教师也有权，教师利用这种权力收受礼品红包也是搞特权，也是腐败！当权力出现腐败，当权力有恶化趋势，最不应该附庸、屈从和追随的，就是教师！因为社会分工当中，一般的工作对象是客观自然、社会和人的不同侧面，而教师的工作对象直接是人的心灵、人的精神世界，而且主要是针对学生——成长中的青少年的心灵。教师的尊严与崇高即在于此！为了学生，为了我们这个多灾多难的民族的灵魂，为了教师的神圣，坚守一点气节吧！

本人是一位六十多岁的老教师，我的战友、同学、朋友、同事中以及他们的孩子中，有太多的教师，据我的观察和了解，他们中绝大多数都会支持我的上述主张。我相信，上述倡言也会得到广泛的支持和赞同！

行文至此，作诗一首相赠：

师魂

——献给 2015 年教师节

千年时空
一尊讲坛
述而不作的唾星
搅得弟子三千
路漫漫而不辞修远
上天入地而求索

此处束脩未尽
远方鸩酒已干

苏格拉底闭目前一声长啸
寰宇众星眼睛齐亮
灼光闪闪
认识你自己不绝于耳

恰值齐鲁青地　岱宗侧畔
典籍一页的田园
咳嗽一声振出一种鸟鸣
百转千回
叩齿一下嚼出一味花色
香透乾坤

绝句甘醇自长安而酿
词牌风雅自汴梁而赋
吟断河水再壮色江流
孤舟舞楫却镌刻悠恒

青灯下飒飒长发
甩落几多王朝
素襟上锵锵硬须
翘破几番春秋

贪官腐败权杖将倾乎?
耐教鞭何?
振振飞扬而正之!
上有好者下必甚焉乎?
大数据时代视域混沌乎?
天有良师　人有良师
吾有良师　心有良师
天不变道亦不变
格致诚正修齐治平

传道授业解惑

祖辈我侪

共一囊豪韵

嶙峋傲岸

逍遥神州

师魂啊　师魂！

可怕的“诚信”

诚信，不可怕，而且可爱，极为可爱。社会失去了诚信，才会可怕，那是一种令人无时不提防、无处不戒备的可怕。一不小心，中招了，上当了，可怕得令人心烦，令人气闷。尤其是，当社会失去诚信的时候，人与人之间失去了认同感，失去了依赖感，互不信任，互相猜忌。“杀熟”出来了，知根知底被打了问号，亲朋好友也要提高警惕，人人自危，不可怕吗？

诚信缺失到一定程度，就成了稀缺，就会涨价。涨价了，就有人打诚信的主意，用诚信来发财，也就是诚信的商品化、市场化。

这事儿听起来挺玄乎，但说开了，肯定许多人明白是咋会事儿。

我就遇到过一位“代理人”请我吃饭，席间郑重其事地跟我谈一笔生意：由我利用比较广泛的同学关系——这些同学都是很有级别的官员——为一位老板当上市级政协委员疏通路子，酬金不菲，对我这贫寒之士来说绝对有诱惑力。当我拒绝的时候，对方信誓旦旦地说：你放心，一定按规矩办，我们绝对讲诚信！

我理解他说的讲诚信，就是他一再表示的如约付酬，办不成有办不成的，办成了有办成的，不仅一分不少，而且决不拖延。还有就是“这事儿有风险，辛苦费加风险费，绝对保证。而且绝对保密”。——你别说，如果言必信，行必果，这也不失为一种“诚信”。然而，对于这样的“诚信”，我不仅拒绝了，而且觉得有一种阴森森、冷飕飕的可怕。

网站上收费帮人发表论文的，找枪手代写论文的，也醒目地标出“诚信为本”。你要是在网上与这种网站交流，接待员会说：你放心，我们是长期的网站，如果不讲诚信，会没有生意的！这里的诚信，或许就是

"收人钱财，为人消灾"，拿了你的钱，一定帮你搞定。

这种"诚信"，还真有一定可信度。你想啊，就像是卖官鬻爵的，虽然有拿了钱不办事的，肯定也有拿了钱真就帮你搞定的，否则这行当怎么红火得起来？

假药、假烟、假酒、假的各种食品或原料，包括那些地沟油、催生的猪肉、化学剂泡出来"颜色越艳危害越大"的木耳、莲藕、海带……订货送货肯定也会讲这种"诚信"，否则买卖作不下去。

这些状况让我想起西方经济学家萨缪尔森说的，市场经济是讲诚信、讲规则的经济。这话听起来好像是说，市场在配置资源的时候，也会调动配置精神资源，比如诚信，你不讲诚信，就无法在市场上混。可是不对劲儿，问题就在这儿：上述的"诚信"，的确是受到市场的催化和制约，可以概括为"出来混，讲诚信"。可那是一种什么样的"诚信"呢？是以更大的诈骗为前提的，那是骗子之间的同谋，是诈骗产业链的纽带，是坑蒙拐骗、腐败溃烂的保障机制。这样一种新版的"盗亦有道"，发挥着诚信的价值功能，却促使诚信沦丧的罪恶勾当行业化、产业化、规模化，在更大范围、更深程度上破坏诚信、毁掉诚信！诚信，作为一种高尚的价值，竟然成为被利用的工具和手段而走向自己的反面。

看来，市场与诚信，关系没那么简单。法治问题、制度问题、规则问题，是一定不可少的。可是，诚信毕竟首先是精神层面的东西，是由精神而转化为行为的。任何事物防止异化，需要外在制约和内在规定双向发挥作用。突然想到韦伯的话："你降生之前，悠悠千载已逝，今后的又有千年正沉默地等待着，看你如何开始你的一生。"这话好像是韦伯引用荷兰籍英国历史学家卡莱尔的，当然是在讲信仰。

信仰啊，信仰！信仰是对一种超越性价值的追求，价值追求很高，比如冯友兰说了四种境界，起码要达到其中第二种，达到越高，价值追求的意义越大。至高价值追求就达到了信仰。有了信仰，才能将其他价值带起来，形成价值体系，也才能将制度规范带起来，纳入精神，由内而外地约束行为。所以价值选择这件事儿，归根结底是由信仰带动的。当一个社会绝大多数人有了崇高信仰的时候，一切美好价值，包括诚信，才不会被利用和扭曲。

楼宇喧嚣

最近接受香港《大公报》记者电话采访，题目是：金融海啸引起就业紧张，却有许多白领宁可辞职去长期旅游，怎样看待这种现象？记得我当时回答有一句：心灵放假！

白领及公务员都难得有假期，不带薪地短期休假似乎也很难。打工一族假期更是匮缺。短暂的“黄金周”一般用来弥补平时对于各种家务琐事的欠债，并不轻松。其实，我有些偏狭地认为，人只要在城市就放不了假；甚至人只要与“现代建筑”没有大幅度拉开距离，就很难真正放假。这其中的原因当然在于：高楼大厦在压力和紧张之源中占有一席之地。处于楼峰环抱之间就如同人在会场，即便头脑开小差或者小憩一会儿，效果也不会好。还有一比：情侣在大庭广众场合拥抱亲吻，虽然也可暂时忘乎所以，但与真正进入“两人世界”不可同日而语。

那次在大都市受邀与朋友聚会，行程不过三十公里左右，仅仅擦过城市一角，却整整花了三个小时。其中城铁地铁一个小时，应该说算快的，但地铁空间毕竟是被地面建筑给挤下来的，置身其间不可能闲庭信步，人只能成为鱼贯而入的一条鱼、蜂拥而出的一只蜂。从“地下工作”状态钻出来，公交车上一路看出去，楼挨楼，楼靠楼，楼贴楼，楼挤楼。有人将“楼际关系”说成是握手楼、拥抱楼、亲吻楼、家族楼、集团楼……可这种“人性化”的描述无助于感受大楼本身的人性化，它们实在是连而不绝，张而不弛，亢而无缓，刚而乏柔。

设计师给人的感觉就是江郎才尽，难道大城市的楼盘广厦就只能栽种千篇一律？难道用钢筋水泥作素材，就再也描绘不出森林的葱茏、秀峰的俊俏？一排排岿然不动的冷酷、一片片森严壁垒的枯燥，构成压迫神经、蹂躏情感的暴力兵团。

为了说服自己的心情，吟咏“安得广厦千万间，大庇天下寒士俱欢颜”，却并不敢告慰杜陵野老。如今这广厦何止千万间？但住宅楼盘昂贵惊人，恐怕距离“大庇天下寒士”尚远；而“俱欢颜”也问题严重，决不如当年得以扩修的杜甫草堂更滋生快乐。“黄四娘家花满蹊，千朵万朵压枝低。留连戏蝶时时舞，自在娇莺恰恰啼。”如此良辰美景，大片楼群中难以寻觅。“步屧随春风，村村自花柳。田翁逼社日，邀我尝春酒。”一代诗圣的乡野情趣足令今天大都市的人艳羡不已。

钱钟书把说话、开留声机、开收音机、睡觉鼾声都称作“人籁”，归纳出其断送睡眠、震断思想、培养神经衰弱等恶劣功效。而现如今的车流滚滚、马达轰隆、杂声鼎沸，从四面八方攻击耳膜的种种音响交织，堪称“城籁”。“人籁”是枪战，“城籁”是炮火硝烟。就像此刻坐在公交车上，整个精神世界被大楼所挤压，被噪声所抽打，一种挣脱的欲望促使萌生超然于上的意识，故而想起“欲穷千里目，更上一层楼”。可是很快心灰意冷，就算乘电梯更上十层楼，怕也看不出二里地。

现代化大旗之下，城市化、集中化是骁勇善战的将领，功不可没，但越来越居功自傲，到处招兵买马、扩充实力。到处拔地而起的高楼大厦便是他们麾下的兵将，开始与现代化主帅离心离德，与人民福祉、社会和谐、精神自由等现代化旨意分道扬镳，更与人类美好未来分庭抗礼。

高楼大厦的骄奢愈演愈烈，对人类母亲——大自然，更暴露出蛮横而缺乏教养。它们昂首挺胸地炫耀高大体形和坚硬骨骼，对于自己的前辈——亭台楼阁、弯桥台榭、巷陌胡同，甚至颇有纪念意义的人文景观、名人故居等等一律毫不留情地席卷一空。什么“园鸟语成歌，庭花美如锦”；什么“银蟾台榭、玉壶天地，参差桂景”……那些哪里是城市？城市就是大楼，大楼就是城市！什么城市生态、居住环境、人文精神、传统文化、配套布局、审美情趣……统统被简单僵化盲目的符号崇拜所取代。

国外的城市，当然也风格各异参差不齐，要看什么国家的什么城市。但是，中央电视台新址大楼、奥运会头号活动场所“鸟巢”，跟整个北京市完全拧劲儿，恰似中国美女整容整出个西洋式高鼻梁，被称为“肌理不相融”。这倒也算是“创新”了，更多的是大楼设计师不讲创意、不讲流派、不讲风格，一味追求连自己都没搞明白的“现代”。国外专家在中国转一圈，提出的问题特别让人岔气儿：“你们中国是几千年文明古国，为什么大量建筑看不出是你们自己的?”清明上河图描绘的宋都，就是今天的河南开封，四十年前还有一条惠济河穿城而过，垂柳拂岸，白鹅浮绿水，如今早已不见踪影，大片城区都被毫无特色与规划可言的楼群铺盖成恶俗不堪。张择端再世，只能仰天长叹。岭南，珠三角经济发达地区的一些城市，密密匝匝的大楼挤压着水泄不通的街道，驾驶等于活受罪。雨后春笋般冒出的高楼大厦，也许与 GDP 的增长齐头并进，但是撞伤自然天趣的腰，刺伤人文神趣的肾。紧张焦虑局促不安取代怡然自得；尾气与噪音蹂躏南国风情。北京有个著名的天通苑，大片同色灰楼吞吐三十多万人口，在如此广大的面积上医院、公园、绿化、学校等严重匮乏，把个大都市北部地区搞得灰头土脸，而这竟然发生在 21 世纪。

以楼宇为批判对象，是否有偏狭过激之嫌？其实，楼宇本身是文明的产物，是不可能彻底否认的，但理性客观地审视，中国之楼宇本不应当在立功同时犯下如今的严重之过，在造福的同时带来如今严重之灾。完全可以在雅而避俗、善而避恶上做得更好。现代楼宇，是最需要精心设计其未来、栽培其情操、引导其走向、培养其气质的文明新生代。楼宇需要谦虚谨慎而不是骄奢蛮横；需要“人际关系”和谐而不是横冲直撞、霸气冲天；需要个性突出而不是千首一面；需要互相谦让、保持适当的距离而不是高度密集。放眼看一看：有多少营养不良的烂尾楼、轰然倒塌的豆腐渣楼、权钱交易的私生子楼、不顾民生而挥霍钱财的腐败楼、贫困地区豪华到恶俗的炫耀楼、连绵不绝毫无表情的冰山楼、斩断视野挤压交通扭曲空间的恶少楼、功能失调配套缺失的变态楼……真正需要“楼宇学校”自胎教、幼教直到高等教育。只可惜，太多岿然不动的大楼早已僵化定型。“对牛弹琴”尚可催生牛奶，“对楼弹琴”徒为演奏哀鸣。

2009 年 7 月 26 日晚央视经济半小时节目透露：一些地方各种行政收费严重提高了楼盘成本，开发商通过暗箱操作，将“竞标”时允诺的容积率作大幅度提高，从3.5%到6.5%、7.5%甚至10%以上，每提高一个百分点可增加盈利25%以上。这是摩天大楼严重超高、土地严重超载、设计不求档次等等弊端的重要原因。不仅为以后的市政配套增加沉重负担，而且严重扭曲城市生态和空间布局。种种资源严重浪费，为子孙后代买下祸患的伏笔。的确有一些中小城市，出现令人耳目一新的建筑。但越是大城市，越是黄金地段，上述情况越是严重。

因此，楼宇喧嚣，绝不是国人的福音。

民以食“违”天

用“民以食违天”而篡改“民以食为天”，有冒天下之大不韪的嫌疑。容笔者辩解如下：“民以食为天”的“食”，和“民以食违天”的“食”，虽然都指吃饭这件事儿，但就是这件事儿，既可“为天”，亦可“违天”。衣食住行，食色性也，对民来说，如果食不果腹，饥肠辘辘，忍饥号寒，饿殍遍野，的确是天大的事儿，所以古人云：“民以食为天。”然而，如果天大的事儿解决不好，本身就“违天”。历史上，这种违天的现象，并不鲜见。但是，这绝不是“民以食违天”，因为吃不饱饭、无饭可吃这种事儿的发生，虽然主体是民，但主要责任不在民，故而不能说是民在以食违天。

这里所说的“民以食违天”，却不一样！“食为天”，不光是说吃饭这件事儿是天大的事儿，也是说吃饭这件事儿是天道。天道不能违，吃饭吃的什么、怎么吃、吃出什么风格什么做派什么结果，都是有文明的。且不说人的一切言行举止，就说“食色，性也”这最基本的，先不说食，就说性，人如果没有性文明，跟动物没有区别，也就没有人类后来的文明进化。食，也一样。或许会有人说，那是人道，不是天道。错了，生态文明，也就是遵循天道，人不讲与自然天道之间的关系，只讲社会关系，一是违反天道的人道终究遭到天谴，二是不讲生态文明的人类文明，或者说不讲天道的一切人道，境界永远上不去，人道也一定讲不好。

孔圣“食不厌精”，历史上许多时期在民间很难普及，因为“巧妇难为无米之炊”。直到今天，仍有不少人做不到，所以“民以食为天”这旷古钟声没有过时。不过，当今“食不厌精”的大众化程度确实比较高，

"民以食违天"的钟声也该好好敲响了。

餐饮业兴旺发达，餐厅等级飞快攀升，套用宾馆分层法，三星级、五星级餐厅在大中小城市毫不新鲜，八大菜系、满汉全席，五辛五味，八谷八珍，宫廷美肴……纷纷出笼，各显神通。食之欲过人之欲，口之欲过腹之需，官场商场，无不盛宴喧嚣，一餐之费何止成千上万！子曰"君子食无求饱，居无求安"，今人之食，何止求饱？

难道餐饮发达，食不厌精不好吗？这不是人民群众生活水平提高吗？这不是经济发展生活富裕的体现吗？难道这不比吃糠咽菜好多了吗？要回答这样的问题，大概可以这样概括：食之欲过人之欲，口之欲过腹之需，腹之需过天之赋。总而言之，如今的食，在很大程度上属于"过剩欲望"，不是好事儿。韩非子言"糟糠不饱者不务粱肉"，难道天天吃糟糠的短缺经济才符合天道？当然不是这样。且看今人狂饮暴食，餐必饕餮，不独伤身害体，而且暴殄天物。苏东坡所说"肴核既尽，杯盘狼藉"，现今发展得可怕，大鱼大肉也好，山珍海味也罢，食不过半尽遭抛弃，更别提白花花大团稻粱，更是弃之如敝屣。东坡肘子吃不上几口就进了泔水缸。如此"杯盘狼藉"，定叫苏东坡惊骇不已。更有公款吃喝，暴饮暴食之劲旅，恶饮恶食之强族，屡禁不止，愈演愈烈。

竟有人振振有词：花钱振兴内需，刺激消费。似乎过剩经济了，越是暴殄浪费，越是功莫大焉。

古哲先贤对所食对象无比敬重。老子说："五味令人口爽"，承认并赞美天赐食物之于人不仅果腹，而且爽口，爽口即悦心。五味生于自然，故而《管子·宙合》中说："五味不同物而能和。"和于人的采集、耕耘、狩猎、饲养、烹饪、腹纳、中和。爽口当然是一种审美，甘食佳肴，天地造化，人之口福。《礼记·檀弓下》："美哉轮焉，美哉奂焉。"中华饮食文化源远流长，只要不是饿到饥不择食的程度，则食必求精美，求色香味俱全。

然而，凡事有度。孔子《论语》曰："君子食无求饱，居无求安。"今人之食，何止求饱？道法自然有这样一项要义：过而复命复根。或许儒学的"中庸"也和此点相通。老子说："夫物芸芸，各复其根。归根曰静，静曰复命。复命曰常，知长曰明。不知常，妄作凶。”道，其实部分地渗透于儒。孔子对老子的一些话是心领神会的。食色，性也。中国素将性与命相连，生命即性命。而性命须归根复命。子曰：“士志于道，而耻恶衣恶食者，未足与议也。”原来，食不厌精的孔老夫子深谙掌度，而这种“耻恶衣恶食”的“耻文化”，实在是中华传统文化的精华。孔子赞扬颜回：“贤哉，回也！一箪食，一瓢饮，在陋巷，人不堪其忧，回也不改其乐。贤哉，回也！”可悲的是中国数千年中由于饱汉不如饿汉多，颜回榜样的力量用处不大。刚刚饿汉少了，多数人却不知颜回是谁？不是本人愿意抖擞老夫子情怀，中国古代先贤对“食”的研究的确不同凡响。有人认为中国传统思想过于关注人与人之间的关系而不关注自然，可能有点道理。但绝不是不关心人与自然的关系，“天人合一”融入人生或社会思考，就像这“归根复命”，实在是一种对人和自然双重负责的大智慧。

今有太多的人暴饮暴食，其实早已超过了人的身体承受能力。穷命的肉体凡胎里面并没有装着超富贵的胃，可就是有人固执地以为自己腹腔里装着高科技提炼设备，只顾口腔快乐输入，那设备提炼的垃圾比提炼的营养更多，闹得血压血脂血糖胆固醇等等一路超高。不独伤身害体，而且暴殄天物，野生植物动物不知多少被“吃灭”。

“千年王八万年龟”，龟鳖类动物长寿是出了名的。近年来一些人吃龟鳖不仅出于好奇，而且为了夸富，《中国濒危动物红皮书——两栖类和爬行类》收入的36种龟鳖类中，16种为濒危，8种极危，6种数据缺乏，而闭壳龟、鼋和斑鳖等已灭绝。二十年来，仅上海地区的餐馆每年要吃掉1000吨以上的蛇。2000年，全国有6000吨以上大约1000多万条蛇惨入国人腹中。蛇为鼠之天敌，蛇类之痛，鼠类之快，全国每年有1亿~2亿只鼠类幸免于难，随即便是一些地区鼠害猖獗、鼠疫肆虐。

每只鱼面部的花纹都是独特的，这在动物中绝对是罕见的奇观。外表色彩艳丽，从眼睛周围向外辐射斑斓的花纹，眼睛后方还扬起两条眉毛。——苏眉鱼，一种浑身都撑得起优雅名称的珍稀的珊瑚鱼类。聪明的苏眉鱼一身而兼雄雌，神奇地变换自己的性别，不仅寿命长，而且有着高超的捕食技巧。熟悉水下的潜水员十分喜爱苏眉鱼，因为她性情温和，竟然在人的触摸中悠然配合。可是，这“色艺双馨”的鱼中魁首在贪婪的人类面前却有两大不幸：一是肉质鲜美；二是非要优雅地选择新月初升的时候群聚交配产卵。于是大难临头，掌握其习性的捕捞者穷凶极恶，私运和黑市交易源源不断地送向人们的噬咬吞嚼。三十年以来种群数量减半，而且在加速度地减少，已经被《世界自然保护联盟红皮书》列为濒危物种。

关岛大蝙蝠、北美旅鸽、长毛蜘蛛猴、北鲑鱼、法国蒿雀……在人类口齿之间而遭受灭顶之灾的动物种类太多了。国人在吞噬野生动物上后来居上，仅一个中等城市平均每天要吃掉15～20吨陆地野生动物。

某地有个新源野生动物综合市场，30多种蛇、100多种野生的飞禽走兽每天被押送到这里，年营业额过亿元，被称为“野生动物的坟墓”。

“想吃天鹅肉，请出一千元。”以阳光滩涂而著称的某岛，已经由“候鸟的阳光驿站”变成“候鸟的血腥地狱”，一年当中被捕杀的珍禽达百万只之多。

挂着“候鸟保护区”美名的某湖由远近闻名的“珍禽王国”变成“珍禽屠宰场”，在野鸭群聚的季节，每天有800到2000只野鸭被毒死。东方白鹤、小天鹅、白额雁等等越是名贵珍稀越是难免荼毒。

再看看这样的报道：某省半数以上的餐馆在经营野生动物，60.9%的被访者声称吃过野生动物。一个城市餐饮业年经营蛇类1000吨；每年捕食迁徙的野生候鸟禽类约6到8万只，雁鸭类2到3万只。南方某省疯狂捕杀野生鸟类，使全省的鸟类从原先的344种锐减为214种，而且数量也大为减少，基本看不到鸟。如今中国餐桌上的众多野味来自老挝、越南、缅甸等东南亚国家，也有的来自世界各国，国内资源已经无法满足“食不厌野”的血盆小口。

绝大部分野生动物贵在天生一个“野性”，坚决拒绝饲养，大自然造就的千姿百态的生灵惨遭荼炭。在明知道某种生物无法再生的情况下穷追猛吃、赶尽杀绝，这哪里还是什么“万物之灵”？简直是万物之灾星、万物之祸首！如果讲嗜血成性、凶狠残忍，哪一种动物可以望人类之项背？这里提到凶残，丝毫也不夸张，吃穿山甲要囫囵个儿地吃，吃猴脑要揭开活猴的头盖，吃熊胆要“活熊取胆”，吃鹦鹉要在其乖巧发言时候突然击杀……这哪里是什么“品尝”，简直是嗜血；这何止是贪婪，已经是真正的凶残。

或许有人认为：凶残，只是指违反人道；对动物的凶残以满足人之欲望，怎么就是凶残呢？违天道，即违人道！人道须尊天道，违天道必违人道。

更有彰显“中国特色”而大行其道的公款吃喝，可谓暴饮暴食之劲旅、恶饮恶食之强族。仅仅 2006 年一年中公款吃喝费用为 6700 亿，同一年全国用于教育的投入不过 1067 亿！1/6！明代冯梦龙警示：“爽口物多终作疾。”如今来看，这疾不独在个人，也在社会、在民族。

吃吧，吃吧，张开血盆小口饕餮吧！自生命诞生以来生物之间的生存竞争、弱肉强食；自人类诞生以来的采集狩猎、耕耘稼穑……并没有使生态链条失去总体上的平衡，道法自然，天道自行。只有当今，只是近几十年来，只是这些现世的、活着的人们，将哺育了无数生灵的伟大的生态圈咬开了咬断了咬出了严重的扭曲和塌陷！可是，人们在饕餮的同时还陶醉于进步的骄傲中，不能为自身的变态和环境的异化而清醒，“以食为天”被“以食违天”所取代，可谓大逆不道！如果还不能以天道人伦而战胜贪婪凶残，将“万物霜天竞自由”的自然造化吃得只剩下一张餐桌，天谴的降临，就是迟早的事儿。——“不知常，妄作凶！”

“一俊遮百丑”辨析

又黑又圆的大眼睛，水灵灵，好像会说话。有了这双眼睛，纵然浑身疤瘢，也能迷倒众人——是吗？一般来说，如果这双眼睛含情脉脉地盯上谁，被盯者容易起一身鸡皮疙瘩。有人将“一俊遮百丑”具体化为“一白遮百丑”，有女皮肤无比白皙、细腻，嫩如鲜荔，然而奇丑无比，又会怎样？所以，一俊遮百丑是有条件的，所谓的“丑”不能十分严重，与那一“俊”不能形成巨大反差。否则，“一俊”不仅遮不了“百丑”、抵消不了“百丑”，反而不如不俊，还能和谐一些。

更重要的条件则是：要看一俊与百丑之间是什么关系？《巴黎圣母院》中，卡西莫多很丑，但是勇敢善良，富有正义感，他的“心灵美”并非以他的容貌丑为代价。由于心灵之美符合更高的价值，读者领略到一种“缺陷美”。这种辨析，意思是更高层面的美，可以带动其他要素。但，这并非一种遮掩，甚至不是替代，而是一种带动、升华。雨果笔下留情，始终没有将卡西莫多描写成美男、帅哥。因为雨果虽然想象力惊人，但在正常范围内。

由此而言，一俊和百丑之间的关系，是重要的。而构成关系的根本，在于价值。所以说，一俊能不能遮百丑，关键在于价值判断。“天下皆知美之为美，斯恶矣”，审美不那么简单，何为美的问题首先要搞搞清楚。继之，更要看所谓的“俊”是不是以所谓的“丑”为代价，而所达到的“俊”是不是真的很美。

一句俗语，何苦如此辨析？答曰：十分必要，还需要鞭辟入里！俗语不加分析，殖在骨血中，十分容易构成根部文化，或可爱，或可恨，都可达极致。“一俊遮百丑”，口口相传，影响深远，如果拿着恶丑当一俊，拿着代价当百丑，遮来遮去，不仅美丑不分，还可能是非颠倒。比如为了政绩好看光耀，让百姓，让社会付出惨重代价，俊是自己的，丑是大家的，其实是百丑换一俊；俊是金玉其表，丑是败絮其内，俊是一时光鲜，丑是遗祸子孙，而那俊者，因其“俊”而领尽风骚，鸡犬升天，光宗耀祖。在歌功颂德者看来，这样的官员政绩卓著，至于环境污染、民生惨淡、资源浪费……都是必要的代价——“一俊遮百丑”。这种事情多了，就会如鲁迅所说“中国的人，大抵在如此空气里成功，在如此空气里萎缩腐败，以至老死”。生活在美丑颠倒的空气里，不够可怕么？所以，美与丑，的确应该搞搞清楚，从长远来说，以丑为美，终将是不可承受的。

豪语不打折

鲁迅先生写《豪语的折扣》的时候，举了李太白的例子，说“鬼才李长吉，也说‘见买若耶溪水剑，明朝归去事猿公’起来，简直是毫不自量，想学刺客了。这应该折成零，证据是他到底并没有去”。其实就算他没去，因他是诗人，所以鲁迅先生的较真，可以看作一种纯真的天真。比如陆放翁“老子犹堪绝大漠，诸君何至泣新亭”，也被鲁迅打折为零。其实，给诗人都打起折来，唐诗宋词恣意汪洋的情趣会被削减大半；然而，确有人喜欢较真，愿意打折。比如“月黑雁飞高，单于夜遁逃；欲将轻骑追，大雪满弓刀”，历来都有人打折，包括文人雅士。

文学作品打折不打折，不必当真，可以不打折领会其夸张，也可以知其夸张而打折，更多的是打折之后依然欣赏——明明知道人的头发再长难过三尺，依然可以摇头晃脑地将“白发三千丈”吟得有滋有味。

当然，鲁迅另有心意。但这里想说的是，文学豪语也好，广告豪语也好，自然会有人心领神会地打折，而最可怕的是豪语被当了真——不打折，“不折不扣地执行”！或许可以说“世界上怕就怕对豪语讲‘认真’二字”！比如，“可上九天揽月，可下五洋捉鳖”是诗句，不妨打折再领略其中的干气云天，但“让高山低头，让河水让路”，就不是诗了，或者是“诗化的标语口号”，是要认真的、不打折扣的，于是无数青山峻岭不但低头，而且折腰；河流改道，围湖造田，拦河筑坝……旧貌换新颜之后，许多的“新颜”并没有可爱多久。当然也有过这样的年代：“全国山河一片红”被当真，不打折，真拿着广场开辟“红海洋”，真拿着村镇乡村、大街小巷打造“红世界”，真拿着青春热血酿造红色激情。

如今为了“解放全人类”而真的到他国玩命的不多了，但是当世界老大的提法不绝于耳。这种豪情壮志、豪言壮语，最好打打折，先将国内弄成不打折的小康的模样再说。

后 记

经常有人问我，你是什么专业？或你主攻研究什么？对这个问题的回答往往让我汗颜。因为，很长时间我都答不上来这个问题。大学学历史，研究生学法律（国际法），在公安大学教管理决策、政治学，在吉林大学珠海学院教心理学、演讲与口才，而我发表于学术刊物的论文多属于社会学、哲学。曾经作为副主编之一参与《中国小百科全书》编撰，任《人类社会卷》《思想学术卷》两卷的主编，而这两卷本身就涵盖了许多领域。已出版的著作涉及心理学、社会学，平时于报刊发表些散文、诗歌。2016 年，出版了哲学学术专著《道可道——大视域中的新道家》。现在担任《珠江论丛》常务副主编，而这又是一个人文社科类的综合性学术辑刊。好像涉猎广泛，但又很难说哪个领域有深入的、卓有成效的研究。这是本人回首人生时最需要反思、检讨的一个重要问题。这个问题，师长、同学、朋友多次向我指出，可谓醍醐灌顶。我读书不少，思考也不少，但缺乏主攻方向和战略取向，往往是“问题导向”，或“启发导向”：比如读书受到某种启发，尽管是在自己并非熟悉或擅长的研究方向上，也会被打了鸡血似的受到激励，然后就不自量力地、不知深浅地、自命不凡地去继续“深入”，甚至非要弄出点什么成果。久而久之，成了哪个领域也没有成为专家的“杂家”。这里提到这个问题，一是想提醒年轻朋友接受我的教训；二是想说明一下，《陌上情思》虽是散文集，也有个“杂”的问题，在编排上也很难说有某种逻辑线索。“军旅跫音”“大学枕梦”“畅游抒怀”“文化掇幽”“心理探赜”“人生感悟”“观察覃思”七个部分，即使从时序的角度来看，也只是大致的。尤其是最后一部分“观察覃思”

中的十七篇短文，话题和视角更是比较杂，各篇之间跳跃性比较大，只好以“视野开阔”“思维活跃”而聊以自慰。

主攻方向的确定，直到耳顺之年，或许才比较清晰。主要是哲学——道家哲学。但这依然相当宽泛，老子一部短短五千言的《道德经》，其实视野极为开阔，如果以今天比较通用的划分学科的框架来审视，至少包括哲学、历史、经济、政治、文化、心理、人生……而仅仅在哲学中，已经涵盖本体论、认识论、辩证法、政治哲学、人生哲学……当“方向”确定之后，反而让自己有了某种解脱：原来，涉猎广泛，也有一定好处。今天研究老子和道家，还需要环顾当今时代，需要在东西方文化之间、历史与当代之间、人文与科技之间纵横比较、反本开新。越是深入，越是觉得自己的广泛涉猎远远不够，“书到用时方恨少”。然而，这样的体会还是伴随着另一种醒悟：即使是广泛涉猎，也还是应当更早地确定一个方向，以一个领域为核心，有核心与边缘的主次之分、本末之分。

在一部散文集的后记中提到这些，话题有点跑远了。还是回到《陌上情思》。

散文集的风格，也很难概括。不过，比较赞同关于散文的比较宽泛的定义，比如“搜狗百科”中所说的散文是“最自由的文体，不讲究音韵，不讲究排比，没有任何的束缚及限制，也是中国最早出现的行文体例。通常一篇散文具有一个或多个中心思想，以抒情、记叙、论理等方式表达。文学体裁包括杂文、随笔、游记等”。本人这部散文集中，有的靠近论文但决不是论文，有的则随着话题和心情的不同而变换表述方式，有的向杂文靠近，有的向随笔倾斜，有的直抒胸臆，有的时常夹杂各种理性色彩浓浓的评论。虽然尽量追求语言的优美和可读性，但难免有时陷入某种思辨而不能自拔，比如《“殉国”还是“殉格”》《“挺龙”还是“撖龙”》等篇中，论辨的意味就比较强烈，总是想在一番辩驳中将问题讲得透一点、清楚一点，然而这还是不是散文？好在记得自己读过的散文大家的名篇当中，也颇有一些是以思考和论辩见长的，感谢这些前辈开疆扩土的笔耕，将散文体裁与风格拓展到了极为开阔博大的“地域”中，让百态千姿、风格迥异的文章尽可以在散文这片沃土上尽显苍翠与葱茏。然而，当这部散文集略具雏形的时候，依然需要回答一个严肃的追问：自己的风格定位，究竟是怎样的呢？

多年来，自己的散文写作是一种比较随意的、习惯性的爱好或追求，并没有刻意地、精心地关注过会形成一种什么样的总体风格。但我相信，所谓“文以载道”，既包括以文而遵循天道、思寻人道、探索心道，也包括体现或形成一种“文道”，这当然是一个很宽泛的概念，但一定包括了语言风格在自然而然中的“自我形成”。这里的“我”，不是作者这个“我”，而是写作过程本身，是写作在作者生命中结构性融合而成的一种“主体性涌现”。道法自然，核心要旨在于自然而然，自而然之。散文之道，亦然。故而，相信读者参构，不同读者亦会自然而然地领会到某种风格特色。而作为作者，我只能将这一切交给一种作者、读者、文章等诸多相关要素自然而然的交织之中。

“术业有专攻”，我不是搞文学的，几十年来倒也写过几百首诗歌、上百篇散文（其中有些如果可以称为散文的话），这也是我“杂”的一种表现。一直以来，都有了解我的朋友让我考虑出散文集。但我的思想障碍在于：自己对以前写的许多东西深不以为然，关键是价值观上有严重不一致。所以，一直觉得条件不成熟。直到我六十岁时，当时正处于一部学术著作研究写作的高峰期，突然有了一种十分深切的体会：所谓“六十耳顺”，其含义在于人到六十岁前后，内在地“耳顺”了——精神世界在最基本的价值观、世界观上不再有严重的冲突悖论。只有这时，才貌似可以告慰自己，整理以前写作文稿的时机、条件好像成熟了。

2005 年到珠海以后，较好地确定了方向，即心理学、哲学（两者关联度较高），尤其是“十年磨一剑”终于完成了 40 万字学术著作《道可道——大视域中的新道家》（2016 年 7 月由社会科学文献出版社出版）。恰值此时，曾任华夏出版社和团结出版社社长的张宏儒先生，明确地向我提出结集散文的建议。我利用业余时间，进入了难度远超自己想象的文稿整理工程，有些文章，必须忍痛割爱、坚决拿下；有的文章，基本重写；而在此过程中，竟然又心血来潮，新写了十几篇。直到与出版社联系并签约之后，仍在整理过程中。终于，《陌上情思》可以付梓了。

借此机会，感谢一直以来给我的写作以激励和指导的资深出版家张宏儒先生、河南大学中文系华锋教授、武汉大学中文系（曾在吉林大学珠海学院任教10年）的孙东临教授等。感谢中联华文（北京）图书有限公司的张金良先生的理解与支持。当然，还要感谢我的爱人周晓艳女士，长期以来承担家务、悉心照料我的健康，种种默默的支持难以悉数，使我在繁忙的教学、编务工作之外能够大量进行读书写作。

既为“陌上”，就要上路。生命本就在陌上，如今，却要将所感所悟、所思所想以散文结集的形式而踏上另一种意义的“陌上”。其实，无非是一种继续行走，如果说真诚是写作之魂，现在尤其需要真诚的继续——诚心敬意地期待读者和方家的批评指教。